감염유희

감염유희

혼다 데쓰야
이로미 옮김

감염유희
感染遊戱

자음과모음

감염유희
(感染遊戱)

이혼한 전처에게서 전화가 왔다. 용건은 늘 그렇듯 돈 달라는 소리였다.

"거저 얻은 셈이었다고. 뭐, 그리 좋은 차는 아니지만."

시원시원한 목소리가 오히려 더 성질을 돋웠다. 남은 뙤약볕 아래서 땀을 뻘뻘 흘려가며 일하느라 돌아다니기 바쁜데, 한다는 소리가 고작 이런 돈 얘기였다.

"무슨 차를 또 샀어? 지난번에 수리한 차는 어쨌는데?"

"아, 그 차? 폐차시켰지. 낡아빠져서 못쓰겠더라고. 그런 똥차를 어떻게 끌고 다녀."

정확히 반년 전이었다. 전처는 외동딸 미키를 예비 학교*에 보

---

* 예비 학교: 일본에서 상급 학교, 특히 대학 입학시험 준비를 위한 교육 시설.

내야 한다며 양육비를 올려달라고 했다. 가쓰마타는 딸을 위해 기꺼이 매달 3만 5천 엔씩 더 보내주기로 약속했다. 하지만 정작 미키가 예비 학교에 들어가자 이번에는 딸의 귀가 시간이 늦어서 걱정되어 죽겠다며 최신형 휴대전화를 사달라고 했다. 그 후로도 아파트가 낡아서 이사를 가야겠다, 이사한 뒤에는 아파트 현관 기둥을 차로 받았다며 수리비를 달라고 했다. 이렇게 온갖 핑계를 갖다 붙이며 끊임없이 돈을 뜯어 갔다. 마지막으로 돈을 뜯어 간 것이 불과 지난달 말의 일이다.

그러더니 오늘은 또 중고차를 샀으니 돈을 내놓으라고 생떼였다.

"이 답답한 여편네야! 그럼 전에 있던 차는 뭐 하러 수리를 맡겼어? 최소한 양심이라도 있으면 스스로 돈 벌 궁리를 하라고! 바쁜 사람 자꾸 귀찮게 하면 콱 목 졸라 죽여버릴 테니까. 두 번 다시 전화하지 마, 이 암퇘지야!"

전처가 수화기 너머로 계속 뭐라고 떠들었지만 들은 척도 하지 않고 전화를 끊어버렸다. 아무리 윽박지르고 딱 잘라 거절해도 씨알도 먹히지 않을 여자다. 태연하게 청구서를 보내올 게 뻔하다. 좋게 이야기해서 끝내려는 노력 자체가 시간 낭비다.

휴대전화를 땀이 밴 바지 주머니에 집어넣었다.

"암퇘지라니요……."

파트너로 일한 지 이제 나흘째인 도쿄 완간 서 경사가 옆에서 중얼거렸다.

"이봐, 애송이! 남의 전화 함부로 엿듣는 게 아니다."

"괜한 사람한테 화풀이하지 마세요. 바로 코앞에서 그렇게 큰 소리로 통화를 하시니 듣고 싶지 않아도 다 들린다고요. 게다가 목 졸라 죽인다니요? 무슨 일인지는 모르겠지만 적어도 길바닥에서 경찰이 입에 담을 말은 아니지 않습니까?"

지금 가쓰마타는 아리아케 테니스 숲에 인접한 최고급 고층 아파트 앞을 지나고 있었다. 평일 오후 3시. 가쓰마타도 주변에 지나다니는 사람이 있는지 정도는 확인하면서 통화했다.

"시끄러워, 돼지털아! 내가 지금 이혼한 마누라한테 또 생돈을 뜯기게 생겼는데 한두 마디 막말하는 게 뭐가 나빠?"

"돼지털이라고 부르지 좀 마세요. 그거 인신공격입니다. 전국의 곱슬머리들을 모두 적으로 만드실 셈이세요?"

"다 덤비라고 그래. 얼마든지 상대해줄 테니까. 이왕 올 거면 대머리든 뚱보든 가발에 암내까지 몽땅 다 오라고 해. 무좀 걸린 이 고약한 발 냄새 한 방이면 끝이거든."

가쓰마타는 세타가야 서에서 개인적으로 확인하고 싶은 일이 있어 담당 구역 탐문 수사를 적당한 선에서 마무리 지었다. 돼지털 경사는 도중에 쫓아버렸다. 몇 푼 쥐여주며 근처 비디오방에서 시간을 때우고 오라고 했는데 정말 그렇게 할지는 의문이다.

세타가야 서에는 오후 6시가 조금 지나서야 도착했다.

가쓰마타는 엘리베이터를 타고 올라가 5층에서 내린 뒤, 먼지가 풀풀 날리는 복도를 걸어 맨 끝의 회의실 안으로 들어갔다. 문이 활짝 열려 있는 입구에는 '산겐자야 회사 임원 살해 사건 특별 수사본부'라고 적힌 종이가 붙어 있었다.

"다들 수고가 많아."

아직 시간이 일러서인지 회의실은 한산했다. 다행히 만나려 했던 히메카와 레이코 주임은 벌써 복귀해 있었다.

레이코 역시 회의실로 들어오는 가쓰마타를 바로 알아차렸다. 새빨간 립스틱을 바른 입술을 달싹이며 뭐라고 중얼거렸다.

"간테쓰……."

선배 경위를 별명으로 부르다니 배짱 한번 두둑하다. 나하고 한번 해보자는 건가.

"어이, 레이코. 자네가 몸서리치게 좋아하는 여름이 올해도 어김없이 돌아왔군."

레이코는 17세이던 해 여름에 성폭행을 당한 피해자였다. 지금은 그런 일쯤 아무래도 상관없다.

"여긴 무슨 일이시죠? 일손은 충분한데요."

"말 좀 곱게 하면 어디 덧나나. 서른이 넘은 여자가 언제까지 계집애처럼 쫑알댈 건데? 그보다, 자네 계장님은 어디 있어?"

"본부에서 아직 돌아오지 않으셨어요."

들던 중 반가운 소리다.

"어쩔 수가 없네. 그럼 예쁜 언니가 수사 자료를 좀 보여줘야 겠어."

"네? 왜 그러시는데요?"

"거참, 말 많네. 더러운 팬티나 납작한 가슴을 보여달라는 것도 아니잖아. 수사 자료나 어서 내놔."

아무리 한산하다 해도 회의실에는 대여섯 명의 남자 수사관이 있었다. 여기서 더 버텨봤자 좋을 게 없다고 판단했는지 레이코는 옆자리에 둔 자신의 가방을 뒤적거렸다. 쭈글쭈글한 녹색 가죽 가방은 싼 건지 비싼 건지는 모르겠으나 아주 큼직했다.

레이코는 한참을 뒤지더니 이번에는 브랜드 제품인지 아닌지는 모르겠으나 꽤 근사한 가죽 표지로 된 파일을 꺼냈다.

"다는 안 됩니다. 처음 부분만 보여드리죠."

"겨우 앞부분만? 빡빡하게 구는 건 여전하군. 알았으니까 보여주기나 해."

레이코는 한숨을 쉬더니 고개를 절레절레 저으며 사건 파일을 펼쳤다.

첫 장에 피해 남성의 사진이 나오고, 그다음 장에는 감식반이 촬영한 사건 현장 사진이 붙어 있었다. 가쓰마타는 사건 파일을 유심히 살펴보았다.

과연 생각했던 대로였다.

"15년이나 용케 도망 다녔다고 칭찬해야 하나."

그러자 레이코가 눈을 반짝이며 가쓰마타를 쳐다보았다. 그럴 줄 알고 던진 미끼인데 걸려들지 않을 리가 없지.

"15년? 그게 무슨 말씀이죠?"

"뭐긴 뭐야, 15년은 5년의 세 배잖아."

깔끔하게 다듬어진 레이코의 두 눈썹 사이에 깊은 주름이 잡혔다.

"3년의 다섯 배 아니면 9년에다가 6년을 더하면 15년이라는 것쯤은 저도 알아요. 지금 저하고 말장난하세요? 이 사건의 피해자가 15년 전에 무슨 일을 저질렀는지 가쓰마타 주임님께 여쭤보는 거잖아요."

그렇지, 질문을 하려면 이렇게 해야지.

"음…… 한 가지만 말해주지. 범인이 누군지는 모르겠지만 살인 동기는 짐작이 가."

가쓰마타의 말이 떨어지기가 무섭게 레이코가 다그치듯 물었다.

"그 동기가 대체 뭔데요?"

말 못 할 것도 없지. 어쩌다 한 번쯤 이 계집애에게 호의를 베푼다고 해서 손해 볼 건 없을 테니.

15년 전 일이라고 하면 가쓰마타가 형사과에서 공안부로 전출되기 전 이야기다.

그해 6월 24일 목요일, 세타가야 구에 위치한 세이조 서 관할 구역에서 살인 사건이 발생했다. 세이조 서는 곧바로 수사본부를 설치했고 가쓰마타는 사건 발생 다음 날 아침에 배속되었다.

"너무한데. 이런 꽃미남 청년을 이렇게 끔찍한 몰골로 만들어 놓다니."

피해자는 나가쓰카 준이라는 25세의 젊은 남자였다. 생전 모습이 담긴 사진을 보니 어지간한 미남이었지만 사건 현장 사진에 찍힌 모습은 참혹했다. 가슴과 배, 등을 아홉 군데나 찔려서 온몸이 시뻘건 피투성이였다. 범인과 몸싸움을 벌이다가 생겼는지 이마부터 오른쪽 눈에 걸쳐 크게 베인 상처가 나 있었다. 허공을 향해 두 눈과 입이 반쯤 벌어진 채 누워 있는 사체는 참으로 처참했다.

가쓰마타는 사진과 함께 건네받은 자료를 하나하나 들춰보았다. 피해자는 도쿄 대학교를 졸업하고 대기업 하마나카 제약의 환경보전부에서 근무한 엘리트였다. 미혼이며 아버지 나가쓰카 도시카즈가 유일한 가족이었다. 집안일은 가정부가 일주일에 두 번 정도 들러 돌본다고 했다. 불행 중 다행으로 가정부는 사건 당일 밤 일찍 귀가하여 화를 면했다.

"그럼, 수사 회의를 시작하겠다."

당시에 회의 진행은 살인범 수사 4계장 하시즈메 경감이 맡았다.

"기립."

가쓰마타의 호령에 맞춰 회의에 참석한 약 40명의 수사관이 일제히 일어섰다.

"경례, 착석."

먼저 특수 본부 지휘부에서 사건 개요를 설명했다.

피해자는 어젯밤 10시 반경, 세타가야 구 미나미카라스야마 2가 17-×의 자택에 귀가, 잠시 후 범인에게 곧장 불려 나가 자택 현관 앞에서 흉기에 찔려 살해당했다.

가쓰마타는 어떻게 사건 다음 날 아침인 이 시점에 '잠시 후'라는 사실까지 알아냈느냐고 물었다. 피해자가 양복 차림에 슬리퍼를 신은 상태로 발견되었던 점, 또 서류 가방이 거실 소파 옆에 그대로 놓여 있었던 점을 보고 유추했다는 대답이 돌아왔다. 다시 말해 퇴근 후 집으로 돌아온 피해자는 옷을 갈아입을 새도 없이 범인이 부르자 현관에 놓인 슬리퍼를 대충 꿰어 신고 밖으로 나갔다가 돌연 괴한의 습격을 받아 목숨을 잃었다는 추리였다.

"사인은 과다 출혈에 의한 쇼크. 흉기는 가정에서 흔히 사용하는 식칼로 칼날의 길이는 17센티 정도로 추정된다. 피해자는 바깥에서 보면 왼쪽이 열리는 현관문 밖으로 나오다가 그대로 등 뒤에서 칼에 찔린 것으로 보인다. 그대로 바깥으로 쓰러져 연속으로 칼에 찔린 뒤 절명했을 것이다. 발견 당시 피해자는 닫혀 있는 현관문에 몸을 기댄 채 쓰러져 있었다. 최초 발견자는 11시 10분경에 귀가한 피해자의 아버지 나가쓰카 도시카즈. 나이 62세. '노동자재해보상보험 시설 사업단'이라는 특수법인의 이사직을 맡고 있다. 나가쓰카 도시카즈는 누군가 집을 뒤진 흔적도 없고, 특별히 수상한 점도 없다고 진술했다. 모두 알다시피 간밤에는 새벽 3시까지 장대비가 내렸다. 따라서 현장 주변에서 족적과 지문을 채취하기란 현재로써는 불가능하다."

가쓰마타가 다시 손을 들었다.

"범인이 집에 들어간 피해자를 불러냈다고 했는데 초인종 같은 데 지문이 남지 않았습니까?"

하시즈메는 엉거주춤한 자세로 자료를 뒤적거렸다. 안경의 각도를 조절하며 미간을 찡그렸다.

"그런 보고는 없다."

범인이 장갑을 꼈다는 말인가. 그렇다면 계획적인 범행이다. 집 안을 뒤진 흔적이 없다는 점을 보아 범행 동기는 원한인가.

가쓰마타는 세이조 서 형사과 경사와 피해자의 직장 관계자 탐문을 맡았다. 살인 사건의 경우 현장을 직접 보는 것이 가장 중요하지만 지금은 별도리가 없었다. 탐문 수사가 우선이므로 나중에 여유가 생길 때 개인적으로 현장에 들러보기로 했다.

피해자가 근무했던 하마나카 제약 환경보전부에서는 주로 피해자의 평판을 물었다.

입사 연도가 두 해 빠른 남자 선배 사원에게 피해자가 맡았던 업무에 대해 들었다.

"저희 부서의 주 업무는 자사 공장이 주변 환경에 미치는 영향을 조사하거나, 새로운 공장을 지을 후보지를 시찰하는 일입니다. 최근에는 해외 신규 공장 설립이 증가해서 나가쓰카는 해외 지역 환경 조사를 담당했습니다. 그래봐야 본사와 현지 직원을 잇는 중간 다리 역할 정도라 나가쓰카가 직접 해외에 나가는 일은 거의 없었습니다."

이를테면 국제 비즈니스 담당이었다는 말이다. 아무래도 자택 앞에서 난도질을 당할 정도로 원한을 살 만한 일은 아닌 듯했다.

"대인 관계는 어땠습니까. 동료들과 술도 자주 마시는 편이었습니까?"

"네. 퇴근길에 식사하면서 가볍게 한잔하는 정도는 늘 있었죠. 거의 매일 밤 그랬을 겁니다. 어머님이 돌아가셔서 안 계시거든요. 가정부가 일주일에 두어 번 들러서 집안일을 해준다고 했습니다. 집에서 저녁을 먹는 건 가정부가 오는 그 두 번뿐이라고 들은 기억이 납니다."

가쓰마타는 술자리에서 피해자와 자주 어울렸던 동료들을 만나 이야기를 들었다. 입사 후에 친해졌다는 같은 부서의 남자가 흥미로운 이야기를 들려주었다. 그는 자기 입으로 생전의 피해자와 절친한 사이였다고 말하면서 나가쓰카의 죽음을 누구보다도 안타까워했다.

"나가쓰카 그 녀석, 딱 한 번 술자리에 애인을 데려온 적이 있었습니다. 올해 초 몹시 추웠던 날로 기억합니다. 아마 여자 친구는 취직 전이었을 겁니다. 그런데 최근 애인이 취직을 해서 야근이 잦아 평일에는 통화조차 어렵다며 투덜거렸습니다."

갓 취업했다면 피해자의 애인은 스물두 살쯤, 전문대를 졸업했다면 스무 살 정도의 나이일 것이다.

"그 두 사람은 학생 때부터 사귄 겁니까?"

네, 하고 그가 고개를 끄덕였다. 그렇다면 피해자의 애인 또한 도쿄 대학을 졸업했을 가능성이 높다. 재수를 하거나 유학을 하지 않았다면 그녀는 올해 만 스물두 살이다. 피해자가 만 스물다섯이니 나이 차는 적당하다.

가쓰마타가 여자 친구의 이름을 물으니 한자와 성은 모르지만 게이코라고 했다. 그 부분은 학창 시절의 교우 관계를 조사

16

하는 수사관들이 알아낼 것이다. 부모가 허락한 사이라면 피해자의 아버지인 도시카즈도 그녀를 알지 모른다.

조금 짓궂은 질문이 떠올랐다.

"최근 나가쓰카 씨가 애인과 사이가 좋지 않다는 이야기를 한 적은 없습니까?"

"아뇨. 그런 얘기는 듣지 못했습니다."

그는 고개를 저었다.

사체 부검 감정 결과가 나왔다. 특별히 여성이 하기에는 불가능할 만큼 세게 힘을 주어 찌른 수법은 아니라는 애매한 내용이 포함되어 있었다. 범인을 남자로 한정할 필요는 없다는 뜻이었다.

사나흘쯤 지나자 피해자의 애인과 관련한 정보도 제법 모아졌다.

이름은 모리오 게이코. 예상대로 피해자와 같은 도쿄 대학 출신으로 스물두 살이며, 현재 대기업 출판사에 다닌다고 한다. 사진을 보니 상당한 미인이었다.

하마나카 제약을 다시 찾은 가쓰마타는 피해자의 동료 여직원에게서 솔깃한 정보를 입수했다. 피해자가 지난 5월 연휴 기간에 다른 부서 여직원과 단둘이서 영화를 보러 갔다는 흥미로운 내용이었다.

수사본부는 치정 사건일 가능성에 무게를 두고 바쁘게 움직였다. 하지만 그것도 잠시뿐이었다. 그 여직원은 사건 당일 오사카로 출장을 갔고, 사건이 일어난 시각에는 오사키 지사에서 회의 중이었음이 밝혀졌다.

모리오 게이코 또한 알리바이가 확실했다.

그녀는 사건이 일어난 밤, 회사에서 출판 교정 작업을 했다. 그날 밤 함께 작업한 동료 사원들이 이를 증언했다. 감시 카메라에도 자정 넘어 퇴근하는 그녀의 모습이 선명하게 찍혀 있었다. 그녀의 결백을 말해주는 확실한 증거였다.

일주일이 지났지만 수사는 별다른 진전 없이 제자리에서 맴돌았다. 가쓰마타는 몹시 초조했다.

"치정에 의한 살인이 아니란 말인가……."

"정황으로 보아 그런 듯합니다."

수사를 맡은 형사들은 회의가 끝나면 수사본부에 그대로 남아 서에서 마련한 도시락에 마른안주를 놓고 한잔 걸치곤 했다. 가쓰마타도 마찬가지였다. 사건 발생 이후 일주일 내내 집에 돌아가지 않고 밤새도록 동료들과 술을 마시며 사건에 대해 의견을 나누었다.

그러고 보니 며칠 전, 아내에게서 전화가 왔다. 큰아버지께서 돌아가셨으니 장례식에 와달라고 했다. 가쓰마타는 못 간다고 단호하게 거절했다. 이유를 묻기에 "내가 간다고 해서 큰아버지가 살아 돌아오시는 것도 아니잖아!"라고 대답해주었다. 당신은 사람도 아니라며 욕설을 퍼붓는 아내에게 "나 원래 그런 사람인 줄 이제 알았어?"라고 쏘아붙이고는 전화를 끊어버렸다.

그 기억을 떠올리니 술맛이 뚝 떨어졌다.

뭔가 색다른 안주는 없나 하고 주위를 둘러보았다. 지휘석 왼편에 놓인 텔레비전 앞에 모여 있는 수사관들이 눈에 들어왔다. 뉴스 방영 시간이었다. 이번 사건에 관한 보도라도 나오는 걸까.

가쓰마타도 맥주잔을 들고 텔레비전 앞으로 걸어갔다.

짐작대로 텔레비전에서는 나가쓰카 준의 장례식 장면이 나오고 있었다.

장소는 세타가야 구의 한 장례식장이었다. 추모객들 가운데 모리오 게이코의 모습도 보였다. 카메라는 오열하는 모리오 게이코의 모습을 계속 비추었다. 남다른 미모가 눈에 확 띄었다. 미인이 오열하는 모습은 시청자의 흥미를 끌고도 남을 소재라 방송국 입장에서도 그 장면을 놓칠 리가 없었다. 그때 누군가가 갑자기 채널을 돌렸는데 바뀐 화면에서도 게이코가 우는 모습이 화면을 가득 채웠다.

리포터가 사건의 개요를 설명한 후 장례식에 참석한 추모객에게 마이크를 건넸다. 화면에 얼굴이 나오지는 않았지만 게이코가 확실해 보이는 여성의 인터뷰가 나왔다.

"굉장히…… 착실하고…… 학생 때부터 리더십이 강했어요. 그에게 어쩌다 이런 일이 일어났는지 모르겠어요."

착실했든 훌륭한 리더였든 사람은 누구든지 살해당할 수 있다고 말하려다 도로 삼켰다. 게이코가 그런대로 미인이라는 사실이 떠올랐기 때문이다.

미인인 데다 젊은 여자한테 무슨 말이 더 필요하랴.

수사 개시 8일째.

해 질 무렵 서둘러 수사본부로 복귀한 가쓰마타는 보고서 초안을 작성하고 있었다. 그때 수사본부로 전화 한 통이 왔다.

하시즈메가 전화를 받으며 "아, 그래? 잘됐군." 하며 기쁜 듯이 고개를 몇 번이나 주억거렸다. 무슨 좋은 소식이라도 있나.

가쓰마타는 자리에서 일어나 하시즈메에게 다가갔다.

하시즈메도 마침 전화를 끊으며 가쓰마타를 돌아보았다.

"과학수사연구소야. 피해자의 옷에서 지문이 나왔대. 옷깃 언저리와 등, 어깨에서도 발견됐다는군. 일단은 범인의 지문으로 봐도 틀림없을 거라고."

"그게 무슨 소리죠?"

한쪽 눈썹을 치켜세우며 짜증을 담아 하시즈메를 쳐다보았다. 하시즈메는 그런 가쓰마타의 심중을 알아차리지 못한 듯 얼굴 가득 기쁜 표정을 감추지 못한 채 들떠 있었다.

아무래도 말해주지 않으면 평생 모를 것 같았다.

"지문이 왜 이제야 나왔는데요?"

그래서는 안 된다는 걸 알면서도 하시즈메에게 말할 때는 공손함이 사라지고 만다.

"응? 그거야…… 피해자의 젖은 옷을 조심스레 말려서 무슨 신통한 채취 방법이라도 시도해 보느라 그랬겠지."

"그걸 말이라고!"

보나 마나 지문 채취를 뒷전으로 미루다가 이제야 해치웠겠지. 하시즈메는 윗선에 아첨을 잘해서 바닥부터 고생하며 올라온 동료들에게 눈총을 받기 일쑤였다. 수사 과정에서 불합리한 일이 벌어졌을 때 주변에서 따가운 시선과 압박을 받아도 전혀 개의치 않는다. 전형적으로 부하에게 손해만 입히는 상사다.

여기서 더 말해보았자 입만 아프다.

"전과자들 중에 일치하는 지문은 없다는군. 크기로 봐서는 남성일 가능성이 높고."

수사관들은 피해자 주변인들의 지문을 채취해서 대조해야 할지를 논의했다. 그럴 경우 지문 채취 대상을 어디까지로 정해야 하는지 그 범위가 문제였다.

그때 누군가가 회의실 문을 거칠게 열어젖히는 소리가 들렸다. 돌아보니 사건 현장 주변의 탐문 수사를 맡은 이치무라 경사였다. 이치무라는 한껏 들뜬 목소리로 외쳤다.

"계장님, 목격자가 나타났습니다!"

일이 풀리려니 또 다른 단서가 꼬리를 물고 쏟아져 나온다.

수사관들이 모여들자 이치무라는 가쁜 호흡을 가다듬은 뒤 수첩을 열고 보고를 시작했다.

"사건 당일 밤 10시경, 피해자 집 근처 아파트에 사는 학생이 사건 현장 주변에서 어슬렁거리는 수상한 남자를 목격했다고 합니다. 신장 160센티 정도에 작고 마른 체형의 중년 남자였다고 증언했습니다. 그 중년 남자가 피해자의 집 문 앞에서 집 안을 들여다보며 한참 동안 서성였다고 합니다."

"중년이라면 어느 정도를 말하는 건가?"

"50대에서 70대 사이입니다."

학생이 보기에는 금방이라도 쓰러질 듯한 비실비실한 노인이 아니고서야 50대 이상은 다 비슷비슷해 보이겠지.

하시즈메는 미간을 찌푸렸다.

"인상착의는?"

"검은 방한 점퍼에 달린 모자를 뒤집어쓰고 지퍼를 턱 밑까지 올려 입은 남자가 새카만 우산을 쓴 채 서 있었다고 합니다. '비도 오고 이렇게 날도 푹푹 찌는데 조깅이라도 하나?'라고 생각하면서 쳐다보다가 조깅하는 사람이 우산을 왜 썼는지 의아했다는군요."

"얼굴은 봤다던가?"

"네. 목격자가 피해자의 집 앞을 지나려는 순간 우산을 살짝 들었는데 그때 중년 남자와 눈이 마주쳐서 보았답니다. 마치 목격자의 얼굴을 확인하려는 듯한 눈치였다고 합니다."

"몽타주를 그릴 수 있을 만큼 기억한대?"

"네. 기억한다고 했습니다."

"좋았어!"

하시즈메가 책상을 탁 쳤다.

가쓰마타는 조금 분했다. 역시 억지를 부려서라도 현장 탐문을 맡았어야 했다.

다음 날 오전, 목격자인 학생을 불러 몽타주를 그렸다.

"눈이 좀 더 가늘었어요."

"이렇게?"

"아니요, 그렇게까지 날카로운 느낌은 아니고요."

"그럼 눈꼬리를 좀 더 처지게 해볼까?"

"맞아요! 네, 그렇게요."

완성된 몽타주는 뭐랄까, 다 늙어빠진 원숭이의 얼굴 같았다. 머리 모양은 모자를 써서 못 보았다니 알 길이 없다. 감식반의 몽타주 담당자가 올백 머리와 대머리 두 종류를 그려서 적당히 완성했다.

그다음이 문제였다. 수사관들은 늙은 원숭이로밖에 보이지 않는 몽타주를 보더니 난감한 듯 고개를 절레절레 흔들었다. 사건 관계자 중에 몽타주와 닮은 인물이 누구인지 짐작 간다는 수사관은 단 한 명도 없었다.

수사 착수 9일째부터 수사관들은 몽타주를 들고 다니면서 지금까지 만났던 피해자 주변 인물들을 다시 찾아가 대조했다. 용의자와 나이대가 비슷한 피해자의 아버지 나가쓰카 도시카즈에게도 몽타주를 보여줬으나 전혀 짐작 가는 사람이 없다고 했다.

하마나카 제약 직원들은 가쓰마타가 이미 확인을 마쳤다. 본사 직원은 물론이고 공장 근로자, 거래처, 경쟁사, 퇴사자 할 것 없이 닮은 사람이 없는지 샅샅이 조사했다. 그리 눈에 띄는 얼굴은 아니다, 착각이라도 좋다, 이름이 거론됐다고 해서 바로 체포하지도 않는다, '아무개 씨 아닌가?' 정도의 어림짐작도 괜

찾으니 조금이라도 닮은 사람이 있으면 알려달라고 부탁했다.

꽤 조심스럽게 탐문 수사를 벌였지만 이상하리만큼 소득이 없었다. 그 중년 남자는 이번 사건과 아무 관련도 없는 게 아니냐는 소리가 여기저기서 터져 나왔다.

그렇다고 포기할 수도 없는 노릇이었다. 자칫 사건의 실마리를 놓치기라도 하면 이 사건은 영영 미제로 남을 가능성이 높다. 이럴 때는 일단 머리를 비울 필요가 있다.

하마나카 제약에서 나온 가쓰마타는 파트너에게 사건 현장에 들렀다가 퇴근할 테니 먼저 복귀하라고 했다.

파트너는 "저도 같이 가겠습니다." 하고 가쓰마타를 따라나섰다.

나가쓰카의 집은 지은 지는 오래됐어도 꽤 으리으리한 저택이었다. 대문 밖 길에서 올려다보니 가정부가 왔는지 2층 창문이 활짝 열려 있었다.

가쓰마타는 파트너에게 들어가자는 뜻으로 턱짓을 했다. 자신들을 수상히 여겨 가정부가 나온다 해도 상관없었다.

작은 문을 지나 저택 안으로 들어섰다. 정면에 조그만 연못이 있었다. 현관으로 가는 길을 인도하듯 오른편에 자갈길이 이어져 있었다.

저택을 둘러싼 벽돌담 안에 1미터가 훌쩍 넘는 나무들이 빽빽하게 심어져 있었다. 나뭇잎 모양은 철쭉과 비슷한데 정확히는 모르겠다.

가쓰마타는 범행 현장인 현관 앞까지 왔다. 피해자 나가쓰카 준은 계단 위 현관 포치*에서 오른쪽 어깨가 바닥에 닿은 상태로 쓰러져 있었다. 회색 양복 안의 와이셔츠는 피로 붉게 물들어 있었다. 슬리퍼 한쪽은 벗겨져 현관에서 1미터쯤 떨어진 곳에 나동그라져 있고 오른발에만 슬리퍼가 간신히 걸려 있었다.

초인종은 현관문 왼쪽에 달려 있었다. 단순하게 '딩동' 소리만 나는 종류였다.

현장을 살피던 가쓰마타는 한 가지 의문이 들었다.

범인은 피해자의 옷에 지문을 남겼다. 그런데 초인종에서는 왜 지문이 검출되지 않았을까. 그 반대라면 이해가 간다. 비에 젖은 피해자의 옷에서가 아니라 처마 밑에 있는 초인종 버튼에서 지문이 나왔다면 충분히 납득할 만하다. 이건 무슨 의미일까. 범인은 초인종을 누를 때만 지문이 묻지 않게 손수건이라도 썼나? 그 후에는 맨손으로 범행을 저질렀다는 말인가. 상식적으로 말이 안 된다. 범인의 행동은 개연성도 없고 일관성도 떨어진다.

"주임님!"

파트너가 손가락으로 가쓰마타의 가슴께를 가리켰다. 주머니 속에서 휴대전화가 울리고 있었다. 지금 쓰는 휴대전화는 벨 소리가 작아서 전화가 와도 모르고 지나치기 십상이다.

"여보세요."

---

* 포치(porch): 건물의 입구 바깥쪽으로 튀어나와 지붕으로 덮인 부분.

"나다, 하시즈메. 방금 용의자가 자진해서 출두했다."

이 사건은 대체 어떻게 돌아가는 건지.

가쓰마타는 부랴부랴 세이조 서로 복귀했다. 수사본부가 있는 5층까지 갈 필요는 없었다. 엘리베이터를 타고 3층에서 내려 곧장 형사과로 향했다. 용의자는 지금쯤 형사과 취조실에 있으리라. 수사기관이 이미 범행 사실을 알고 지문까지 나온 마당에 자진 출두를 해봐야 자수로 인정받기는 어렵다. 감형도 바라지 못한다. 기껏해야 반성하는 빛이 보인다 하여 정상참작은 해줄지 모른다.

"다녀왔습니다."

형사과에 들어서자 형사과장 책상 옆의 응접 테이블에서 차를 마시는 하시즈메가 돌아보았다. 세이조 서 서장과 부서장 그리고 형사과장이 함께였다.

"어이, 간테쓰. 이제야 납셨군!"

저 얼간이. 뭐가 '어이'야!

"여기서 뭐 하고 있는 겁니까?"

"자네를 기다리고 있었지."

"나 기다릴 시간에 취조를 해야죠, 취조를."

서장이 못마땅하다는 눈초리로 그를 쳐다보았지만 거기까지 신경 쓸 여유가 없었다.

"그게 말이지, 용의자가 '나가쓰카 씨는 제가 죽였습니다.'라고 한마디 하고 입을 닫아버렸어. 이름이고 뭐고 아무리 질문을 해도 입을 꾹 닫고 대답을 안 해. 할아버지가 어찌나 벅창호인지 어설프게 취조하느니 자네한테 맡기는 편이 낫겠더라고. 주임을 한 명 붙여서 취조실에 들여보냈지."

하시즈메는 적절하게 대응했다는 듯 당당한 태도였다. 아무래도 좋다. 처음부터 이 녀석에게는 아무 기대도 하지 않았다.

"인상착의는? 몽타주랑 닮았던가요?"

"빼다 박았어. 그 대머리 그림이랑 똑같던데."

네 녀석 정수리도 위태롭기는 매한가지야.

"지문은?"

"일치했지. 이제 자네가 자백만 받아내면 그걸로 깨끗하게 마무리되는 거야."

가쓰마타는 체포 영장이나 준비하라는 말을 남긴 뒤 파트너를 데리고 복도 끝에 있는 취조실로 향했다. 두께가 얇은 취조실 문을 노크하자 안에서 "네!" 하고 다소 놀란 듯한 목소리가 들렸다.

"수사 1과 가쓰마타다."

바로 문이 열리고 서른 안팎으로 보이는 경사가 취조실 밖으로 얼굴을 내밀었다.

"교대해. 취조는 내가 할 테니."

"네, 알겠습니다."

파트너와 함께 취조실로 들어갔다.

취조실은 5제곱미터 남짓이었다. 좁은 방 한가운데를 차지하고 떡하니 놓여 있는 철제 책상 너머에 한 남자가 앉아 있었다.

영락없는 원숭이 상인 그 얼굴은 과연 몽타주에서 막 튀어나온 듯했다.

파트너가 왼쪽 구석에 있는 작은 책상 앞에 앉아 기록할 준비를 했다. 가쓰마타는 용의자와 대치하듯 마주 앉았다. 용의자는 가쓰마타를 한번 슬쩍 올려다볼 뿐 돌부처인 양 눈썹 하나 꿈쩍하지 않았다.

"경시청 수사 1과의 가쓰마타요. 지금부터 당신을 심문할 테니 내 질문에 답변해주겠소?"

용의자의 시선은 가쓰마타의 넥타이 근처에 머물렀다.

"자, 영감 이름이 뭐요?"

역시 대답이 없다. 귀를 기울이지 않으면 숨을 쉬는지조차 모를 만큼 미동도 하지 않았다.

"이봐요, 영감. 당신이 나가쓰카 준을 죽였다며. 자진 출두를 해놓고 신원을 밝히지 않으면 아무것도 알아내지 못하잖소. 아버지뻘인 당신이 도대체 왜 새파랗게 젊은 나가쓰카를 죽인 거요? 어설프게 공격하다 역으로 흉기를 뺏길지도 모른다는 생각은 안 들었소?"

침이 고이는지 목울대가 약간 움직였다.

"충동적으로 저지른 일은 아닐 거잖소. 범행 시각 전부터 당신은 나가쓰카의 집 주변에서 서성거렸어. 비옷에 모자를 뒤집어쓰고 우산까지 챙겨 들고 철저히 준비했다던데. 게다가 흉기까지…… 원한이 여간 깊으신 게 아닌가 보오."

나이도 지긋한 남자가 자식뻘인 젊은이를 살해했다. 가령 이 남자에게 딸이 있고, 그 딸이 나가쓰카에게 강간을 당하여 그 원한으로 복수했다면 수긍이 간다.

"영감, 자식은 있소?"

반응이 있다. 얼핏 눈동자가 미세하게 움직였다.

"내가 이래 봬도…… 뭐, 영감 눈에는 내가 어떻게 보이는지 모르지만 작년에 태어난 딸이 하나 있지. 마흔이 다 되어 얻은 첫아이인데 안타깝게도 날 닮아서 엄청난 못난이야. 뭐, 마누라를 닮았어도 별반 다르지 않았겠지만."

용의자가 다시 시선을 떨군다. 이런 이야기는 별 감흥이 느껴지지 않나 보다. 아니면 가쓰마타의 눈을 똑바로 보기 힘들 만큼 동요했는지도 모른다.

"여하튼 못생겨도 자기 자식은 귀여운 법이지. 불도그나 돼지를 애지중지하며 키우는 놈들도 있는 판에 그것도 딸자식이니 사랑스럽지 않겠어? 그렇다고 늘 '귀여운 내 새끼!'라는 생각만 들지는 않지만. 나도 가끔은 그런 생각을 하지."

가쓰마타도 이런 이야기를 하는 자신이 낯간지러웠다.

그만하고 이쯤에서 화제를 돌리는 게 나을성싶었다.

온갖 수단을 동원해 유도신문을 시도했지만 만만치 않은 영감이었다. 입을 열 기미가 조금도 보이지 않았다. 속수무책으로 앉아서 48시간을 허비했다. 결국 피의자는 검찰로 송치해야 했다.

성가신 검찰 송치 절차는 하시즈메에게 떠넘겼다. 아무것도 진술하지 않은 탓에 조서 작성은 누가 하든 상관없었다. 조서가 아니더라도 이번 사건은 자백, 지문, 몽타주로 이루어진 호화 3종 세트와 함께 검찰로 넘어간다. 구류 열흘 정도의 판정은 족히 떨어질 것이다.

시간을 벌었다고 생각한 가쓰마타는 피의자를 검찰로 보내자마자 서에서 나와 택시를 탔다. 한 번 더 나가쓰카 준의 저택을 둘러보고 싶었다. 쥐도 새도 모르게 서에서 빠져나왔으니 지금쯤 파트너는 그를 찾아 발바닥에 불이 나도록 경찰서 안을 방황하고 있을 것이다.

도착해보니 오늘은 가정부가 오지 않는 날인지 피해자의 집 창문이 모두 닫혀 있었다. 커튼도 빈틈없이 드리워져 있다. 나가쓰카 도시카즈도 부재중인가. 대문에는 초인종도 없다. 불편하기 짝이 없는 구조였다.

별도리 없이 대문 너머로 손을 뻗어 빗장을 풀고 그냥 들어가기로 했다. 나중에 가정부가 나와서 트집을 잡으면 처음부터 열려 있었다고 적당히 둘러대면 그만이다.

현관 앞으로 걸어가 본다. 처음 이곳에 왔을 때와는 달리 이번에는 피의자의 이미지가 선명하게 떠올랐다. 그런대로 범행 시뮬레이션이 가능했다.

피의자는 폭우 속에서 나가쓰카 저택을 담 너머로 훔쳐본다. 혹은 문 앞에서 마당을 들여다본다. 잠시 후 나가쓰카 준이 귀가한다. 피의자는 틀림없이 조금 떨어진 곳에서 기다렸으리라. 그런데 나가쓰카 준이 순식간에 집 안으로 들어가 버린다.

피의자, 그 비실비실한 영감탱이는 당황했을 것이다. '들어가 버렸잖아, 젠장!' 하고 바로 다음 행동에 들어갔으리라고는 생각하기 어렵다. 기나긴 망설임 끝에 결심을 굳히고 집 안으로 침입했겠지. 대문을 뛰어넘었을 리는 없다. 틀림없이 내가 했던 방법으로 문을 열고 사건 현장으로 갔으리라.

그리고 초인종을…….

여기서부터가 이상하다. 초인종 버튼에 피의자의 지문이 남지 않았다. 초인종을 누르지 않고 나가쓰카 준을 어떻게 불러냈을까. 소리라도 쳐서 불렀나. 아니다. 집 밖으로 나오라고 범행 대상을 불러낼 멍청이가 어디 있겠는가. 만에 하나 있다고 쳐도 이 사건에서는 아니다. 여하튼 현장에는 초인종이 있었다. 범인은 지문을 남기지 않으려고 신중하게 행동했을 것이다. 하지만 그렇게 용의주도한 범인이 범행을 저지르다가 방심하기라도 했나, 피해자의 옷에 지문을 남겼다니, 앞뒤가 맞지 않았다.

설령 피의자가 초인종을 눌렀다 하더라도 나가쓰카 준이 아닌 다른 사람이 나올 가능성은 염두에 두지 않았을까. 이 집은 아무리 보아도 스물다섯 살 청년이 혼자 살 만한 집으로는 보이지 않는다. 그 정도는 피의자도 알고 있었을 것이다. 그런데도 다른 가족이 나올 가능성은 생각지도 않았다는 말인가.

아니다. 애초에 조명이 모두 꺼져 있었다면 집이 비어 있다는 사실은 알았으리라. 그렇다면 다른 누구도 아닌 나가쓰카 준이 나올 거라고 확신할 수 있겠군.

가쓰마타는 조금 뒤로 물러나 집 전체를 살펴보다가 문득 한

가지 사실을 깨달았다. 이 집의 창문에는 옆으로 덧문을 밀어 넣어두는 틈이 있었다. 범행 당일 밤에는 장대비가 내렸다. 거기까지 생각했을 때였다.

"누, 누구세요?"

가쓰마타의 등 뒤에서 겁에 질린 목소리가 들렸다. 돌아보니 우둥퉁하게 살이 찐 중년 여자가 서 있었다. 가정부 스즈키 요시에가 틀림없었다. 말로만 들었지 실물은 처음 보았다.

"아, 이거 실례했습니다. 경시청에서 나왔습니다. 대문이 열려 있어서 실례를 무릅쓰고 여기까지 들어왔습니다. 나가쓰카 씨는 댁에 안 계신가 보죠?"

가쓰마타가 경찰수첩을 보여주며 말했다.

"아! 형사님이시군요."

가정부는 안심한 듯 손으로 가슴을 쓸어내리며 되물었다. 가슴둘레가 1미터는 족히 넘어 보이는 풍만한 가슴에 손이 파묻힌다.

옳거니. 마침 잘 만났다.

"갑작스러우시겠지만 질문 하나 하겠습니다. 사건 당일 밤 폭우가 쏟아졌는데 혹시 덧문을 닫아놓으셨습니까?"

스즈키 요시에는 "네." 하고 무덤덤하게 고개를 끄덕였다.

"그날은 호우주의보가 내려서 덧문을 죄다 닫았어요. 준 씨가 집에 돌아왔을 때 너무 캄캄하면 안 되니까 1층에는 몇 군데 불도 켜놓고 퇴근했고요."

그렇군. 그럼 나가쓰카 준조차도 아버지와 가정부의 부재를 몰랐을 가능성이 높다.

"한 가지만 더 묻겠습니다. 나가쓰카 준 씨는 그날 밤 아버님의 귀가가 늦는다거나 당신이 일찍 퇴근한다는 사실을 알고 있었습니까?"

"글쎄요."

스즈키 요시에는 고개를 갸웃거렸다.

"아마 몰랐을 거예요. 평소 어르신의 귀가 시간이 일정하지가 않거든요. 저는 텔레비전에서 빗발이 더 거세질 거라는 뉴스를 보고 빨리 집에 가야겠다고 생각했어요. 예정보다 일찍 퇴근했던 터라 준 씨는 당연히 몰랐을 거예요. 식탁에 일찍 돌아간다는 메모를 남겨두기는 했지만요. 어쩌면 집에 도착했을 때는 제가 있을 거라고 생각했을지도 모르겠네요."

예상한 대로다.

나가쓰카 준은 아버지와 가정부의 부재를 몰랐다. 그것은 밖에서 상황을 엿보고 있던 피의자도 마찬가지였을 것이다. 초인종을 눌렀을 때 누가 나올지 예측하지 못했을 가능성이 높다.

사건을 원점으로 돌려 다시 생각해 볼 필요가 있었다.

나가쓰카 준이 누군가에게 원한을 샀을 법한 이유는 아직 발견하지 못했다. 지금까지 얻어낸 조사 결과를 보면 수사본부도 이 부분에 대해 명확한 이유를 파악하지 못했다.

하지만 사건을 다른 관점에서 생각하면 이야기는 달라진다.

피의자가 노린 사람은 나가쓰카 준이 아니다. 정말 죽이고 싶었던 사람은 나가쓰카 도시카즈다. 물론 스즈키 요시에를 노렸을 가능성도 아예 없지는 않지만 그녀는 나가쓰카의 자택에서 1킬로미터 정도 떨어진 공동주택에 혼자 산다. 그녀를 죽이고 싶었다면 그곳에서 덮치는 방법을 택했을 것이다.

그렇다. 피의자는 모종의 방법으로 나가쓰카 도시카즈를 불러냈다. 하지만 실제로 현관으로 나온 사람은 아들 준이었고 피의자는 도시카즈로 착각하여 실수로 준을 죽인 것이다.

가쓰마타는 해 질 녘이 다 되어서야 수사본부로 돌아왔다. 같은 과 소속 이와타 경위를 경찰서 밖으로 불러냈다. 여전히 무더웠지만 밤바람이 불어서인지 낮보다는 훨씬 견딜 만했다.

"나가쓰카 도시카즈를 취조한 사람이 자네지?"

"네, 제가 했습니다. 무슨 문제라도 있습니까?"

이와타는 왜소해 보이는 겉모습과는 달리 의외로 심지가 굳은 녀석이다. 필요에 따라서는 가쓰마타에게도 거침없이 달려들 놈이었다. 가쓰마타는 이와타 경위를 젊고 전도유망한 형사라고 내심 높이 평가했다. 특별히 나대는 행동만 하지 않으면 괴롭힐 이유가 없는 후배였다.

"그 사람 지금 직장이 무슨 법인이라고 했나?"

"잠깐만요."

이와타가 안주머니에서 수첩을 꺼내 펼쳤다.

"노동자재해보상보험 시설 사업단입니다. 병원이나 재활 훈련 시설 등을 운영하는 특수법인입니다."

"그 전에는?"

그 순간 이와타의 눈빛이 날카롭게 빛났다.

"그런 걸 물어보시는 이유가 뭡니까?"

"그야 관심이 가니까."

"이번 사건과 관련이라도 있습니까?"

"멍청아! 지금 같은 때에 사건하고 아무 상관도 없는 걸 뭣 하러 파고 다니겠냐? 내가 그렇게 한가해 보여?"

이와타는 여전히 날카로운 눈빛으로 가쓰마타를 쳐다보았다.

"말하기 싫으면 관둬. 비협조적으로 나온다 이거지. 그럼 이 사건, 내가 모조리 들쑤시고 다닐 테니 각오해. 난 암묵적인 규칙 따위는 지킬 생각 없으니까."

형사들 사이에는 서로의 수사 범위를 침범해서는 안 된다는 암묵적인 규칙이 있다. 그러나 규칙을 깬다고 해서 특별히 감봉당하거나 부서에서 쫓겨나는 일은 없다. 기껏해야 동료 형사들에게 미움을 사는 정도다. 그러니 새삼스레 거리낄 가쓰마타가 아니다.

머리가 좋은 이와타는 그런 가쓰마타의 의도를 제대로 파악했을 게 분명하다.

"알겠습니다. 그럼 공평하게 나누도록 하죠. 저희가 조사한 증거는 숨기지 않고 다 보여드리겠습니다. 그 대신 가쓰마타 선배님도 저와 정보를 공유해주십시오. 어떻습니까?"

이와타, 역시 재미있는 녀석이다.

근처 커피 전문점으로 자리를 옮겼다. 이제 곧 수사 회의가 시작될 시간이지만 내 알 바 아니다. 회의는 자기들끼리 북 치고 장구 치다 끝나겠지.

커피 전문점은 2층 건물이었다. 위층은 한산하겠지 싶어 계단으로 올라가려는데 점원이 불러 세웠다.

"손님, 이제 곧 영업이 끝……."

말이 끝나기도 전에 가쓰마타가 점원을 째려보았다.

"난 2층이 좋다고. 무조건 2층!"

"아, 네! 손님 편하신 곳에 앉으세요."

점원이 공손히 2층을 가리키며 말했다.

계단으로 올라가는데 등 뒤에서 이와타가 킥킥대며 웃었다.

"가쓰마타 선배님은 참 편하시겠어요."

"그렇지? 너도 보고 배워."

예상대로 2층에는 아무도 없었다. 그래도 만일을 생각해서 가장 안쪽 테이블에 자리를 잡았다. 조금 전과는 다른 점원이 물을 가져왔다. 오리지널 블렌드 커피 두 잔을 주문했다. 점원은 가볍게 인사를 하고 후다닥 내려갔다.

"자, 어서 털어놔 봐. 나가쓰카 도시카즈의 예전 직장부터 말이야."

"예예."

이와타가 수첩을 펼쳤다.

"대강 짐작은 하셨겠지만 그의 전 직장은 후생성*입니다. 퇴

* 후생성(厚生省): 우리나라의 보건복지부와 유사하게 의료, 보건·사회보장 등의 업무를 담당했던, 과거 일본의 중앙행정기관.

사하기 전 지위는 보건의료국장이었고요. 노동자재해보상보험 시설 사업단에는 4년 전에 들어갔습니다."

4년 전 후생성이라면.

"약해(藥害) 에이즈* 문제가 수면 위로 드러났을 때로군."

"네, 저도 그 점이 신경 쓰여서 나가쓰카 도시카즈의 경력을 파보았죠. 어쨌든 살해당한 사람은 그의 아들이고, 게다가 직장도 하마나카 제약이라서요. 비가열 혈액제제를 판매한 곳은 미도리카와 제약이거든요. 약해 에이즈 문제와는 직접적인 관련성을 찾지 못해서 그 이상은 파헤치지 않았습니다."

"그런데 말이야."

가쓰마타는 조금 전 나가쓰카 저택을 둘러보고 느낀 자신의 생각과 가정부에게 들은 이야기, 초인종에 지문이 없었던 사실 등을 이와타에게 정리해서 이야기했다.

이와타는 쌍꺼풀이 진하게 진 눈을 휘둥그레 뜨며 가쓰마타를 쳐다보았다.

"그러면 애초에 아들 준이 아니라 아버지 도시카즈를 노렸다는 말입니까?"

주문한 커피가 나왔다.

가쓰마타는 직원이 아래층으로 내려갈 때까지 기다렸다가 이야기를 계속했다.

---

* 1980년대 일본에서 발생한 사건으로, 사람의 혈액을 원재료로 한 제약 과정에서 채혈 후 열을 가하는 멸균 과정을 거치지 않은 제제, 즉 비가열 혈액제제의 사용을 정부가 승인함으로써 혈우병 치료에 사용된 HIV 감염 혈장으로 인해 수많은 에이즈 환자가 발생했다.

"그래, 그럴 가능성이 높아."

가쓰마타가 커피 한 모금을 마셨다. 블랙은 역시 입에 맞지 않는다.

이와타는 스틱 설탕을 든 채 꼼짝도 하지 않았다.

"그러니까 자네는 후생성 쪽을 계속 조사해. 나는 소송과 관련된 내용을 살펴볼 테니. 잘만 되면 보고서의 절반은 자네 이름으로 써주지."

드디어 사건이 흥미진진한 국면으로 접어들었다.

다음 날 가쓰마타는 파트너를 데리고 도서관으로 향했다. 지방검찰청에서 돌아온 피의자는 구치소에 가둬두어야 한다.

"어디부터 조사하면 좋을까요?"

적절한 질문이다.

"먼저 후생성이 가열 제제를 허가한 게 8년 전이야. 그 후 3년 동안 후생성은 비가열 혈액제제의 위험성을 인식하고도 회수 명령을 내리지 않았지. 물론 여기에는 낙하산 인사를 비롯해서 정경 유착 구도가 깔려 있을 테고. 실제로 비가열 혈액제제를 유통시킨 미도리카와 제약과 후생성을 상대로 한 소송이 4년 전에 일어났으니까……. 그래! 자네는 8년 전, 후생성이 가열 제제를 허가한 시점부터 소송이 일어난 해까지 조사해봐. 난 그 후의 기사를 훑어봐야겠어. 중요한 건 사람 이름이야. 특히 소송을 제기한 쪽, 피해자 쪽 이름을 빠뜨리지 말고 찾도록 해."

일이 쉽지 않으리란 예상은 했지만 상상 이상이었다. 그야말로 사막에서 바늘 찾기였다. 등골이 휠 정도로 고단한 작업이었다. 무엇보다 눈이 몹시 피로했다.

비가열 혈액제제, 약해 에이즈, 후생성 등의 키워드를 중심으로 온갖 기사를 훑어보았더니 30분 만에 눈이 뻑뻑해졌다. 안약을 사 오라고 파트너를 약국에 보냈다. 오후가 되자 졸음이 쏟아져 민트 향 껌과 은단도 사 오라고 했다. 은박을 입힌 은단은 잠을 쫓는 데 효과 만점이었다.

가쓰마타는 사흘 내내 도서관을 들락거렸다. 하시즈메는 하라는 취조는 안 하고 어디를 그렇게 싸돌아다니느냐고 호통을 쳐댔다. 가쓰마타가 "그럼 직접 실토하게 만들든가요."라고 받아치자 하시즈메도 입을 다물었다. 그 뒤로 그와는 말도 섞지 않았다.

한편 이와타와의 공조수사는 아주 순조로웠다. 이와타는 나가쓰카 도시카즈가 후생성에서 근무했던 시절에 대해 장황하게 늘어놓았다. 기억하기가 힘드니 서류로 작성해달라고 하자 반나절 만에 서류를 만들어 왔다. 이와타는 참으로 쓸 만한 녀석이었다.

가쓰마타는 신문에서 수집한 이름을 토대로 조사에 들어갔다. 신문사와 지방법원, 지방검찰청, 변호사회, 각 관할구역의 시, 구청까지 실마리가 나올 만한 곳을 죄다 조사했지만 모두 허사였다. 그러던 중 두 번째로 들른 신문사에서 생각지도 못한 단서가 나왔다.

후생성이 비가열 혈액제제 회수를 게을리하는 사이에 약을 투여받고 바이러스에 감염된 환자가 세 명 발생했다는 사실을 알았다. 그들은 모두 간염이나 면역부전증이 발병해 사망했다고 한다.

시노키 다다하루, 향년 32세.

기쿠치 겐지, 향년 41세.

스미요시 아키라, 향년 27세.

조요 신문사 사회부 부장이 구미가 당기는 정보를 제공했다.

"그 사람들 말고도 에이즈가 발병했다는 사실에 충격받아 자살한 여성이 한 명 있습니다. 당시에는 그런 종류의 바이러스가 성 접촉으로 감염된다고 믿었거든요. 세간의 이목과 지인들의 따가운 눈초리를 견디기 힘들었겠죠."

그녀의 이름은 오토모 마유, 향년 21세.

가쓰마타는 오토모 마유를 포함해서 네 사람의 가족들을 조사하기 시작했다.

수사를 시작한 지 20일이 지났다. 피의자의 구류는 걱정할 필요가 없었다. 아직 이틀 정도 수사할 시간이 남아 있었으므로. 연장하면 열흘은 더 구류해둘 수 있다.

지난번과 같은 형사과 취조실. 8일 만에 보는 피의자는 약간 기운이 없어 보였다. 그래도 수척해 보이지는 않았다. 건강 상태는 걱정하지 않아도 될 듯했다.

"오래 기다리셨소. 편하게 갑시다. 시간은 많으니까."

가쓰마타는 따로 자료를 들고 오지 않았다. 읽고 또 읽어서 달달 외울 정도였다.

"당신에 대해 알아낸 걸 먼저 말해주겠소. 오토모 신지, 57세. 도쿄 스미다 구 오시아게 3가 12-× 거주. 무직. 가족은 없음. 2년 전 외동딸인 마유 씨가 자살한 이후 혼자 살고 있음."

피의자 오토모 신지는 눈을 감았다. 그리고 조용히 가느다랗게 숨을 내쉬었다. 긴장한 듯 보였다.

"마유 씨는 7년 전 미도리카와 제약이 판매한 비가열 혈액제제를 투여받고 바이러스에 감염되었고, 후에 면역부전증이 발병했지. 당신도 얼마 전까지 후생성과 미도리카와 제약을 상대로 한 민사소송에 가담했더군."

끓어오르는 분노를 삭이려는 듯 오토모는 몇 번이고 어금니를 악물었다.

"도쿄 지검 형사부가 수사를 시작했고 바로 석 달 전 미도리카와 제약 임원 두 명과 전직 후생성 약사국 생물제제과장이었던 시무라 하루히코를 체포하여 기소했지. 하지만 후생성에서 시무라 한 명만 처벌받아야 마땅하냐는 논란을 와이드 쇼나 주간지가 연일 떠들썩하게 다루었소. 과장급보다 더 직책 높은 인물이 배후에서 그를 조종한 게 아니냐는 의견이 대세였지."

가쓰마타는 잠시 숨을 돌리고 오토모의 눈을 살폈다. 흰자는 누렇게 보였지만 검은자는 결코 탁하지 않았다. 시선은 책상 위 한곳에 줄곧 고정되어 있었다.

"그 배후로 지목된 인물이 나가쓰카 도시카즈였소. 당시 후생성 약사국장을 지냈고 체포된 시무라 하루히코의 상사였지. 미도리카와 제약과도 깊은 연관이 있었고. 그자는 비가열 혈액제제의 회수 시기를 늦춘 장본인으로 지목됐지만 무슨 수를 썼는지 수사기관의 눈을 피해 '노동자재해보상보험 시설 사업단'이라는 특수법인에 낙하산으로 들어갔소. 그 후 사건이 잠잠해진 틈을 타서 미도리카와 제약의 고문 자리를 꿰차고 앉을 계획이었지. 국민의 비난을 우려해서였는지 일단 법인으로 들어가서 언론을 속였던 거요. 내년에는 특임 고문이라는 직위로 미도리카와 제약에 들어가기로 내정되어 있었다더군."

오토모는 치미는 분노를 삼키려는 듯이 낮게 숨을 내쉬었다. 소리라도 지르고 싶은 심정이지만 필사적으로 참는 모습이었다.

"당신은 바이러스를 퍼뜨린 장본인인 전직 후생성 관료가 거액의 퇴직금을 받고서 법인이나 관련 업계를 돌며 낙하산으로 군림한다는 사실을 우연히 알게 되었어. 결코 그걸 용서할 수 없었지. 딸의 인생을 빼앗은 놈들은 세간의 관심이 식을 때까지 기다렸다가 다시 결탁했소. 거기에는 또한 어마어마한 돈과 이권이 따라붙었고. 그런 현실에 분노한 당신은 나가쓰카 도시카즈를 죽이기로 결심했던 거요."

잠시 침묵이 흘렀다. 오토모가 고개를 푹 숙이며 입을 열었다.

"형사님께서 말씀하신 대로입니다."

오토모의 얼굴에 별안간 붉은 기운이 돌았다. 어딘가에서 꽉 막혀 있던 피가 단숨에 혈관을 타고 몸속을 빠르게 흐르는 듯했다. 떠올리기만 해도 분노가 끓어올라 동맥 한두 가닥쯤은 뚝 끊어질 듯 보였다.

"하지만 당신은 실패했소. 실수로 도시카즈가 아닌 그의 아들 준을 찌르고 말았으니까. 왜 그랬지? 어쩌다 그런 실수를 저지른 거요?"

오토모가 다시 입을 열었다. 희미하게 턱이 떨렸다.

"그날 밤 저는 도시카즈의 집을 엿보며 어떻게 침입할까, 어떻게 하면 나가쓰카를 불러낼 수 있을까 하고 폭우를 맞아가며 갖가지 방법을 고민했습니다. 그때 그 남자, 준이 나타났죠."

오토모의 시선이 책상 위에서 어지럽게 떠돌았다.

가쓰마타는 폭우가 쏟아지는 길 위에서 마주한 나가쓰카 준과 오토모의 모습을 머릿속으로 그려보았다.

"그는 저에게 '저희 집에 무슨 볼일이라도 있으십니까?'라고 물었습니다. 잠시 동요했던 건 사실입니다. 하지만 절호의 기회란 생각이 들더군요. 저는 긴히 드릴 말씀이 있다며 아버님은 집에 계시냐고 물었습니다. 그러자 그 젊은이가 '잠시 기다리세요.' 하고 집 안으로 들어갔습니다. 저는 그가 집으로 들어가는 모습을 지켜보았죠. 열린 현관 틈으로 불빛이 새어 나왔습니다. 그때 도시카즈가 집에 있다고 확신했습니다. 대문을 열고 들어가서 현관 앞까지 갔습니다. 준비해 간 식칼을 서둘러 꺼내 두 손으로 움켜쥐고는……."

오토모의 시선이 자신의 손끝으로 향했다. 칼을 쥔 듯 두 손이 움직였다.

"곧 현관 안쪽에서 인기척이 들렸습니다. 저는 현관 옆에 바짝 붙어 섰습니다. 그리고 문이 열리자마자 나온 사람의 등을 찔렀습니다. 찌르는 순간 눈을 감았죠. 그런데 신음 소리가 이상하리만치 젊다는 사실을 깨달았습니다. 눈을 떠보니 쓰러져 신음하는 사람은 도시카즈가 아닌 그 젊은이였습니다."

그러면 그렇지, 초인종은 건드리지도 않았다는 이야기로군.

"그가 겁에 질린 눈으로 저를 올려다보았습니다. 그 순간 후회가 밀려왔습니다. 하지만 '이자가 내 얼굴을 본 이상 이대로 도망친다면 곧바로 붙잡힐 게 뻔하다. 죽여야만 한다. 그래야 한 번 더 나가쓰카를 죽일 기회를 얻을 수 있다. 그러니까 이자를…… 죽여버리자.'라는 생각만 머릿속에 가득했습니다. 그래서 그의 숨이 끊어질 때까지 찌르고 또 찔렀습니다."

지금까지 진술한 이야기만 보면 허술하기 짝이 없는 아마추어 범죄였다. 하마터면 실소를 터뜨릴 뻔했다. 그렇지만 이번 사건에 깔린 배경이 중대한 만큼 아무리 가쓰마타라 해도 가볍게 여길 일이 아니었다.

"기회를 노렸다가 다시 나가쓰카를 죽이기로 결심했다면서 자수는 왜 했소?"

오토모는 시선을 들어 허공을 쳐다보았다. 긴 한숨을 내쉬며 힘겹게 말을 이어갔다.

"텔레비전에서 그의 장례식을 봤습니다."

가쓰마타도 수사본부에서 본 그 장면인 듯했다.

"그게 어쨌다는 거요?"

"추모객 중에 마유와 닮은 아가씨가 있기에…… 나이대도 그렇고 키나 몸집이며 눈매까지 영락없는 마유였습니다. 죽은 딸아이와 눈빛이 꼭 닮은 아가씨가 정신없이 오열하는 모습을 보고, 저는 처음으로 터무니없는 짓을 저질렀다는 사실을 깨달았습니다."

모리오 게이코다. 그렇군, 그렇게 된 일이었어.

"그래도 도시카즈의 아들이다, 사람들을 죽음으로 내몬 미도리카와 제약과 결탁한 후생성의 시궁창보다 못한 그 더러운 공무원들은 국민의 세금을 빼돌려 지금껏 편하게 살았다, 그 아들도 그 돈으로 배불리 먹고살았겠지, 죽어 마땅한 인간이다, 그렇게 스스로를 다독였습니다. 그런데도 눈을 감으면 슬피 울던 그녀의 얼굴이 자꾸 떠올랐습니다."

어느새 오토모의 눈가에 눈물이 가득 고였다.

"그렇게 울다가는 네가 죽는다고 위로해주고 싶을 만큼 그녀는 목 놓아 통곡했습니다. 그녀의 얼굴이 어느새 딸애의 얼굴로 바뀌더니 저를 질책하는 것 같았습니다. '아버지, 그 사람을 왜 죽였어요?'라고 말입니다. 이제 그만둬야겠다는 생각이 들더군요, 도시카즈에게 복수하는 일은 단념하자고요. 그길로 자수하기로 마음을 먹었습니다."

"그랬군."

가쓰마타는 고개를 끄덕이면서도 쉽사리 다음 말을 잇지 못했다.

오토모는 "정말 죄송합니다."라는 말을 끝으로 어깨를 잔뜩 움츠리며 고개를 숙였다.

점심시간까지 시간이 충분히 남았지만 취조는 여기서 일단락 지었다.

다음 날 오토모가 사는 집의 가택수색을 시작했다. 오모토의 집은 흔한 가정집으로 아담한 2층 건물이었다.

범행 흉기로 사용된 식칼은 거실 불단 앞 독경대 밑에 하얀 수건으로 둘둘 말려 아무렇게나 던져져 있었다. 범행 때 입었던 검은색 방한 점퍼는 따로 내다 버렸다는 오토모의 진술대로 발견되지 않았다.

손길이 닿기 힘든 구석까지 깔끔하게 정돈된 집이었다. 1층에는 거실과 주방, 목욕탕이 있고 2층에는 딸의 방과 두 개의 다다미방이 있는 구조였다. 아마도 하나는 오토모가 쓰는 방이고, 다른 하나는 부부 침실이었으리라. 침대가 놓여 있지 않아서 실제로 그랬는지는 모른다.

가택수색이 얼추 마무리되었다. 가쓰마타는 압수품을 차로 옮긴 뒤 불단을 한 번 더 자세히 보려고 발길을 돌렸다.

불단은 오래전에 죽은 오토모의 부인과 마유의 사진으로 꾸며져 있었다. 사진 속 마유는 확실히 오토모의 딸치고는 예쁘장한 얼굴이었다. 하지만 모리오 게이코만 한 미인은 아니다. 닮았다고 하기에는 조금 억지스러웠다. 눈에 넣어도 아프지 않은 자식이라는 말도 있으니 그러려니 생각했다.

사건 발생일로부터 정확히 한 달이 지난 7월 23일, 오토모 신지는 나가쓰카 준 살해 혐의로 기소되었다.

15년 전 사건의 전말을 들은 레이코의 미간에 다시금 깊은 주름이 생겼다.

"으음, 그러니까 오토모 신지는 15년 전 나가쓰카 도시카즈의 살해를 계획했지만 미수에 그쳤고 결국 체포 후 기소됐다는 말씀이군요. 잠깐만요. 혹시 그 사람 벌써 출소했나요?"

가쓰마타는 고개를 저었다.

"아니. 오토모는 6년 전에 감옥에서 사망했지. 지주막하출혈* 때문에."

"그럼 누가 나가쓰카 도시카즈를 죽였다는 말이죠?"

그렇다, 현재 살인범 수사 11계 히메카와 반이 맡은 사건은 나가쓰카 도시카즈 살인 사건이다.

"그러니까 내가 처음부터 짐작 가는 사람은 없다고 말했잖아. 혼자서 지레짐작하지 말라고!"

레이코가 입을 삐죽거리고는 슬쩍 시선을 돌리며 되물었다.

"네? 가쓰마타 주임님이 처음에 뭐라고 하셨다고요?"

"어이, 노처녀! 지금 나랑 장난하나?"

주먹이 근질거린다. 진심으로 저 어리바리하고 갸름한 낯짝 한가운데 정의의 철퇴를 한 방 먹이고 싶어진다.

"범인은 모르지만 동기라면 짚이는 게 있다고 했잖아, 이 촌

---

* 뇌의 지주막 아래 공간에 출혈이 일어나는 질환.

47

뜨기야."

"아! 맞다, 그러셨죠. 그럼 그 동기가 뭔지 알려주시죠."

"이 자식이 지금까지 뭘 들은 거야?"

안 되겠다. 울화통이 터져 머리가 어질어질하다. 나도 나이가 들었나. 몸이 예전 같지가 않다.

"잘 들어! 오토모는 나가쓰카 준을 살해한 사실을 순순히 자백했지만 단 하나, 끝까지 밝히지 않은 게 있어."

"그랬군요. 그게 뭐였는데요?"

가쓰마타는 꼬박꼬박 맞장구를 치는 레이코의 태도가 비위에 거슬렸다.

"무슨 수로 도시카즈의 집을 알아냈는가!"

"아!"

입을 떡 벌린 채 좀처럼 다물 생각을 하지 않는 레이코가 바보 같아 보였다.

"아무리 언론이 잔인하다 해도 개인 주소까지 공개하지는 않아. 더욱이 도시카즈는 표면적으로는 그 사건에 관여하지 않았고, 민사소송에 얽혔을 때도 재판정에 얼굴을 비친 적은 없었어. 물론 일부 언론은 그의 거주지를 알았겠지. 하지만 그 사실을 오토모에게 알려줄 사람은 없었다고. 하지만 지금은 사정이 다르지."

레이코가 갑자기 진지한 표정을 지었다. 눈빛만 보면 전혀 다른 사람 같았다. 아까까지와 분위기가 전연 딴판이었다. 마치 귀신에라도 씐 사람처럼 눈 속에 이상한 빛이 감돌았다.

"인터넷인가요?"

목소리도 등골이 오싹할 만큼 차가웠다. 이 얼마나 소름 돋는 여자인가.

"바로 그거야. 15년 전까지만 해도 인터넷은 거의 보급되지 않았어. 컴퓨터 통신이 개인 정보 유출에 이용되리라고는 경찰도 인식하지 못했지."

"오토모의 컴퓨터는 조사하지 않았다는 말씀이군요."

가쓰마타는 한 번 더 긍정했다.

"그래. 조사는커녕 그 사람이 컴퓨터를 갖고 있었는지 어쨌는지 기억도 안 나. 그때는 나도 그쪽 방면에 통 관심이 없었으니까. 요즘은 가끔 인터넷을 들여다보긴 하지만. 말도 안 되는 온갖 정보들로 넘쳐나더군. 유명인이나 일반인을 상대로 비방이나 험담을 일삼는 악성 댓글과 마녀사냥은 기본이고, 사생활 침해가 우려되는 몰래카메라, 개중에는 진짜 시체 사진도 있지. 심지어 강간 영상도 올라오는 판국이야. 개인 정보 유출은 도를 넘은 지 오래고. 요즘 같은 세상에 낙하산이나 줄타기 인사로 편하게 사는 놈 하나쯤 공개적으로 망신 주자고 주소, 전화번호, 얼굴 사진 등 신상 정보를 인터넷에 올리는 건 전혀 이상한 일이 아니야."

레이코는 고개를 끄덕였다. 그 단호한 움직임이 무엇에 대한 긍정인지는 모르겠지만 여하튼 무서운 결론에 이른 듯하다.

"날마다 쏟아져 나오는 정보가 오토모 같은 사람 손에 들어간다면 어떻게 되겠나? 요즘 공무원을 원망하는 사람은 백 명이나 천 명 정도의 자잘한 규모가 아니라고. 몇십만 명, 몇백만 명의 국민이 관료들을 증오하면서 밤마다 텔레비전 앞에 앉아 이를 갈고 눈을 부라리지. 15년 전, 오토모 신지가 품었던 원망과 분노가 지금 이 순간에도 많은 국민 사이에 똬리를 틀고 웅어리져 있어. 그 웅어리는 시시각각 사람들을 감염시켜 세력을 넓혀가겠지. 엄청난 시대가 닥쳐올 거다, 레이코. 바로 정부에 대한 국민의 역습이야. 까딱하다간 마녀사냥을 보게 될지도 몰라. 관료라는 사실 하나만으로, 자칫 중앙관청에서 일한다는 게 알려지기라도 하는 날에는 곧장 사형대로 끌려가겠지. 이미 그런 시대가 도래했는지도 모르고."

그리고 가쓰마타의 말은 괜한 으름장이 아니었다.

연쇄유도

(連鎖誘導)

벌써 8년 전이다.

12월 14일 밤 10시 30분.

단 한 통의 전화가 인생을 송두리째 바꾸어놓았다.

그 전화벨이 울리기 전까지 우리 가족은 여느 때와 다름없는 새해를 맞이할 예정이었다.

한자리에 모이기가 그리 녹록지는 않은 일이지만 매해 크리스마스나 새해에는 온 가족이 함께 모여 연하장용 사진을 찍는 것이 연례행사였다. 카메라 삼각대를 세우고 타이머를 설정한 후 아내와 아들에게 "웃어."라고 말한다. 사진 속에서는 어김없이 자신만 얼굴을 찡그리고 있다. 그렇다 해도 다시 찍지는 않는다. 찡그린 얼굴 그대로 사진관에 맡겨서 연하장을 만든다.

올해는 그조차도 여의치 않았다.

구라타 슈지는 수화기를 내려놓고 얕은 한숨을 쉬었다.

옆에서 걱정스러운 얼굴로 쳐다보는 아내에게 자초지종을 설명했다.

히데키가 체포되어 가나가와 현의 가와사키 서로 연행되었다는 전화였다. 사귀던 여자 친구 시마다 아야카를 살해한 혐의로 체포되었다고 한다. 현역 경시청 경위의 아들을 살인 혐의로 체포했으니 가나가와 현 경찰서도 확실한 증거를 확보하고 있을 것이다. 그런 만큼 혐의를 부정하기는 어려울 터다. 연락을 준 가나가와 현 경찰 본부 소속 형사부장의 목소리는 차분했다. 구라타에 대한 동정마저 엿보였다.

"본부에 다녀올게."

그렇게만 말해두고 구라타는 집을 나섰다.

아내는 손으로 얼굴을 가리고 주저앉은 채 아무런 대답도 하지 않았다.

구라타는 히데키의 사실관계 조사가 끝나면 근신 처분을 받을 거라고 생각했다. 하지만 경시청 내에 팽배한 가나가와 현 경찰 본부에 대한 막연한 불신감 때문인지 어느 정도 확실한 결과가 나오거나 최소한 기소되기 전까지는 평소처럼 근무에 임하라는 지시를 받았다. 간부들이 아들의 나이를 물었다. 현재는 열여덟 살, 내년 3월 15일로 열아홉 살이 된다고 대답했다. 형사부장을 비롯한 간부들의 얼굴에는 희미하지만 안도하는 기색이 역력했다. 언론에 정보가 새어 나가는 최악의 사태가 발생

해도 아직 미성년자이니 실명 보도는 면할 수 있겠다는 판단에 서일 것이다.

처음으로 이틀이나 휴가를 내고 아들의 소식을 기다렸지만, 가나가와 현 경찰 본부에서는 도통 연락이 없었다. 신문이나 텔레비전에서 히데키 사건을 보도하는 일도 전혀 없었다. 어쩌면 동종 업계 예우 차원에서 감싸췄을지도 모른다. 사흘 후에는 본청에서 근무했다. 그다음 날은 살인 사건 현장에 나갔고, 그 뒤 수사본부에 배치되었다.

아자부주반 길거리 살상 사건 특별 수사본부.

사건 발생 다음 날 아침 8시 30분, 아자부 경찰서 회의실에서 첫 번째 수사 회의가 열렸다.

"기립, 경례."

경시청 본부에서 나온 구라타를 포함한 수사 1과 9계 11명, 기동 수사대 6명, 아자부 서 형사과 14명, 타 부서와 인근 서에서 동원된 인원이 33명이었다. 감식반까지 포함하여 약 80명의 수사 관계자가 회의에 참석했다.

관리관 나카무라 경장이 자세한 사건 내용을 설명했다.

"피해자 두 명의 신원이 밝혀졌다. 사망한 여성은 노나카 사에코. 34세. 사건 현장 부근 아파트 로즈하임 아자부 304호 거주. 여행사 근무. 복부를 두 군데 찔렸다. 안쪽 명치에서 밀어 올리듯이 찌른 칼날이 심장에 이르러 즉사한 것으로 보인다."

피해자의 사진은 아직 확보하지 못했지만 사체를 직접 본 수사관에 따르면 미모와 몸매가 꽤나 훌륭하다고 한다.

"중태에 빠져 병원으로 호송된 남성은 마쓰이 다케히로. 45세. 외무성 경제국 근무. 현 거주지는 메구로 구 유텐지 4가 4-×. 복부를 세 군데 찔렸으나 기적적으로 생명에는 지장이 없다."

마쓰이 다케히로가 사건 당시 소지했던 면허증 사진을 복사한 자료가 전 수사관에게 배포되었다. 둥글고 넙데데할 뿐 별다른 특징이 없는 얼굴이었다. 어디서 많이 본 듯한 오야마* 배우가 연상됐지만 안타깝게도 이름은 떠오르지 않았다.

"두 사건은 동일범의 소행으로 보인다. 두 피해자의 관계는 아직 파악하지 못했다. 갑자기 나타난 괴한에 의한 충동적 범행이라면 사건 현장에 두 피해자가 우연히 함께 있었을 가능성도 배제할 수 없다. 어느 쪽이 먼저 찔렸는지도 현시점에서는 명확하지 않다. 흉기는 날의 폭이 좁으며 부엌칼 종류가 아닌 접이식 잭나이프 종류로 추측된다."

히데키도 여자 친구를 칼로 찔렀다고 했다. 그런 위험한 물건을 손쉽게 구하지 못하도록 규제하자는 움직임이 간간이 일어나지만 그것만으로는 범죄를 막지 못한다. 적어도 구라타는 그렇게 믿었다.

"이번 사건은 어제, 18일 월요일 20시 7분경, 아자부주반 2가 20-× 부근의 길거리에서 발생했다. 노나카 사에코가 거주하는 로즈하임 아자부 아파트 입구에서 불과 15미터 떨어진 지점

* 오야마(女形): 가부키에서 여자 역할만 전문으로 하는 남자 배우.

이다. 37세의 이하라 모토키가 우연히 근처를 지나다 다투는 소리를 들었고, 현장에서 서쪽으로 달아나는 마른 체구의 남자를 목격했다는 증언 말고는 현재로써 눈에 띄는 정보가 없다. 구급차는 목격자 이하라 모토키가 휴대전화로 불렀다고 한다."

1차 보고 종료 후, 수사관들의 역할 분담이 이루어졌다. 구라타는 피해자의 주변 인물 탐문 수사를 맡았지만 오늘은 노나카 사에코 자택에서 가택수색을 지휘해야 한다.

구라타는 지휘석으로 갔다. 가택수색에 대해 상의하고 나자 9계장 이부키 경감이 한숨을 쉬며 말했다.

"하필이면 또 척살(刺殺)이라니, 얄궂기도 하지. 괴로울 테지만 초동수사 동안만이라도 애써주게. 윗선은 윗선대로 피해를 최소화하려고 신경 써서 움직이는 중이니까. 지금은 가능한 한 평소대로 행동하도록 하게."

그 말을 곧이곧대로 받아들일 수 없었다. 구라타의 귀에는 그 말이 도리어 언론 대응을 포함한 조직 방어책을 세울 시간이 필요하다는 이야기로만 들렸다. 하지만 그것도 어쩔 수 없는 노릇이다. 경찰관의 아들이 살인을 저질렀다. 설상가상으로 같은 관할구역 경찰에게 체포되었으니 세상에 내놓을 변명 한두 개쯤 구상할 시간은 필요할 것이다.

"면목이 없습니다. 다 제 불찰입니다."

이부키는 구라타의 두 팔을 가볍게 잡았다.

"포기하지 말게. 어쨌든 가나가와에서 조사하고 있잖나. 착오나 조작일 가능성도 있으니까."

그렇다. 착오일 가능성이 아예 없지 않다. 하지만 그 가능성은 극히 낮았다.

구라타는 감사를 표하고 자기 자리로 돌아갔다. 조금 전 명함을 교환한 아자부 서의 요시노 경사와 여섯 명의 수사관이 가택수색을 함께하고자 그를 기다리고 있었다.

노나카 사에코의 집안을 둘러보니 30대 중반의 여자가 혼자 사는 집치고는 사치스러워 보였다. 방 한 칸과 거실 겸 주방으로 된 구조에 침실이 대략 10제곱미터, 거실은 약 20제곱미터가 넘었다. 두 사람이 살아도 충분할 만큼 넓은 집이다.

그렇다고 동거인이 있어 보이지도 않았다. 칫솔은 전동 칫솔 하나뿐이었고, 식기류는 그럭저럭 구색이 갖추어져 있지만 한 세트로 보이는 그릇은 없었다. 옷장에도 남자가 입을 만한 옷은 걸려 있지 않았고, 쓰레기통을 뒤져보아도 남자 냄새가 나는 물건은 티끌 하나 나오지 않았다.

수색을 시작한 지 거의 한 시간이 경과했을 때 요시노가 은행 통장 하나를 발견했다.

"이 여자, 월급 말고도 정기적으로 수입이 있었습니다."

요시노가 굵은 손가락으로 통장 내역을 훑었다. 그의 말대로 급여일인 매월 25일 외에 대략 30일 전후로 일정하게 30만 엔씩 입금된 이력이 있었다. 입금자는 '다나카 이치로'였다. 통장 첫 페이지에 찍힌 날짜를 보니 작년 이맘때부터 입금이 시작되었다.

구라타가 고개를 끄덕였다.

"이 건은 영장을 받아다가 은행도 조사해봐야겠군. 즉시 그 통장을 본부로 가져가게. 지휘 본부에는 내가 연락해놓겠네."

"알겠습니다."

요시노는 비닐봉지에 담은 통장을 자신의 가방에 넣고 본부로 돌아갔다.

구라타와 남은 여섯 명은 그 후에도 얼마간 가택수색을 계속했다.

저녁 수사 회의에서는 목격자 증언 외에 여러 건의 유력한 정보가 보고되었다.

그중에서도 감시 카메라 영상이 가장 큰 수확이었다.

"범인은 상당히 용의주도하게 주변을 사전에 답사한 것으로 보입니다. 나누어드린 현장 약도를 봐주십시오."

사건 현장 주변을 그린 약도에는 몇 개의 숫자에 동그라미 표시가 그려져 있었다.

"먼저 로즈하임 아자부 아파트 현관 카메라가 1번입니다. 이곳에 설치된 카메라에는 아무것도 찍히지 않았습니다. 맞은편 아파트 아자부힐즈의 카메라가 2번, 그 옆 유료 주차장의 카메라가 3번과 4번……."

아파트에서 조금 떨어져 있는 편의점의 카메라까지 포함하면 현장 주변에는 아홉 대의 감시 카메라가 있었지만 범인으로 보이는 인물은 찍히지 않았다.

"유료 주차장에 설치한 4번 카메라에 수상한 사람이 찍혔습니다. 아마 울창한 나무 사이의 어두운 곳에 설치된 터라 범인이 눈치채지 못한 듯합니다. 이 카메라 맞은편에 있는 음료수 자동판매기 옆 주택 주차장 기둥에 몸을 숨기고 있는 수상한 사람의 모습이 찍혔습니다. 약도와 함께 배부한 자료가 해당 감시 카메라 영상을 출력한 사진입니다."

원래는 주차장 정산기 앞의 상황을 찍기 위해 설치한 카메라인데 운 좋게도 화면 왼쪽 건너편 음료수 자동판매기가 선명하게 찍혔다. 자동판매기 옆에 사람 그림자가 어른거렸다. 몇 장의 사진에서는 얼핏 얼굴도 보였다. 화질이 그다지 선명하지는 않지만 자판기에서 흘러나오는 빛에 드러난 얼굴은 갸름했고 머리가 약간 긴 모습이었다.

"이후 20시 6분에 남자는 자동판매기에서 뛰쳐나와 1분도 채 지나지 않아서 다시 이 감시 카메라 앞을 가로질러 뛰어갑니다. 하지만 이때도 다른 카메라 앞은 한 군데도 지나지 않습니다. 모든 감시 카메라의 사각지대에서 범행을 저질렀다는 뜻입니다. 기회를 노리며 숨어 있었던 게 분명합니다. 철저히 계획된 범행입니다."

용의주도한 사전 답사, 매복, 사각지대에서 저지른 살인.

이로써 갑자기 나타난 괴한에 의한 충동적 범행일 가능성은 배제되었다. 그렇다면 가장 유력한 동기는 이성 문제다. 혹은 스토커나 치정이 얽힌 갈등일 가능성도 있다.

연인 관계였던 상대를 살해했을 가능성이 높다는 생각에 이르자 아무리 회의에 집중하자고 스스로를 다잡아도 금세 히데키 사건이 머릿속을 가득 메웠다.

히데키의 여자 친구 시마다 아야카는 아들과 같은 고등학교의 한 학년 아래 후배였다. 언젠가 집에 놀러 왔을 때 한 번 마주쳤다. 철부지 히데키의 여자 친구치고는 분위기가 화사하고 서글서글해 보이는 학생이었다.

오늘 낮에 아내가 히데키의 면회를 다녀왔다. 수사본부가 있는 가와사키 서가 아닌 같은 관할 내의 가와사키린코 서로 히데키를 옮겨 취조한다고 들었다. 히데키 사건에 대해 보도기관의 발표가 전혀 나오지 않는 이유는 본격적인 수사가 진행되기도 전에 히데키가 자진해서 출두했기 때문이라고 했다. 한마디로 가와사키 현 경찰서를 통해 직접 알아보지 않는 한 구라타에게도 정보가 흘러들 일은 전혀 없을 것이다.

아내의 물음에 유리 칸막이 너머에 앉아 있던 히데키는 그저 고개를 저었다고 한다. 물론 아내는 '정말로 네가 죽였니?'라고 묻지는 않았을 터다. 히데키는 '사실은 네가 죽이지 않았지? 믿어도 되는 거지?'라는 아내의 물음에 고개를 흔들며 부정한 것이다.

내심 무슨 착오가 있기를 바랐던 일말의 희망도 더 이상 남아 있지 않다. 이 기분을 뭐라고 표현해야 좋을까.

낙담했다고 해야 할까. 물론 그런 느낌도 있다. 그렇게 간단한 선악 정도는 굳이 가르치지 않아도 히데키가 알아서 판단하리라 믿었다. 아버지가 경찰관이라는 자부심을 가지고 늘 바르게 행동할 거라고 막연하게 믿어왔다. 하지만 모두 착각이었다.

분노도 일었다. 이 세상 누구보다 범죄로 손을 더럽히지 않기를 바라던 사람에게 호되게 뒤통수를 한 대 얻어맞은 기분이었다. 그 배신에 대한 노여움과 사전에 이를 막지 못한 자신에게 화가 났다.

아들이 체포되고 나서부터 지금껏 아들을 만나러 가지 않았다. 히데키를 마주하면 어떤 감정이 솟아오를지 스스로도 예측할 수 없었다.

하지만 왠지 절망에 휩싸이거나 하지는 않았다. 자신의 안에서 지금껏 깨닫지 못했던 미지의 문이 열린 듯한 감각을 느꼈다. 그 문 너머에 무엇이 있는지는 모르지만 구라타는 그곳으로 한발을 내디뎌야 했다. 미지의 문을 지나 이제껏 밟아본 적 없는 땅을 밟고, 걸어본 적 없는 길로 나아가야 했다. '예감'과는 사뭇 다른 감각이었다. 그런 감정을 표현할 적절한 단어는 떠오르지 않는다. 스스로 변해야만 한다고 은연중에 의식할 때도 있었다.

수사 보고는 또 다른 피해자인 마쓰이 다케히로의 담당 형사로 이어졌다.

"마쓰이 다케히로는 사건 당일 밤 현장 근처의 이탈리안 식당으로 가는 도중 변을 당한 듯합니다. 마쓰이 다케히로의 진술대로 사건 현장에서 100미터 정도 떨어진 곳에 '레스토랑 나폴리'라는 가게가 있었습니다. 마쓰이 자신은 가본 적이 없는 곳이고 향후 접대 시 이용하려고 시찰을 나간 거라고 합니다. 따라서 노나카 사에코와는 면식이 없으며 왜 습격을 당한 건지도 모르겠다고 답했습니다."

감식반의 보고에 의하면 혈흔과 족적의 위치로 보아 용의자는 우선 노나카 사에코를 찌른 후 마쓰이 다케히로를 찌른 것으로 추정되었다. 그렇다면 마쓰이는 우연히 사건 현장을 지나다가 사건에 휘말렸을 가능성이 높다. 혹은 용의자가 그를 노나카 사에코의 연인으로 착각했는지도 모른다.

다음 날 구라타는 요시노와 함께 이즈미 은행을 찾았다. 노나카 사에코의 급여 통장과 평소에 자주 사용하던 계좌를 관리하는 아자부주반 지점이었다.

지점장에게 영장을 제시하자 20분 만에 요청한 자료가 나왔다.

"오래 기다리셨습니다. 문의하신 '다나카 이치로' 님 명의로 입금된 내역은 모두 타행 ATM에서 송금한 것으로 확인됐습니다. 지난달 11월 30일은 UFC 은행 도라노몬 지점 3번 ATM, 그전의 10월 29일도 마찬가지로 UFC 은행 도라노몬 지점의 1번 ATM이었습니다. 9월 30일은 UFC 은행 다카다노바바 지점의 3번 ATM이었고, 8월 28일은 다시 도라노몬 지점의 2번 ATM이었습니다."

7월 이전 기록도 살펴보았지만 대부분 송금처가 UFC 은행 도라노몬 지점이었다. 송금이 몇 차례 중단되기는 했지만 대략 7년 전부터 계속되었다.

구라타는 송금 시간까지 나와 있는 자료를 받아 들고 아자부의 수사본부로 돌아왔다. UFC 은행 도라노몬 지점에 대해 다시 영장을 받은 구라타는 다음 날 도라노몬 지점을 찾았다.

구라타는 은행 측에 노나카 사에코의 통장에 돈이 송금된 날짜의 감시 카메라 영상을 요청했다. 회의실로 안내받아 준비된 모니터로 송금이 이루어진 시각의 영상을 차례대로 보았다. 첫 번째 영상부터 뜻밖의 수확을 얻었다.

송금하러 온 사람은 마쓰이 다케히로였다. 생각해보니 UFC 은행 도라노몬 지점은 마쓰이가 근무하는 외무성 본관에서 엎어지면 코 닿을 곳에 있었다.

그는 적어도 7년 전부터 노나카 사에코에게 매달 30만 엔의 돈을 보냈다. 이유는 두 가지로 좁혀진다. 협박을 받았거나 애인 사이거나, 둘 중 하나다. 마쓰이에게는 처자식이 있으므로 후자의 경우는 불륜 관계인 셈이다.

회의 시간에 누군가의 보고를 듣는 동안에도, 수사 도중 메밀국숫집에 들러 식사를 하며 요시노와 세상 돌아가는 이야기를 나누는 동안에도 문득문득 히데키가 떠올랐다.

두 번째로 아들 면회를 간 아내는 갈아입을 옷을 건넬 때 잠깐 얼굴을 보았을 뿐 이야기다운 이야기는 나누지 못했다고 했다. 물론 수사관도 수사 내용을 알려주지는 않았다. 그저 "기운 내세요."라는 말밖에 듣지 못한 모양이었다. 아내는 "감사합니다."라고 대답하고 그대로 돌아왔다고 한다.

올해 초가을, 아내는 히데키와 아야카가 요새 사이가 좋지 않아 보인다고 말했다. 하지만 10대 아들의 이성 교제를 부모가 일일이 참견할 필요는 없다고 여겼다. 그 자리에서 "그래?" 하고 그냥 지나쳤다. 얼마 지나지 않아 "아직도 잘 풀리지 않나봐."라는 말을 들었을 때도 그저 대수롭지 않게 넘겼다.

그것이 잘못된 대응이었다는 생각이 드는 건 이번 사건이 터졌기 때문이리라. 시마다 아야카가 누군가에게 살해당했고, 그 용의자로 아들이 지목되었기 때문이다. 그런 일이 터지기 전에 히데키의 고민을 들어주었더라면 좋았으련만 안타깝게도 그럴 시간적 여유가 없었다. 일단 사건이 터지면 담당 형사는 열흘에서 20일 동안은 아예 집에 들어가지 못한다. 물론 쉬는 날도 있고 집에서 대기하는 날도 있지만 그럴 때는 히데키가 집에 없었다. 아르바이트나 대학 동아리 활동으로 바쁜지 밤 10시가 지나서 들어오는 경우가 허다했다.

"구라타 씨, 어디 안 좋으세요?"

요시노는 이따금 이렇게 물었다. 눈초리와 안색이 나쁜 건 어려서부터 그랬다고 얼버무렸다. 서투른 변명이 형사에게 통할 리가 없다. 구라타의 행동거지가 이상하다는 소문이 며칠 만에 수사본부 전체에 퍼졌다. 그래도 이부키 계장은 쉬라고는 말하지 않았다. 아들이 저지른 사건으로 간부들이 자신에게 어떤 조치를 취할지 도무지 짐작이 가지 않았다.

마쓰이 다케히로의 심문은 구라타와 같은 수사 1과 9계의 다카바야시 경위가 맡았다. 하지만 다카바야시가 아무리 떠보아도 마쓰이는 노나카와의 관계를 인정하려 들지 않았다.

"매달 30만 엔을 송금했잖습니까!"

도라노몬 지점의 ATM 영상도 확인했다는 결정적 증거까지 들이미는데도 사람 잘못 봤다며 물러서지 않았다. 빼도 박도 못할 증거를 앞에 두고 어쭙잖은 말로 변명하는 모습에 기가 찼다. 사실 마쓰이는 피의자가 아닌 피해자였다. ATM 영상과 마쓰이 본인의 얼굴을 대조해 가면서 "똑같은데, 뭘. 당신이 맞잖아!" 하고 강하게 밀어붙일 수는 없는 노릇이었다. 사건 배경에 불륜 관계가 깔려 있으니 너무 집요하게 캐다가는 인권 문제로 비화될 우려도 있었다. 경시청의 지나친 강압 수사로 피해자의 가정이 무너졌다고 보도되는 사태는 가능하면 피해야 한다.

수사를 개시한 지 일주일 만에 마쓰이의 심문 담당자는 구라타로 교체되었다.

12월 26일 화요일. 구라타는 요시노와 함께 이날 처음으로 마쓰이가 입원해 있는 병원을 찾았다. 범행 현장에서 그리 멀지 않은 대학 부속병원이었다.

"실례합니다."

개인 병실 침대 위, 가마보코*처럼 불룩하게 솟은 이불 속에 누운 채로 마쓰이는 가만히 천장을 응시하고 있었다.

"처음 뵙겠습니다. 경시청에서 나온 구라타라고 합니다."

* 가마보코(蒲鉾): 기둥 모양의 어묵으로, 우동 같은 면 요리 위에 얹어 먹는다.

"요시노입니다."

가부키에 등장하는 오야마 같았던 사진 속 얼굴에는 다박수염이 무성했다. 머리카락도 바위의 표면을 덮은 검은 이끼처럼 덕지덕지 달라붙어 있었다.

"어제와는 다른 형사님이군요."

"네. 다카바야시 대신 왔습니다."

"누가 더 계급이 높습니까?"

"네?"

"다카바야시 씨와 당신 중에 누가 더 계급이 위냐고요."

"저희 둘 다 같은 경위입니다. 누가 더 계급이 높거나 하지는 않습니다."

적당히 잘 받아쳤다고 생각했다. 그러나 마쓰이는 시시하다는 듯이 콧방귀를 뀌었다. 배에 난 상처 탓인지 금세 한쪽 뺨이 일그러졌다. 상당히 고통스러워 보였다. 감시 카메라 영상을 확인하기 전까지만 해도 이 사건은 마쓰이 혼자 꾸며낸 자작극일 가능성도 있다고 생각했다. 하지만 더 이상 그런 경우는 고려하지 않기로 했다. 담당 의사는 마쓰이가 자기 복부를 찔렀을 가능성은 없다고 확언했다.

통증이 가라앉자 마쓰이는 눈을 감고 가늘게 숨을 내쉬었다.

구라타는 헛기침을 한 번 하고 말문을 열었다.

"마쓰이 씨, 다카바야시가 몇 차례 확인했다는 건 알지만 다시 한 번 묻겠습니다. 습격받을 당시 함께 있었던 노나카 사에코라는 여성과는 안면이 없다고 하셨는데 맞습니까?"

"쳇!"

마쓰이가 다시 한 번 콧방귀를 뀌더니 혀를 내밀어 바짝 마른 입술을 핥는다. 눈은 감은 채였다.

"아, 글쎄, 모른다니까! 몇 번을 더 말해야 알아듣겠소?"

"당신과 똑같이 생긴 사람이 노나카 씨의 계좌로 매달 30만 엔을 입금하는 모습이 감시 카메라에 찍혔는데도 부정하시는 겁니까?"

"거, 사람 잘못 본 거요. 기껏해야 조금 닮았다는 정도 아니오? 이제 그만 좀 합시다."

노나카의 방에서 마쓰이의 지문이라도 나왔더라면 이렇게 애를 먹지는 않을 텐데, 안타깝게도 그런 증거는 발견되지 않았다. 다시 말해 마쓰이와 노나카가 밀회를 즐긴 장소는 따로 있다는 뜻이다. 마쓰이가 당당하게 나올 만도 했다. 노나카의 방에서는 자신과 관련된 증거가 단 하나도 나오지 않을 거라는 사실을 빤히 알기 때문이다. 그렇다면 마쓰이는 사건 당일 밤 단순히 노나카를 아파트 앞까지 바래다주었다는 이야기가 된다.

구라타는 병원에 오기 직전까지 현장 주변의 카메라 영상을 확인했다. 두 사람의 관계를 증명할 장면이 찍혀 있을지도 모른다는 기대 때문이었다. 분명히 몇 대의 카메라에 걸어가는 두 사람의 모습이 담겨 있었다. 하지만 아무리 다른 각도로 보아도 두 사람은 약간의 거리를 두고 있었다. 두 사람이 나란히 걷는다고 단언하기는 어려웠다. 팔짱이라도 꼈다면 또 모를까. 두 사람은 매사에 조심했거나 아니면 운 좋게 그때만 거리를 두고 걸었을 수도 있다. 아니면 말싸움을 했거나. 어찌 되었든 한순간도 틈을 보이지 않았다.

어쩔 수 없다. 노나카와 어떤 관계인지 묻는 것은 여기서 일단 접어두기로 한다.

"자꾸 같은 질문을 해서 죄송하지만 사진을 한번 봐주시겠습니까? 여기 현장 부근에 숨어 있는 남자 보이시죠? 이 남자가 당신을 덮쳤습니까?"

지난번 다카바야시가 심문했을 때도 마쓰이는 모른다고만 대답했다. 그러나 유일한 목격자이자 제보자인 이하라 모토키는 사진을 보더니 자기가 목격한 남자가 틀림없다고 증언했다.

그제야 마쓰이가 눈을 떴다. 초점이 잘 맞지 않는 듯 잠시 눈을 찡그리며 사진을 들여다보았다.

"지난번에 가져온 사진이랑 똑같은 사진이잖소. 해상도를 높여서 갖고 오든가, 사진 현상을 좀 잘해 오란 말이오. 이딴 걸로 뭘 어떻게 알아보겠소?"

"죄송합니다. 지금으로써는 이게 최선입니다. 어떻습니까, 이 남자 아시겠습니까?"

"난 모르오. 순식간에 일어난 일이라 기억이 잘 안 난다고요."

몇 년을 사귄 애인이 눈앞에서 살해당했는데 이 남자는 도대체 무엇을 숨기려는 걸까. 물론 이 남자는 범인이 아니다. 그렇다고 순수한 피해자로 보기도 어렵다. 구라타는 어딘지 모르게 그에게서 미심쩍은 인상을 지우지 못했다.

문득 남자가 욱해서 사귀던 여자를 제 손으로 살해하는 경우도 있다는 생각이 들었다. 남자는 삐뚤어진 연정, 결별, 다툼 등 이유는 제각각이지만 여자를 죽일 수도 있는 동물이다. 적어도 여자가 남자를 죽일 확률보다는 훨씬 높다.

아무리 선량한 얼굴을 하고 있다 해도, 어린 시절 착하디착한 아이였다 해도, 부모가 애정을 쏟아부어 키운 자식이라 해도, 사람은 사람을 죽이기도 한다.

인간은 언제든 마음만 먹으면 다른 인간을 죽일 수 있다.

이러면 안 되지. 냉정을 잃지 말자. 지금은 수사 중이다.

"마쓰이 씨, 그럼 이건 어디까지나 제 추측이니까 한번 들어보시죠. 경찰에서는 ATM에 내장된 카메라의 영상을 본 순간 마쓰이 씨라고 판단했습니다. 생김새가 당신과 정말 똑같거든요. 그래서 당연히 당신과 노나카 씨가 연인 사이일 거라고 생각했습니다. 그도 그럴 것이 7년 동안 매월 30만 엔씩 노나카 씨 계좌로 입금한 기록이 남아 있으니까요."

이 대목에서 마쓰이가 '7년 동안 한 달도 빠짐없이 보냈던 건 아니야.'라고 실토라도 하면 좋을 텐데 아쉽게도 그런 일은 없었다.

"분명히 노나카 사에코 씨는 누가 봐도 매력적인 여자였습니다. 나이도 당신과는 띠동갑에 가까울 만큼 어렸죠. 남자라면 누구나 매달 30만 엔씩 주고서라도 곁에 두고 싶었을 겁니다."

"아무 증거도 없이 무슨 말을 하는 거요? 당신 정말 무례하기 짝이 없군!"

구라타는 마쓰이의 말을 무시하고 이야기를 이어갔다.

"하지만 곁에 두고 싶다고 해서 모든 사람이 그러지는 못합니다. 매달 30만 엔씩이나 보낸다는 게 쉬운 일은 아니니까요. 더군다나 가정이 있는 남자라면 더 어렵습니다. 보통은 그렇게 큰돈을 마음대로 쓰지는 못하죠."

"잠깐. 아까부터 무슨 소릴 하는 거요?"

다시 배에 난 상처를 건드린 듯 마쓰이가 오만상을 찌푸렸다.

"그냥 듣기만 하셔도 됩니다. 마쓰이 씨, 당신은 외무성에서 근무합니다. 중남미국 중미과를 시작으로 태국, 유럽의 재외공관을 거쳐 지금은 경제국 총무참사관실 서무 주임으로 근무하고 있습니다. 많은 사람들의 부러움을 사는 일자리죠. 외무 고시 출신이 아닌 사람들이 볼 때는 더욱 그렇습니다."

마쓰이의 낯빛이 돌변했다. 구라타의 얼굴을 쳐다보지 못했다. 처음 이곳에 들어왔을 때처럼 천장을 응시하는가 싶더니 그마저도 초점이 맞지 않아 보였다.

"네. 마쓰이 씨는 외무 고시 합격자가 아니더군요. 외무성은 다른 부처와 달리 국가고시를 패스하더라도 소위 외무 고시 출신이 아니면 고위직은 꿈도 못 꿉니다. 그런 의미에서는 오히려 저희와 처지가 같다고 볼 수 있겠군요. 저도 순경부터 시작해 여기까지 왔지만 아무리 발버둥 쳐도 경시총감이나 경시청장 자리까지는 올라갈 수 없을 겁니다. 출세라고 해봐야 본부 과장 정도겠죠. 하긴 저는 국가공무원도 아니고 지방공무원이라 그마저도 기대하지 않지만 말입니다."

구라타는 호흡을 가다듬고 마쓰이의 움직임을 관찰했다. 마쓰이는 굳게 입을 다문 채 다음 말을 기다렸다. 크게 부릅뜬 눈은 초점을 잃은 지 오래다. 시간이 지날수록 마쓰이는 구라타의 말을 마치 온몸으로 받아들이려는 듯, 한마디 한마디 놓치지 않으려고 애쓰는 것처럼 보였다.

"저는 죽었다 깨어나도 매달 30만 엔이나 되는 거액을 여자에게 원조해 줄 능력이 없습니다. 공무원이다 보니 당연히 부업도 할 수 없고요. 대체 무슨 수를 써야 그런 돈이 생깁니까? 그렇게 매력적인 여자를 7년씩이나 곁에 둔 비결이 뭡니까?"

마쓰이는 여전히 묵묵부답이었다. 이마에 굵은 땀방울이 송골송골 맺히기 시작했다. 식은땀이 귀를 타고 흘러내려 침대 시트 위로 툭 떨어졌다. 마쓰이는 꿈쩍도 하지 않았다. 땀을 닦을 생각도 하지 않고 그저 멍하니 허공만 노려볼 뿐이었다.

이것으로 충분하다.

구라타는 확신했다.

마쓰이 다케히로는 외무성에서 횡령을 한 것이다. 그 돈을 노나카 사에코에게 부치며 애인 관계를 유지해왔을 것이다. 지금 마쓰이는 노나카 사에코 살인 사건 수사로 자신의 횡령 사실이 드러나는 것을 가장 두려워하고 있다.

설 연휴 기간에는 뉴스에서 관심이 멀어진다. 형사부장은 대중에 공개하기에 지금이 적절한 때라고 판단했는지 감시 카메라 영상과 함께 사진 네 장을 28일 각 언론사에 배포했다.

그날 저녁, 구라타에게 군침이 도는 정보가 날아들었다. 조요 신문사의 도야 기자에게서 온 전화 덕분이었다. 도야는 구라타가 오기쿠보 경찰서에 근무할 때 4방면 일대를 담당하던 기자였다.

"구라타 씨, 그동안 잘 지내셨어요? 오랜만입니다."

"이게 얼마만이야. 요즘 뭐 하고 지내?"

"1방면에서 유군(遊軍)으로 뛰고 있어요."*

1방면 기자 그룹은 마루노우치 서를 담당한다. 하지만 아자부 서 또한 그들의 관할구역이다. 따라서 도야는 이번 살인 사건의 취재와 어느 정도 연관이 있다.

"잠깐 기다려봐."

구라타는 주변을 살폈다.

구라타와 요시노는 탐문 수사를 마치고 기치조지 역 방면으로 이어진 이노가시라 도리를 걷던 중이었다. 주변에 지나다니는 차가 많아 시끄러웠다. 구라타는 차분하게 통화할 만한 장소를 찾아야 했다. 마침 공중전화가 눈에 띄었다.

요시노에게 잠깐 기다리라는 손짓을 하고 공중전화 박스 안으로 들어갔다.

"오래 기다렸지, 미안. 무슨 일로 전화했어?"

"괜히 모르는 척하지 마세요. 오늘 공개된 아자부 사건 사진 얘기가 아니면 뭐겠어요."

"무슨 정보라도 있어?"

* 일정한 부서에 속하지 않고 대기하다가 사건이 생겼을 때 활동하는 기자를 의미한다.

도야는 "네."라고 대답하고는 잠시 뜸을 들였다.

"실은…… 제가 아는 사람일지도 몰라서요."

"확실히 아는 사람은 아닌가 보군?"

"그게, 사진이 여간 흐려야 말이죠. 장담하기는 어렵지만 닮은 사람을 안단 얘기입니다."

말은 그래도 기세등등한 목소리였다.

"좋아. 오늘 저녁은 내가 쏘지."

"정말이시죠?"

그길로 시부야의 한 선술집에서 10시 반에 만나기로 했다.

크고 떠들썩한 가게지만 좌석마다 칸막이로 가려져 있어서 밀담을 나누기에는 맞춤했다.

구라타는 계장과 요시노에게는 퇴근한다고 말하고 아자부 서에서 나왔다. 거짓말할 필요 없이 그대로 집으로 돌아가면 좋으련만 그럴 수는 없었다.

아내는 히데키가 다른 서로 이송된 후에도 면회를 갔다. 히데키는 여전히 아무 말도 하지 않는다고 한다. 아내는 그에게 히데키를 만나보라고 몇 번이나 울며불며 애원했다. 하지만 도무지 그럴 마음이 들지 않았다. 아내에게는 그나마 가와사키 서 측에서 사정을 배려하여 히데키의 사건 수사를 다른 경찰서로 넘겼는데 자신이 가면 도리어 방해만 된다고 적당히 얼버무리고 말았다. 그러나 속내는 달랐다.

스스로도 놀랄 만큼 아들을 만나고 싶은 마음이 조금도 들지 않았다. 그뿐이 아니었다. 어느새 히데키를 미워하고 있었다. "세상 사람들이 다 너를 의심해도 부모인 우리는 너를 끝까지 믿는다." 따위의 말은 입이 찢어져도 해줄 자신이 없었다.

쓸데없는 일에 시간을 낭비할 바에는 차라리 일에 매달리는 편이 낫다. 어차피 히데키의 기소가 확정되면 경시청에서도 더이상 근무하지 못한다. 면직 처분을 피하더라도 도의적 책임은 져야 한다. 이번이 경찰관 인생의 마지막 수사가 될지도 모른다. 그래서 더욱 이 사건에 매달려 왔다. 하나밖에 없는 아들을 살인자로 키웠다. 부모로서는 실격이다. 하지만 경찰관으로서는 마지막까지 살인자와 맞서 싸우리라.

구라타는 약속 시간보다 5분 일찍 선술집에 도착했다. 도야는 약속 시간보다 5분 늦게 나타났다.

"죄송합니다. 나오려는데 갑자기 일이 생기는 바람에⋯⋯."

"아자부 사건 관련 일이야?"

"아뇨. 전혀 다른 사건 때문에요."

도야는 앉자마자 따뜻하게 데운 술을 주문했다. 구라타는 병맥주를 마시기로 했다.

"오랜만에 봤으니 일단 한 잔씩 하자고."

"네. 요즘 고생 많으시죠?"

둘은 한 모금씩 술을 들이켰다. 안주를 몇 가지 주문하고 본론으로 들어갔다.

"이제 자네 얘기를 좀 들어볼까?"

"제가 전화드린 건 다름이 아니라⋯⋯."

도야는 말을 시작하다 말고 기본 안주로 나오는 조림 요리를 입에 넣었다.

"그만 뜸 들이고 어서 털어놔."

도야는 의미심장한 표정을 지으며 나무젓가락을 테이블 위에 내려놓았다.

"노나카 사에코라는 피해 여성의 사진을 본 순간 뭔가가 마음에 걸리더라고요. 인터넷으로 검색해봐도 단서가 안 나와서 뭐였더라 하고 혼자 골머릴 앓았죠."

구라타는 적당히 맞장구를 쳐주었다. 도야는 금세 술 한 잔을 다 비웠다. 술이 꽤 쓴 모양인지 미간을 찌푸리며 말을 이어갔다.

"사진 속 그 남자…… 어쩌면 우리 회사에서 예전에 근무했던 기자일지도 모릅니다."

구라타의 심장박동이 한층 빨라졌다.

"가와카미 노리유키. 5년 전에 회사를 그만뒀어요. 표면상으로는 희망퇴직이었지만 사실상 정리 해고나 마찬가지였죠."

남 일 같지 않게 들렸지만 그런 기분은 접어둘 때다.

이름의 한자를 확인했다. '川上紀之'라고 했다.

"나이는?"

"올해로 서른여섯일 겁니다."

"어쩌다가 잘렸는데?"

"전철 안에서 치한으로 몰려 고소당했거든요. 재판까지 갔는데 혹시 기억 안 나세요?"

5년 전 치한으로 몰려 고소당한 기자라…….

"아니, 기억 안 나는데."

"뭐, 그럴 만도 하죠. 그때는 치한으로 몰려서 재판까지 가는 일이 유행처럼 허다했으니까요. 그냥 묻혔을지도 모르죠. 우리 로선 그게 다행한 일이기도 했고요."

도야가 담배를 입에 물었다. 구라타도 주머니에서 담배를 꺼내 물었다.

"그 치한 소동이 이번 아자부 사건과 무슨 연관이라도 있다는 건가?"

"그러니까 그게 바로 노나카 사에코였다 이겁니다, 성추행으로 가와카미를 고소한 여자가요."

일이 그렇게 된 거군.

"당시 가와카미에게는 결혼을 전제로 사귀던 여자가 있었습니다. 처음에는 그나마 결백을 믿어줬나 보더군요. 그런데 그 일이 신문에 실리고 방송국까지 나서서 보도하니까 여자 친구 입장에서는 더 이상 견딜 수가 없었겠죠. 어쩌면 가장 감당하기 힘들었던 사람은 그 여자의 부모가 아니었을까 싶지만요. 아무튼 결국 사태는 파국으로 치달았어요. 회사에서도 사실상 잘리고 재판까지 지고 나니 한순간에 모든 걸 잃은 거죠. 치한으로 몰리면 저렇게 되는구나 싶어 무섭기까지 하더라고요."

주문한 모둠회가 나왔다. 도야가 손을 뻗어 간장을 집었다.

"그러니까 가와카미는 자신의 모든 것을 앗아 간 노나카 사에코를 원망한 끝에 살인까지 저질렀다는 얘기야?"

"저는 그렇다고 봐요."

"그래도 5년이나 지난 일 아닌가."

채 썬 오징어를 젓가락으로 집으며 도야가 맞장구쳤다.

"안 그래도 5년이나 지났다는 점이 마음에 걸려요. 하지만 소송을 건 쪽에서도 사생활 보호에 신경을 썼을 겁니다. 가와카미도 회사에서 쫓겨난 상황이었으니 조사하기가 쉽지 않았을지도 모르고요. 그렇게 어영부영하다가 5년이란 세월이 흘러버린 거겠죠."

그럴듯한 이야기지만 아직 석연치 않은 부분이 있다.

"그나저나 가와카미는 현역 시절에 어느 부서에 있었지?"

"정치부요. 저랑 같이 일한 적은 없지만 권력형 비리 같은 사건이 터지면 가끔 절 도와줬어요. 회사 안에서도 사회부를 못마땅해하는 정치부 기자가 많은데 가와카미는 여느 사람들과 달랐어요. 정계 인사와 건설 업체 관계자의 뒷거래를 어떻게 캐낼지 자문을 구하면 아는 범위 내에서 다 알려주었거든요."

문득 뇌리를 스치는 것이 있었다.

"조요 신문사는 외무성 취재도 정치부가 담당했나?"

도야는 도미회 한 점을 집어 입에 물며 고개를 끄덕였다.

"맞아요. 가와카미 담당이었어요."

이것이다. 두 사건의 연결 고리를 찾아냈다.

도야를 통해 가와카미 노리유키의 사진을 입수했다. 다음 날 아침 수사 회의에서 그 사진을 공개했다.

물론 아직은 섣부르게 가와카미를 피의자라고 단정 지을 단계는 아니다. 피해자인 노나카 사에코에게 원한을 품은 인물 중한 명일 뿐이다. 수사관 전원에게 사진을 배포해서 피해자 주변인들에게 확인을 거쳤다. 노나카 사에코의 집 주변이나 근무하던 여행사 근처에서 목격됐을 가능성이 충분하다.

구라타는 오전 중에 병원으로 찾아가 마쓰이에게 사실관계를 물었다. 마쓰이는 여전히 모르쇠로 일관했다. 그럼에도 한가지는 확신이 들었다. ATM 앞에서 감시 카메라에 찍힌 남자가 자신이 아니라고 진술했을 때와 똑같은 반응으로 부정하는모습이 구라타가 보기에는 '실은 아는 사람'이라고 확인해 준셈이나 마찬가지였다.

병원에서 나오자마자 휴대전화의 전원을 켰다. 그사이에 부재중 전화가 와 있었다. 수사본부에서 온 전화였다.

"여보세요."

"나 이부키인데 미안하지만 지금 당장 서로 복귀하게."

"무슨 일입니까?"

"빨리 오기나 해. 급한 일이야."

전화를 끊자 옆에 있던 요시노가 의아하다는 표정으로 쳐다보며 물었다.

"무슨 일입니까?"

"나도 몰라. 빨리 복귀하라고만 하고 끊어버렸으니."

병문안 손님을 내려준 뒤 돌아 나가려는 택시를 잡아타고 아자부 경찰서까지 가자고 했다. 어느덧 날짜는 12월 29일이었다. 대부분의 기업이 종무식까지 마쳐서인지 도로는 한산했다. 덕분에 서까지 가는 데 10분도 채 걸리지 않았다.

"다녀왔습니다."

수사본부로 들어서자 지휘 본부 담당 경위가 허둥지둥 자리에서 일어났다.

"구라타 경위님, 아래층에 있는 3회의실로 가십쇼."

"도대체 무슨 일이야?"

"일단 회의실로 내려가시죠."

구라타와 요시노는 고개를 갸웃하며 서둘러 계단을 내려갔다. 경비과와 교통과가 있는 층이라 평소 같았으면 형사과 수사관은 출입할 일이 없었다.

복도 중간쯤 지나서 오른편에 위치한 3회의실 문을 두드렸다.

"수사 1과 9계 소속 구라타입니다."

"들어오게."

"실례하겠습니다."

3회의실은 비교적 작은 방이었다. 회의 테이블은 입 구(口) 자 모양으로 가지런히 놓여 있었다. 벽을 등진 자리에는 나카무라 관리관과 이부키 계장이 앉아 있었다. 창가 앞자리에 앉은 두 사람도 보였다.

한 명은 40대 초반의 논커리어 공채 출신의 수사 2과장 아키시마 경무관이었다. 다른 한 명도 같은 수사 2과 관리관 이쿠타 경정이었다. 그는 말단 순경부터 차근차근 밟아 지금의 자리에 올랐다. 이제는 정년을 눈앞에 두고 있다.

수사 2과는 지능범을 담당하는 부서다. 선거법 위반, 뇌물 수

수, 독직, 기업 범죄, 사기, 횡령 등도 모두 2과 담당이다.

이쿠타 관리관은 헛기침을 한 번 하더니 요시노를 가리키며 말했다.

"자네는 잠시 나가 있게."

순간 요시노는 허리를 곧추세우며 발끈했다. 구라타가 짧게 고개를 끄덕이며 제지했다. 요시노는 냉정을 되찾은 듯 목례를 하고서 물러섰다.

회의실 문이 닫히고 요시노가 복도를 빠져나갈 때까지 침묵이 이어졌다.

이부키 계장이 턱짓으로 맞은편 의자를 가리켰다.

"일단 자리에 앉게."

구라타는 가장 가까운 의자를 빼내 일부러 아키시마 과장과 이쿠타 관리관을 마주 보고 앉았다.

"무슨 일입니까? 점심시간에 불러내서는 도시락 하나도 없는 겁니까?"

아키시마 과장이 먼저 입을 열었다.

"구라타 주임, 내 단도직입으로 부탁하지. 앞으로 마쓰이 다케히로는 건드리지 말아주게."

나카무라 관리관과 이부키 계장은 우두커니 맞은편 벽을 바라보았다. 그 모습에서 그간의 사정을 짐작할 수 있었다.

각 과 과장끼리 협의를 거친 후 2과의 이쿠타 관리관이 1과의 나카무라 관리관에게 마쓰이의 사정 청취를 그만두도록 요청했을 게 불을 보듯 뻔했다. 순서를 따지자면 그 후 나카무라 관리관이 이부키 계장에게 구라타가 마쓰이 다케히로의 수사를 중지하게 하라고 지시했을 것이다. 이부키 계장은 난감해하면서 구라타가 순순히 물러날지는 장담하기 어렵다는 식으로 말했을 게 분명하다. 그렇다면 누군가가 나서서 설득해야만 했을 테니 결국은 2과의 아키시마 과장이 총대를 멘 것이다.

물론 구라타도 쉽사리 물러설 생각은 없었다.

"이유가 뭡니까?"

"우리가 내사 중이라는 것쯤은 자네도 알고 있겠지? 다른 부서 사람이 사태를 복잡하게 만들지 않았으면 하네."

"시끄럽게 만드는 일은 없을 겁니다. 저희는 마쓰이 다케히로를 찌른 범인을 찾고 있을 뿐이지, 마쓰이의 뒷조사를 하는 게 아니니까요."

"경찰이 주변에서 어슬렁거리는 것 자체로 방해가 되네. 괜히 경계심만 키워서 증거라도 감추는 날엔 본전도 못 찾는다고."

그제야 구라타는 상황이 어떻게 돌아가는지 대충 감이 잡혔다.

"그 말씀은 마쓰이의 조사가 막바지라는 뜻이군요."

아키시마가 마지못해 고개를 끄덕였다.

"뭐, 그런 셈이지."

"뭘 밝혀내려는 겁니까?"

"자네 바보야? 누가 그런 걸 말해주나?"

"말씀 안 해주시면 저도 물러나지 못합니다."

그러자 옆에 있던 이쿠타 관리관이 서릿발 같은 눈초리로 노려보았다. 아키시마 과장이 이쿠타를 말렸다.

"이보게. 괜한 고집 부리지 말게. 자네 목적은 살인범 체포 아닌가. 공개수사에 사진까지 나온 마당에 뭐가 더 필요해서 그러나? 유력한 정보는 거의 다 손에 넣었을 텐데 이제 그만 마쓰이에게서 손을 떼도 괜찮지 않겠어?"

유력한 정보는 무슨. 그저 다 아는 척하면서 떠보는 말일 것이다. 오늘 아침 수사 회의 때 공개한 가와카미 관련 보고까지 2과가 파악하고 있을 리가 없다.

"아니요, 수사는 이제부터가 시작입니다. 살해당한 여자는 물론이고 마쓰이가 습격당한 이유조차 손에 잡히는 게 전혀 없습니다. 시작 단계에 불과합니다."

아키시마가 고개를 삐딱하게 돌렸다.

"무슨 일이 있어도 마쓰이에게서 손 뗄 생각이 없다, 이건가?"

구라타도 고개를 기울이며 말했다.

"그렇게 말씀드린 적은 없습니다."

"그게 무슨 뜻인가?"

"갖고 계신 정보를 알려주시죠."

삐딱하게 쳐다보던 아키시마가 고개를 똑바로 세우며 물었다.

"정보라니? 무슨 정보 말인가?"

"마쓰이의 횡령 사실에 대해서 말입니다. 그 부분이 밝혀지지 않으면 이 사건은 해결하지 못합니다."

순간 이쿠타가 몸을 일으켜 세웠지만 또다시 아키시마에게 제지당했다. 경찰 고시 출신 과장은 휘두르는 권한도 다르다. 자신의 재량으로 정보의 유출입을 좌지우지한다는 점은 실로 큰

권한이다.

"알고 싶은 게 뭔가?"

"전부 다입니다. 마쓰이는 적어도 7년 전부터 노나카 사에코라는 여자와 불륜 관계에 있었습니다. 매달 30만 엔씩 원조를 해가며 말이죠. 하지만 마쓰이는 그저 40대의 평범한 직장인일 뿐입니다. 설령 연봉이 700만 엔이라고 해도 연봉의 절반이 넘는 360만 엔을 고스란히 애인에게 준다는 게 말이나 됩니까. 부인이 가만히 있었겠느냐 이겁니다. 그런데도 마쓰이는 별다른 문제없이 지내왔습니다. 그런 점으로 미루어볼 때 분명히 다른 수입원이 있었을 겁니다. 횡령을 의심할 수밖에 없습니다. 이 자리에서 저에게 납득할 만한 설명을 해주신다면 마쓰이에게서 손 떼겠습니다. 약속드리죠. 하지만 대충 얼버무려서 적당히 넘어가려 한다면 납득이 갈 때까지 수사하겠습니다. 어떡하시겠습니까? 전 어느 쪽이든 상관없습니다."

아키시마는 한숨을 쉬며 고개를 끄덕거렸다.

"그래, 대부분 자네가 짐작한 대로야. 하지만 마쓰이가 한 짓은 단순한 횡령이 아니야. 조직적으로 비자금을 조성해왔네. 마쓰이는 이미 10년 전부터 비자금을 만드는 일에 손대기 시작했어. 비자금 조성에 능해서 참사관실 서무 주임 자리까지 올랐다고 해도 과언이 아니지. 지금까지 알아낸 바로는 외무성의 전통적인 비자금 조성 수단은 대부분 유흥업소를 통해서였어. 50만 엔어치 술을 마시고 100만 엔을 청구하는 식으로 말일세. 외무성 회계 담당은 그 영수증을 받아서 100만 엔을 지급하는 거야.

그런 식으로 업소를 통해 50만 엔의 여윳돈을 만들어냈어. 그 돈으로 나중에 술을 마실 때 쓰거나 업소와 작당해서 현금화하기도 했는데 그건 담당자 하기 나름이었지. 그런데 마쓰이가 생각해낸 건 조금 색다른 방식이었네."

이쿠타가 아키시마를 힐끗 쳐다보았다. 그런 이야기까지 할 필요가 있나 싶어 말리려는 눈치였다. 하지만 여기서 멈춘다면 구라타도 가만있지 않을 작정이다.

구라타의 성정을 잘 아는 아키시마는 멈추지 않고 이야기를 계속했다.

"마쓰이는 주로 콜택시 회사를 작업장으로 이용했지. 택시 요금을 부풀리는 수법이었어. 이를테면 택시비로 50만 엔 정도밖에 쓰지 않았는데 100만 엔을 청구하는 거야. 게다가 그 차액을 바로 여유 자금으로 돌리지 않고 택시 티켓*으로 바꾸었네. 그 티켓을 상품권 교환소에 가지고 가면 손쉽게 현금으로 전환할 수 있으니까. 그게 바로 마쓰이의 주된 수법이었지."

바로 이거다. 마쓰이는 행여 이 범행 사실이 드러날까 노심초사하여 노나카 사에코와의 관계를 그토록 부정한 것이다.

"외무성이란 조직은 도덕이라는 게 아주 오래전에 사라진 곳이야. 여자 아르바이트생이나 계약직 사무원을 뽑는 기준도 기본적으로 얼굴과 몸매가 얼마나 봐줄 만한가지. 남자 직원들은 일 따위 뒷전이고 대낮부터 여직원들에게 치근대느라 여념이

---

* 택시 승차 시 현금 대신 요금 지불이 가능한 티켓.

없고. 그뿐이 아니야. 병원에 갈 일이 생겨서 공제 혜택이라도 받으려고 하면 그 정보가 복리후생실을 거쳐서 순식간에 외무성 안에 쫙 퍼져. 중절 수술이나 지병 같은 게 알려지면 그곳에 남아 있기 어렵다고 하더군. 최악의 경우에는 자살하는 사람까지 있다는 거야."

아키시마는 이부키와 나카무라를 차례로 보더니 다시 구라타에게 시선을 고정시켰다.

"물론 수사 1과가 진행하는 수사를 먼저 처리해야겠지. 살인 사건 관련 문제니까. 하지만 목숨이 걸린 문제가 아니라도 악은 존재한다네. 이해해주게나. 이건 세금 탈루 정도의 수준이 아니야. 지금 잡지 않으면 녀석들은 증거를 모두 없애버리고 말 거야. 부탁하네. 마쓰이에게서 그만 손 떼게. 보상은 어떤 형태로든 반드시 할 테니까."

충분히 수긍이 갔다.

구라타는 의자를 뒤로 빼고 일어섰다.

"알겠습니다. 지금부터 마쓰이에게서 손 떼겠습니다."

눈인사를 하고 그 자리에서 빠져나왔다.

하나씩 주고받았다. 적절한 타협인가. 아니다, 조금 손해를 본 것 같다.

그 후로도 자잘한 정보들이 잇달아 들어왔다.

노나카 사에코는 11년 전쯤 외무성에 사무 보조원으로 채용되어 약 4년간 그곳에서 일했다. 마쓰이와는 그때 만나서 애인 사이가 되었으리라. 마쓰이가 노나카에게 돈을 부치기 시작한 시기가 그 직후이므로 앞뒤가 들어맞는다. 어쩌면 마쓰이가 노나카에게 "외무성 그만둬. 앞으로 내가 먹여 살릴게."라고 제안했을지도 모른다.

문제는 감시 카메라 영상에 찍힌 남자에 대한 수사에 별 진척이 없다는 점이었다. 물론 가와카미 노리유키와 어떤 연관이 있지 않을까 하여 출몰 예상 지역에 수사관을 배치했다. 그가 최근 3년간 살았던 고엔지의 아파트나 아르바이트를 했던 경비 회사, 고향인 나가노 주변을 비롯해 치한 소동으로 헤어진 전 여자 친구의 집까지 철저히 감시했다.

끝끝내 가와카미는 나타나지 않았다.

수사가 제자리걸음을 하는 사이에 어느덧 새해가 밝았다. 히데키의 기소 날짜가 1월 5일 금요일로 잡혔다. 미성년자임을 고려하여 형량이 줄어들 가능성은 있지만, 재판 형식은 일반인과 다름없는 형사재판이었다.

구라타는 재판 결과가 나오자마자 사직서를 제출했다. 결국 아자부 사건의 결말을 보지 못한 채 경시청에서 나오고 말았다. 아쉬운 마음이 없다면 거짓말이다. 사건을 해결할 때까지 근무했으면 하고 바랐던 것은 아니다. 형사 자격은 잃은 지 오래였다. 단지 상부에서 선뜻 판단을 내리지 못하고 결정을 유보했을 뿐이다. 구라타는 그동안 일을 핑계 삼아 아들이 살인을 저질렀다는 현실에서 등 돌리고 있었다. 그뿐이었다.

집으로 돌아왔다. 아내는 아무렇지 않은 척 애쓰는 모습이 역

력했다. 그 모습에 가슴이 저렸다. 히데키는 이제 겨우 열여덟 살이다. 아내는 아들이 형기를 마치고 나와도 창창한 나이이니 괜찮다며 자신을 다독였다. 얼마든지 다시 시작할 수 있다며 애써 웃음도 지어 보였다. 그렇게 서둘러 결론을 내버리는 말투에서 왠지 모를 위화감을 강하게 느꼈다.

사직서를 제출했다는 말을 해도 아내는 "아, 그랬어요?" 하고 무심히 대답했다. "괜찮아요. 일이 뭐 대수인가."라는 말도 했다. 위화감은 한층 짙어졌다. 더는 집에 있기가 버거웠다. 구라타는 집에서 나왔다.

막상 나와보니 갈 곳이 없었다.

대낮부터 술을 마셔보기도 했다. 무작정 술에 흠뻑 취하고 싶었다. 하지만 그것도 마음처럼 쉽지 않았다. 술을 마셔도 취하지를 않았다. 억지로 꾸역꾸역 마셔봤지만 금방 토하기 일쑤였다. 그런 짓을 반복하는 자신이 실망스럽고 한심했다. 술에는 손도 대지 않게 되었다.

정처 없이 번화가를 돌아다니고 바닷가를 거닐기도 했다. 하지만 이미 메말라 버린 감정에는 별다른 변화가 찾아오지 않았다. 딱 한 군데 가보지 않은 장소가 있었지만 그곳으로는 절대로 발걸음을 옮기고 싶지 않았다.

히데키는 형량을 선고받고 도쿄 구치소에 수감되었다. 사태가 이 지경에 이르렀건만 히데키를 만나고 싶다는 생각은 털끝만큼도 들지 않았다. 정확히 말하면 굳이 얼굴을 마주하고 새삼스레 부모 자식 관계를 확인하는 일 자체를 견딜 수 없었다. 아직도 오장육부가 뒤틀릴 만큼 분노가 식지 않았다. 실제로 히데 키를 만나면 자신이 무슨 짓을 저지를지 상상만 해도 두려웠다.

어쩌면 분노가 쉽게 사그라질지도 모른다. 아들을 마주하는 순간 아내가 그랬듯이 용서하고 말지도 모른다. 얼른 형기를 마치고 나와 사회에 복귀해서 과거는 잊고 새 인생을 살면 된다고 자신을 위로할 수도 있었다.

하지만 구라타는 용서가 되지 않았다.

지금까지 수많은 범죄자의 손목에 수갑을 채워 법정으로 끌고 갔다. 그들을 법의 심판대에 세우는 게 그의 일이었다. 개중에는 미결수도 있고 이미 사형에 처해진 자도 있다. 죽은 자는 죄에서 벗어났다. 무덤 앞에 가서 두 손을 모으고 명복을 비는 일은 어렵지 않다. 하지만 유기형(有期刑) 정도에 그친 자들은 용납하지 못했다. 구라타는 평생 그들에 대한 혐오와 분노의 감정을 가슴에 품은 채 살아왔다.

그렇다. 인간의 목숨은 빼앗고 나면 보상할 길이 없다. 오로지 죽음으로써 용서를 구해야만 한다. 사람을 죽이면 사형선고를 받아 마땅하다고 여겨왔다. 경찰관으로서 지닌 신념이기도 했다. 그렇게 믿고 날마다 구두 밑창이 닳도록 도쿄 거리를 활보하며 형사로서 책임을 다해왔다.

구라타는 오만 가지 생각으로 머릿속이 복잡했다. 다른 사람은 몰라도 내 아들만은 용서받기를 바라는 속물 같은 생각 따위 하고 싶지 않았다. 오히려 내 아들이기에 더욱더 엄격하게 죗값을 치러야 했다. 앞장서서 경찰에 넘기고 부디 아들의 목숨을 거두어 가는 것으로 죄를 사하여 주십사 고개 숙여 빌어야 했다. 지금도 그 생각에는 변함이 없다. 히데키에게 선택권이 주어진다면 죽음을 선택하라고 권하고 싶다.

하지만 그런 선택권이 오늘날 일본에는 없다. 웬만큼 잔인한 살인이 아니고서는 사람 한 명 죽였다고 사형에 처해지지 않는다. 더구나 범행 당시 미성년이라면 무기징역마저도 면할 수 있다. 히데키는 부정기형(不定期刑)을 선고받았다. 아마도 몇 년 지나면 가석방으로 풀려날 것이다.

혼란스러웠다. 어찌해야 좋을지 모르겠다. 살인범이 된 아들을 어떤 얼굴로 마주해야 할지 헝클어진 머릿속을 정리할 방법이 없었다.

이런저런 생각에 이끌려 걷다 보니 어느새 마쓰이가 입원해 있는 병원 앞까지 왔다.

이제는 경찰관 신분이 아니라서 병실로 찾아가지 못한다. 이미 손을 떼기로 아키시마와 약속도 했다. 더는 수사에 방해를 주고 싶지 않았다.

하릴없이 병원 부지 안 광장에 있는 벤치에 앉아 있었다. 문득 딱딱하고 차가운 나무 감촉이 어떤 형벌처럼 느껴져 묘하게도 마음이 편해졌다. 스스로에게 더 가혹하게 굴고 싶었다. 자신을 벌하듯 추운 겨울날 메마른 풀밭의 벤치에 오래도록 앉아 있었다.

그렇게 저녁까지 버티다가 날이 저물면 집으로 발길을 돌렸다. 그리고 다음 날 다시 그곳을 찾았다. 다음 날도, 그다음 날도 마찬가지였다.

그렇게 반복하기를 며칠이나 지났을까. 구라타의 옆자리에 마른 체형에 얼굴이 긴 남자가 다가와 앉았다. 푹 눌러쓴 니트 소재의 모자 아래로 짧은 수염이 무성하게 자라서 얼굴을 절 반쯤 뒤덮고 있었다. 가만히 살펴보니 그는 가와카미 노리유키 였다.

이상하게도 별로 놀랍지 않았다.

그저 조용히 옆에 앉아 있는 것만으로 충분했다. 매서운 겨울 칼바람이 날카로운 소리를 내며 불어왔다. 이대로 바람에 몸을 내맡긴 채 앉아 있는 것도 나쁘지 않다.

그 순간 거짓말처럼 남자의 라이터에 가스가 떨어졌다. 불을 붙이려고 안간힘을 써도 불꽃만 튀다 말았다.

구라타는 그에게 자기 라이터를 내밀었다. 남자는 희미하게 미소를 짓고 고개를 숙이며 받아 들었다. 그리고 다시 꾸벅 인 사하며 라이터를 돌려주었다. 구라타도 담배 한 개비를 꺼내 불 을 붙였다.

두 사람은 한 모금씩 흰 연기를 흐린 하늘을 향해 내뿜었다.

그것이 일종의 신호였을까, 남자가 입을 열었다.

"실례지만 혹시 경찰이십니까?"

구라타는 흠칫 놀랐지만 동요하는 모습을 보이지는 않았다.

"아뇨, 이젠 아닙니다."

"그렇다면 전직 경찰이었다는 말씀이시군요."

"맞습니다. 잘 아시는군요."

남자는 담배 연기를 크게 한 모금 빨아들였다가 천천히 내뱉었다.

"사실 몇 번 뵌 적이 있습니다."

남자가 말하는 뜻을 정확히는 모르겠으나 이미 구라타의 얼굴을 알고 있다는 말 같았다.

"그럼 당신은 가와카미 노리유키 씨?"

라이터를 빌릴 때와 마찬가지로 가와카미는 가볍게 고개를 끄덕였다.

사진 속의 그 남자다. 가와카미는 실로 평온한 얼굴이었다.

"제가 범인이라는 걸 이미 알고 계셨군요."

"네. 그런 정보를 입수했죠. 당신이 노나카 사에코에게 성추행 혐의로 소송당했다는 사실도 알고 있습니다."

순간 가와카미의 눈에 바늘처럼 날카로운 광채가 번뜩였다.

"그 모든 게 마쓰이의 계략이었다는 사실도요?"

구라타는 고개를 끄덕였다.

"이건 어디까지나 제 추측입니다. 당신은 조요 신문사 재직 시절 외무성 비자금 사건을 조사했습니다. 그 과정에서 마쓰이의 존재를 알게 되었고, 그가 바로 비자금 조성의 핵심 인물이라고 결론을 내렸습니다. 그걸 눈치챈 마쓰이가 당신을 노린 거죠. 어느 날 당신은 퇴근길 혼잡한 전철 안에서 노나카 사에코의 계략에 휘말려 치한으로 몰렸고, 그 결과 모든 것을 잃었습니다. 당신도 아마 그때까지는 노나카 사에코와 마쓰이의 관계를 몰랐을 겁니다. 그럴 만도 하죠. 그 사건이 일어나기 3년 전

에 노나카 사에코는 외무성에서 퇴직한 상태였으니까요. 당신
은 치한 소동과 마쓰이 사건 취재 사이의 연관성을 알아채지 못
했습니다. 그런데 최근 어떠한 계기로 알게 된 겁니다. 노나카
가 마쓰이의 애인이라는 사실과 그 치한 소동이 그들의 계략이
었단 걸 말이죠. 아닙니까?"

가와카미는 구라타의 말에 간간이 고개를 끄덕거렸다. 하지
만 그의 가설이 전부 옳다고 인정하는 눈치는 아니었다.

구라타는 하던 이야기를 계속했다.

"노나카 사에코가 마쓰이 다케히로의 애인인 줄은 어떻게 알
았습니까?"

가와카미가 이번에는 고개를 좌우로 흔들었다.

"특별한 계기는 없었습니다. 작은 우연과 직감 덕분이었죠.
그보다 저는…… 아닙니다."

그는 무언가를 숨기려는 듯이 말을 하다 말고 반쯤 남은 담배
를 입으로 가져갔다.

"가와카미 씨, 그러지 말고 어차피 꺼낸 말이니 계속하시죠.
저는 이제 경찰 신분도 아닙니다. 당신이 무슨 고백을 하든 수
갑을 채우지는 못합니다."

"그래도 경찰에 신고는 하겠죠."

"안 합니다."

그럴 기력도 없다는 말은 굳이 덧붙이지 않았다.

가와카미는 담배를 한 모금 더 깊게 빨아들였다. 담배꽁초를
버리고 싶은지 두리번거리다 마땅한 곳이 없자 어정쩡하게 들

고 있었다. 구라타가 휴대용 재떨이를 꺼내 앞으로 내밀었다. 가와카미는 고맙다는 듯이 다시 한 번 고개를 숙였다. 이토록 선량해 보이는 남자가 왜 그랬을까 하는 의문이 들었다.

"형사님."

"저는 이제 형사가 아닙니다. 그냥 편하게 구라타라고 불러주십쇼."

"구라타 씨, 제가 그 두 사람을 벌하고 싶었던 이유는 단지 그 치한 사건 때문만은 아니었습니다."

벌하다. 그 말을 듣는 순간 구라타는 등줄기가 서늘해졌다.

전류가 등골을 타고 흘러 뇌를 관통했다.

다시 가와카미의 눈에 서슬 퍼런 빛이 감돌았다.

"그거 아십니까? 외무성이란 곳은 말이죠, 호시탐탐 여자한테 손을 대는 문란한 공무원 집단이라고나 할까요. 저 여자애는 끝내줬다, 무슨 과의 누구한테는 손대지 말라는 말을 스스럼없이 입 밖으로 내뱉는 인간들로 가득하죠. 재외공관으로 나가고 싶어 안달인 가장 큰 이유도 섹스예요. 그런 인간들이 사회에서는 엘리트 관료라 불린다고 생각하면 정말이지 역겹습니다. 그 중에서도 마쓰이는 유독 심했습니다. 그 인간이 함부로 입을 놀려서 사생활을 폭로하는 바람에 자살한 여자도 있었습니다."

가와카미는 주먹을 꽉 쥐어 자기 무릎 위에 내려놓았다.

"설마 마쓰이가 살아날 줄은 몰랐습니다. 그렇게 여러 번 찔렀는데도 죽지 않다니."

'귀신에 씐다'는 말이 있다. 구라타는 지금까지 이 말을 충동

범행을 설명할 때나 사용하는 편리한 비유 정도로 여겨왔다.

그런데 이제야 깨달았다.

사람이 사람을 죽이는 데에 이유 따위는 없다. 사실 이유는 아무래도 상관없다. 중요한 것은 어떤 문제를 해결하려고 살인이라는 방법을 쓰느냐, 쓰지 않느냐의 차이다. 즉, 선택의 문제다.

어떤 이는 치정 문제로, 어떤 이는 돈이나 지위, 명예를 위해 살인을 선택한다. 또 어떤 이는 정의를 실현하고자 살인이라는 선택을 할 뿐이다.

사람을 죽인 자는 목숨으로만 대가를 치를 수 있다. 아니, 목숨으로도 보상하지 못한다. 그래도 목숨을 내놓는 방법밖에 없다. 구라타는 그런 굳은 신념으로 살아왔다. 설령 살인자가 아들일지라도 사람을 죽이면 그 대가로 목숨을 내놓아야 한다는 지론에는 변함이 없다.

하지만 최후에 내놓는 목숨은 단 하나, 몇 명을 죽여도 하나뿐이다. 두 명을 살해하고 나면 그 후에는 몇 명을 죽이든 마찬가지리라.

구라타는 지금 그 방법을 선택하려 한다.

"가와카미 씨……."

구라타는 마쓰이 다케히로가 입원해 있는 병실을 가와카미에게 알려주었다. 그리고 지금이면 수사 1과 형사도 없고, 다른 부서 사람이 지키고 있지도 않을 거라고 덧붙였다.

가와카미는 잠시 망설이는 듯하더니 곧 가볍게 고개를 숙여 인사한 다음 홀연히 일어섰다. 운동선수들이나 걸칠 법한 긴 방

한복 뒷자락이 바람에 휘날렸다. 가와카미는 주머니 속에 든 무언가를 매만지며 병동 입구를 향해 곧장 걸어갔다.

또다시 칼날처럼 매서운 겨울바람이 사납게 휘몰아쳤다.

구라타는 홀로 남겨졌다.

집으로 돌아갔더니, 아내가 살해당했다.

범인은 아들이 죽인 시마다 아야카의 아버지였다.

침묵원차

(沈默怨嗟)

하야마 노리유키는 지금까지 근무지가 관할 서든 본부이든 별로 연연하는 편이 아니었다고 생각했다.

젊은 나이에 경시청 본부로 차출되었지만 특별히 자랑으로 여기지도 않았다. 무엇보다 그런 말을 입 밖으로 내뱉는 일 자체를 좋아하지 않았다. 내가 어디에 있든 주어진 일을 묵묵히 해내면 그만이라고 여겼다.

그렇다고 해서 월급 받는 만큼만 일하면 된다는 안일한 생각도 하지 않는다. 수사의 이해득실을 놓고 저울질할 마음도 없다. 피해자 입장에서는 사건의 경중을 떠나 모든 일이 큰 사건으로 느껴지기 마련이다. 관행이나 파벌 같은 문제로 우선순위를 매겨가면서 사건에 임하고 싶지 않았다.

하지만 이렇게 다시 관할 서로 내려와 근무해보니 본부에서 근무할 때와 다른 기분이 드는 것도 사실이었다. 잊고 지냈던 것들이 떠오른다고나 할까.

경시청 수사 1과 10계 근무 시절에는 살인 사건만 다루었다. 사건이 발생하면 수사본부가 설치된 관할 서로 내려가서 그곳 수사관들과 팀을 이루어 탐문하러 다녔다. 굉장히 전문성 높은 업무를 3년 가까이 맡아온 셈이다.

그 후 경사 승진 시험에 합격하면서 다시 관할 서로 왔다. 지금 근무하는 곳은 세타가야 구 마쓰바라에 있는 기타자와 서이다. 원칙대로라면 최소 1년 정도 지역과 근무를 거쳐야 하지만 이런저런 사정으로 조직범죄 대책과 강력계로 배치받았다. 표면상으로 보면 일의 성격은 수사 1과 시절과 별로 다르지 않다.

그러나 실제 직무 내용 전연 딴판이었다.

기타자와 서의 관할구역은 대체로 한산한 주택가다. 강력 범죄라고 해봐야 날치기보다 조금 정도가 센 준강도 사건이라든가, 다툼 수준의 상해 사건이 전부였다. 시모기타자와 역 앞 상점가는 늘 시끌벅적하지만 젊은 사람들이 많이 찾는 거리인 데다 상인회의 방범 의식이 비교적 높은 곳이다. 소위 '흉악 범죄'라고 부를 만한 사건은 좀처럼 일어나지 않았다. 실제로 하야마가 배치된 최근 석 달 사이에 발생한 사건은 기껏해야 취객들의 몸싸움이나 술집에서 벌어진 성추행 미수 사건뿐이었다. 그렇다고 해서 경미한 사건으로 대수롭지 않게 넘길 생각은 눈곱만큼도 없었지만 사건 처리까지 걸리는 시간이나 처벌 강도로 따지면 현저한 차이가 났다.

또 한 가지 다른 점이 있다면 책상에 죽치고 앉아 있을 시간
이 넘쳐난다는 사실이었다.

수사 1과 시절에는 일단 사건이 발생하면 그 건을 해결할 때
까지 본부로 돌아가지 않는 게 기본이었다. 자연스럽게 본부 자
기 책상에 앉아 업무를 보는 일도 없었다. 그런데 관할 서 근무
는 날마다 책상 앞에 앉아 서류 업무를 처리해야만 했다.

당연히 컴퓨터가 먹통이 되는 일도 겪어보았다.

"시끄러워 죽겠네. 그 윙윙거리는 소리 좀 어떻게 해봐."

맞은편에 앉은 시이나 경위가 이쪽을 힐끗 쳐다보며 핀잔을
준다.

"죄송합니다. 드라이브에 문제가 생겼나 봅니다. 데이터를 못
읽는데요."

그러자 시이나가 엉거주춤한 자세로 일어섰다. 그는 마흔 살
이 넘었지만 기계 다루는 데에 일가견이 있었다. 같은 과 사람
들 사이에서 컴퓨터 박사로 불릴 정도다.

"수명이 다 된 거 같은데. 드라이브는 소모품이라 어쩔 수 없
어. 얼른 수리를 맡기든지 아니면 외장 하드를 따로 사든지 하
라고. 살 거면 브랜드는 말이야……."

시이나 경위의 말이 채 끝나기도 전에 전화벨이 울렸다. 총괄
계장을 비롯해서 경사 두 명이 더 있었지만 가장 먼저 전화를
받은 사람은 시이나였다.

"시이나 경위입니다."

내선으로 온 전화였다.

"알겠습니다. 이쪽으로 연결해 주십쇼. 네? 그게 무슨 소립니까? 그런 건 110번*으로 돌리면 되는데…… 알겠습니다. 어쨌든 사람을 보내겠습니다."

엉거주춤한 자세로 통화를 하던 시이나는 전화를 끊고 하야마를 내려다보았다.

"어르신 두 분이 주먹다짐을 한 모양이야. 빨리 좀 와달라는군. 밑에서 가족이 기다리고 있다는데. 자네가 오늘 당직이지? 어서 갔다 와."

관할 서에서는 기본적으로 그날 밤 당직자가 초동수사를 맡는다.

"알겠습니다. 바로 가보겠습니다."

하야마는 노트북 전원을 켜둔 채 모니터만 덮고 자리에서 일어섰다.

그나저나 어째서 110번을 놔두고 기타자와 서로 이런 사건이 넘어왔는지 영문을 모르겠다. 바로 근처에 사는 주민이 신고했나.

민원실 접수창구에는 스무 살 전후로 보이는 아담한 여성이 서 있었다.

경무과 담당이 그녀를 하야마에게 소개했다.

"이분은 다니가와 씨입니다. 사는 곳은 마쓰바라 4가라고 합

---

* 우리나라 112와 같은, 일본의 범죄 신고 전화번호.

니다.”

사람에 따라 다르겠지만 마쓰바라 4가까지는 대략 걸어서 10분 정도는 걸린다. 이곳에서 그리 가까운 거리는 아니었다.

“하야마라고 합니다. 무슨 일로 오셨습니까?”

경찰서 입구 옆에 놓인 대기 의자를 권했지만 여자는 살며시 고개를 저으며 사양했다.

“자세한 이야기는 가면서 할 테니까 우선 저희 집으로 같이 가주시면 안 될까요?”

“그렇게 급한 일이면 가까운 파출소 쪽으로 연결해드릴까요?”

마쓰바라 4가라면 메이다이마에 역 앞 파출소의 관할구역일 것이다.

“아니요. 아주 위급한 상황은 아니지만 같이 가주셨으면 해요. 파출소 순경이 아니라 형사님이 직접 가주시면 좋겠어요.”

“무슨 일입니까?”

“그건 가면서 말씀드릴게요.”

손만 잡히지 않았다 뿐이지 이런저런 말을 주고받는 사이 결국 바깥으로 끌려 나온 꼴이었다. 오전 11시 반. 일기예보에는 저녁부터 비가 내린다고 했다. 벌써 어두컴컴한 먹구름이 몰려오고 있었다. 하야마는 걸어가는 사이에 비가 내리지 않기만을 바라며 서를 나섰다.

젊은 여성의 이름은 다니가와 지히로였다. 대학생이라는데, 평일 오전이건만 어째서 학교에 가지 않았을까.

"주먹다짐이 있었다고 들었습니다. 부상자는 없습니까?"

"부상이랄 것까지는 없고, 할아버지 뺨이 좀 부은 정도예요."

"그럼 구급차는……?"

"안 불렀어요."

"피해를 입은 분과는 어떤 관계시죠?"

"저희 할아버지세요. '다니가와 마사쓰구'세요."

마사쓰구의 한자는 '正継'라고 했다. 요즘은 한 달에 한두 번 어느 이사회에 나가는 일 말고는 좀처럼 집 밖으로 나가지 않는다고 했다.

"대체 무슨 일이 있었던 겁니까?"

지히로는 고개를 갸웃거렸다.

"저도 직접 본 게 아니라서 자세히는 모르겠어요. 할아버지께서 친구분을 집으로 불러서 아침부터 장기를 두셨죠. 저는 차를 대접하려고 한 번 들어갔다가 그 후로는 쭉 제 방에서 공부했고요. 그래서 자세한 건 잘 몰라요."

"오늘 학교는 안 갔습니까?"

"수업이 없는 날이거든요. 내일까지 제출해야 할 리포트 때문에 집에서 그거나 해야지 하고 있었는데……"

이런 일이 일어나고 말았다는 뜻인 듯하다.

"다른 가족분들은 같이 안 계셨나요?"

"부모님은 여행 중이시고, 할머니는 가부키 공연을 보러 아침 일찍 나가셔서 집에는 할아버지하고 저뿐이었어요."

서너 층짜리 빌라가 줄지어 들어선 구역에서 벗어나 2층짜리 단독주택이 밀집된 지역으로 들어갔다. 오래된 건물과 새로 지은 건물들이 조화를 이룬 주택가였다. 저마다 작은 정원이 딸려 있어 아담하면서도 고급스러운 인상을 풍겼다.

지히로가 사는 집도 분명히 그중 하나일 것이다.

"여기예요."

예상 밖이었다. 다니가와 저택은 주변의 다른 집들보다 훨씬 크고 견고한 기와지붕을 인 일본식 주택이었다. 자세히 살펴보니 외벽은 새로 칠한 듯했다. 전통 방식으로 지은 건물이었지만 현대적이고 세련된 인상마저 풍겼다.

현관의 알루미늄 창틀도 새것이었다. 최근에 대규모 개보수 공사를 한 모양이었다.

"이쪽으로 들어오세요."

"실례하겠습니다."

지히로는 툇마루가 딸린 현관 오른쪽 다다미방으로 안내했다.

구석에 도코노마*가 보였다. 벽에는 수묵화 족자가 걸려 있었다. 그 아래에 놓인 항아리도 확실치는 않지만 꽤나 값진 물건인 듯했다.

"할아버지, 형사님 오셨어요."

지히로가 툇마루에서 좌식 의자에 양반다리를 하고 앉아 있는 노인을 향해 말했다.

노인은 생각보다 풍채가 꽤 건장해 보였다. 앉은키도 컸고 등

---

* 도코노마(床の間): 다다미방에서 바닥을 조금 높여 단을 만든 곳으로, 족자 등의 장식을 놓아둔다.

글넓적한 얼굴도 큰 편이었다. 아침부터 장기를 두었다고 했지만 장기판은 이미 방 한구석에 치워져 있었다.

"기타자와 서에서 나왔습니다. 어떻게 된 일인지 말씀을 들으러 찾아뵈었습니다."

다니가와 마사쓰구는 입을 꾹 다물고 팔짱을 낀 채 마당을 바라보고 있었다. 앞서 들은 대로 왼쪽 뺨이 조금 부어올랐고 멍도 들었다.

가까이 다가가 다다미 바닥에 무릎을 꿇고 앉았다. 지히로가 의자를 권했지만 하야마는 사양했다.

"무슨 일이 있었던 겁니까?"

"무슨 일이 있었냐고?"

마사쓰구가 갑자기 주먹을 들어 올리더니 툇마루 바닥에 무언가를 내동댕이쳤다. 방바닥 위로 몇 번 튕기다가 굴러간 것은 다름 아닌 장기짝이었다. 어떤 말이었는지 정확히 보지는 못했지만 아마도 '보(步)' 같은 작은 말인 듯했다.

"고작 한 수 물러달라고 했을 뿐이야! 아, 그런데 그놈이 갑자기 나를 향해 주먹을……. 날 죽일 셈이었던 게지, 노망난 영감탱이 같으니라고. 지금 당장 가서 체포해!"

노인의 얼굴은 어느새 벌겋게 달아올라 있었다. 그는 주먹을 쥔 손으로 자기 무릎을 내리쳤다. 심장 질환이라도 앓고 있다면 큰일 나겠다 싶을 만큼 노기가 하늘을 찌를 듯했다. 다행히 그런 징후는 없는지 마사쓰구는 이내 평정을 되찾았다.

하야마는 노인이 숨 고를 시간을 주고 적당한 때를 보아 말을 꺼냈다.

"제가 무슨 사정인지 듣지를 못해서 하나씩 순서대로 여쭙겠습니다. 먼저 누군가가 마사쓰구 씨에게 위해를 가한 상황이라고 보면 되겠습니까?"

"음, 맞아."

"친구분 성함이 어떻게 됩니까?"

"그 망할 놈을 친구라고 하지 말게!"

마사쓰구가 다시 한 번 주먹을 내리쳤다. 이번에는 손안에 장기짝이 없었는지 아무것도 튀어나오지 않았다.

"그분 성함을 알려주십쇼."

"호리이 다쓰오."

호리이라는 성은 '堀井'라 쓰고, 이름의 한자는 잘 모른다고 했다. 나이도 일흔 살 안팎이라고만 알고 있었다.

"호리이 씨와는 무슨 관계이십니까?"

그러자 곤란한 듯 한숨을 내쉬었다.

"산겐자야 장기 동호회에서 알게 됐어. 언제 한가할 때 우리 집에 와서 장기 한판 두자고 했던 게 시작이었지. 벌써 세 번인가 네 번 여기로 불렀네."

"호리이 씨 댁은 어딥니까?"

"다이시도* 부근 어디라고 했는데 자세한 건 나도 몰라. 가본 적이 있어야 말이지."

---

* 다이시도(太子堂): 일본 아스카시대의 황족으로 불교 중흥에 크게 이바지한 쇼도쿠 태자를 모시는 사당.

이곳에서 다이시도까지는 차로 15분 거리지만 전철로 가면 환승이다 뭐다 해서 못해도 30분 정도는 걸린다.

하야마는 장기 동호회의 주소를 물었다. 그러자 마사쓰구가 다다미방 입구에 서 있는 지히로에게 손짓했다.

"거기 들어 있는 가방 좀 꺼내 와라."

다다미방 한가운데 놓인 탁자 밑에 깊이가 얕은 바구니가 보였다. 지히로는 바구니에 손을 넣어 무언가를 꺼냈다.

"이거 말씀이세요?"

허리춤에 매는 나일론 재질의 가방이었다. 마사쓰구가 고개를 끄덕였다.

지히로가 가방을 건넸다. 마사쓰구는 그 안에서 장지갑을 꺼내 들고는 장지갑 속에서 회원증으로 보이는 카드를 빼냈다.

"안경도 이리 줘봐라."

이래저래 번거롭게 하는 것보다 하야마가 직접 확인하기로 했다. 산겐자야 장기 동호회. 세타가야 구 산겐자야 2-16-×. 산겐자야와 다이시도는 엎어지면 코 닿을 거리다.

양해를 구하고 주소를 옮겨 적었다.

"이 모임은 회원제입니까?"

"그렇네."

"그럼 이곳에 가면 호리이 씨 주소도 알 수 있겠군요."

마사쓰구는 고개를 끄덕이며 회원증을 도로 지갑에 넣었다.

하야마는 그의 손동작이 멈추기를 기다렸다가 사건에 대해 확인 질문을 했다.

"아까 말씀대로라면 한 수 물러달라는 말에 호리이 씨가 주먹을 휘둘렀다는 건데요. 대국 중에 그런 일이 자주 있습니까?"

하야마가 아는 장기 규칙은 기껏해야 말을 움직이는 법 정도였다. 더 자세한 규칙은 알지 못했다.

마사쓰구는 헛기침을 한 번 하더니 대답했다.

"그 동호회에서는 '일수불퇴(一手不退)'를 하느냐, 마느냐를 놓고 다툼이 벌어지곤 해서 원칙적으로는 금지하고 있네. 그렇지만 당사자끼리 상의해서 결정할 문제지. 서로 합의만 보면 보통은 아무 문제도 생기지 않아."

"그럼 호리이 씨와는 평소 어떠셨습니까? 대국 중에 한 수 물러달라는 말씀을 자주 하시는 편입니까?"

마사쓰구는 주머니에 지갑을 쑤셔 넣으며 고개를 갸웃거렸다.

"어땠더라…… 모처럼 집까지 찾아와서 장기를 두는 건데, 거참! 꼭 그런 걸 말로 해야 아나? 애들도 아니고 그런 일로 화내는 인간이 잘못 아니냐고. 폭력을 쓴다는 게 어디 말이 되나. 안 그런가? 자네도 그렇게 생각하지?"

하야마는 선뜻 동의하지 못했다. 합의 사항을 명확히 해두지 않은 탓에 서로 오해가 생겼을지도 모를 일이다.

호리이 다쓰오의 주소는 산겐자야 장기 동호회에서 쉽게 알아냈다. 다이시도 5가. 확인하는 김에 회원 명부에서 나이까지 파악했다. 호리이 다쓰오. 올해 9월로 일흔둘. 다니가와 마사쓰구는 예순여섯 살이었다.

호리이의 집으로 직접 찾아갔다. 단출한 살림에 그야말로 소박한 분위기의 주택이었다. 도로에 인접한 출입구도 아담했다. 외벽은 칠한 지 오래됐는지 빛바랜 모습이었다.

초인종을 누르자 안에서 여자 목소리가 들렸다.

"잠깐만요."

조심성 없게 누구인지 확인도 하지 않고 문을 열어준다. 막상 얼굴을 마주하고 보니 생각한 대로였다. 좋게 말하면 사람 좋아 보이고, 나쁘게 말하면 약간 어수룩해 보이는 마흔 살 전후의 여자였다.

"실례하겠습니다. 기타자와 서에서 나왔습니다. 혹시 호리이 다쓰오 씨 계십니까?"

여자는 경찰수첩과 하야마의 얼굴을 번갈아 살피더니 조심스레 고개를 끄덕였다.

"네, 그런데요."

"좀 여쭙고 싶은 게 있는데 만나 뵐 수 있을까요?"

"네. 잠시만 기다리세요."

여자는 안으로 들어가더니 복도 중간쯤에 있는 거실에서 누군가와 대화를 나누었다. 곧이어 구슬발을 젖히며 몸집이 작은 노인이 모습을 드러냈다.

"이렇게 불쑥 찾아와서 죄송합니다. 기타자와 서에서 나왔습니다."

"예, 알고 있습니다. 밖으로 나가서 이야기할까요."

노인은 현관 앞에 놓인 샌들을 신고 신발장 위에 손을 짚으면서 집 밖으로 나섰다.

호리이 다쓰오는 집에서 조금 떨어진 신사(神社) 한 귀퉁이에 있는 어린이 공원으로 안내했다.

모래판 건너에 보이는, 페인트칠이 벗겨진 푸른색 벤치를 눈짓으로 가리켰다.

이제 곧 7월이다. 신사에는 나무가 무성했다. 모기떼가 우글거릴 듯했지만 지금은 찬밥 더운밥 가릴 상황이 아니었다. 두 사람은 벤치에 앉았다. 하야마는 먼저 호리이의 얼굴 상태를 살폈다.

마사쓰구가 장기짝을 던진 손은 오른손이었다. 오른손잡이라는 뜻이다. 손으로 때렸다면 호리이는 왼쪽 뺨을 맞았어야 한다. 하지만 그의 왼쪽 뺨에는 그런 흔적이 없었다. 다시 말해 서로 주먹다짐을 했다기보다 호리이가 일방적으로 때렸을 가능성이 높았다.

호리이가 한숨을 쉬며 입을 열었다.

"마사쓰구 씨 일이오?"

약간 코맹맹이 소리를 냈지만 알아듣는 데는 지장이 없었다. 자신의 행동을 후회하는지 조금은 의기소침해 보였다. 왜소하면서도 균형 잡힌 체격의 노인이었다. 언뜻 보아서는 다부진 인상마저 풍겼다.

"네, 조금 전에 마사쓰구 씨를 찾아가 말씀을 듣고 왔습니다. 하지만 한쪽 말만 들어서는 안 되기에 이렇게 호리이 씨를 찾아온 겁니다."

호리이는 억울한지 아랫입술을 깨물었다. 이토록 인자해 보이는 노인이 장기를 두다가 한 수 물러주네 마네를 놓고 폭력 소동을 일으킨 장본인이라는 게 믿기지 않았다.

"마사쓰구 씨 댁에서 무슨 일이 있었는지 설명을 해주시겠습니까?"

호리이는 고개를 떨어뜨리며 끄덕거렸다.

"두 번째 대국 막바지였나, 내가 왕수비차잡기*를 하려던 찰나였소. 마사쓰구 씨가 기다려달라고 외치면서 한 수 물리려는 거요. 순간적으로 화가 치밀어서 그만…… 한 방 후려치고 말았지. 그랬더니 마사쓰구 씨가 툇마루에서부터 다다미방까지 데굴데굴 구르면서 호들갑을 떨지 않겠소. 그래도 분이 덜 풀려서 달려들어 한 대 더 내리치려는 순간 계단 쪽에서 발소리가 나더군. 그제야 오늘 아침에 손녀가 집에 있었다는 걸 떠올리고 얼른 정신을 차렸소. 그리고 바로 도망쳐 나왔던 거요."

지히로의 방은 2층에 있다는 이야기다.

"아무 말도 없이 다짜고짜 때리셨습니까?"

호리이는 희미하게 눈썹을 찌푸렸다.

"내가 어떻게 했더라? 기억이 가물가물하구먼."

"제가 잘 몰라서 그러는데, 대국 중에 기다려달라는 게 그렇게 화가 나는 일입니까?"

---

* 왕수비차잡기(王手飛車取り): 장군을 부르는 동시에 비차(飛車)까지 잡을 수 있는 수.

하야마의 질문에 호리이는 이번에도 고개를 저었다.

"하지만 그때는 그랬지. 화가 났소."

"두 번째 대국은 몇 시쯤부터 시작하셨습니까?"

"내가 마사쓰구 씨 집에 찾아간 게 8시 반이었나, 아무튼 그 쯤이었던 것 같구려."

"거기까지는 어떻게 가셨습니까? 전철을 타셨나요?"

"아니, 자전거를 타고 갔소. 보통은 비만 내리지 않으면 어디든 자전거를 타고 다니는 편이라."

여기까지는 두 사람의 진술이 다르지 않았다.

"첫 대국 때도 마사쓰구 씨가 도중에 기다려달라고 했습니까?"

"아니오, 처음에는 그런 일 없었소."

"두 번째 대국에서 갑자기 그랬다는 말씀인가요?"

"그렇소. 그랬던 것 같구려."

"마사쓰구 씨와는 장기 동호회에서 알게 되셨다고 들었습니다. 거기서는 대국 중에 수를 물리는 걸 원칙적으로 금한다고 하더군요. 동호회에서 두 분이 두셨을 때도 기다려달라며 한 수 물리려고 하신 적이 있습니까?"

"글쎄요. 기억이 잘 안 나는데."

마사쓰구는 평소 '한 수 물러달라'는 요청을 남발하지 않았다는 소리다.

"그 모임의 다른 분들은 어떻습니까? 경우에 따라 수 물리기를 하는 편입니까?"

호리이가 얕은 한숨을 내쉬며 고개를 들었다.

"주먹질을 한 건 나도 반성하고 있소. 그래도 설마 형사까지 찾아와서 조사할 만큼 일이 커질 줄은 짐작도 못 했지. 내가 괜한 물의를 일으켜서는…… . 미안하오. 그럼 날 체포하실 거요?"

하야마는 고개를 저었다.

"조사해보니 마사쓰구 씨가 입은 상처는 경미해 보였습니다. 호리이 씨도 어느 정도 안정을 찾으시고 침착하게 조사에 응해주셔서 현재로서는 체포까지 갈 필요 없을 것 같습니다."

"그래도 상해죄인지 뭔지로 벌은 받을 테죠?"

"마사쓰구 씨 뜻에 달렸습니다. 그분이 형사소송까지 가길 바란다면 그럴지도 모르겠습니다."

"그럼 마사쓰구 씨가 원하면 내가 교도소에 갈 수도 있다는 얘기요?"

이 문제는 하야마도 무어라 대답하기가 어려웠다.

"지금으로써는 확답을 드리기가 어렵습니다. 두 분한테서 좀더 자세한 말씀을 듣고 경찰서에서 조서를 꾸민 다음에야 검찰이나 법원으로 넘어가니 교도소에 가는 건 나중 일입니다. 지금까지 나온 진술만으로는 제가 드릴 말씀이 없습니다."

하지만 대개 이런 사건은 당사자 간의 합의로 사건이 종결되는 경우가 많다.

밤이 되자 다시 다니가와 지히로가 기타자와 서로 찾아왔다. 마침 하야마는 당직자여서 서에 남아 있었다. 숙직만 아니었으면 벌써 8시를 훌쩍 넘긴 시간이라 아마 만나지 못했을 것이다.

지히로는 1층 민원 창구에 있던 하야마를 발견하고 꾸벅 머리를 숙여 인사했다. 함께 당직을 서고 있던 생활안전과 경사가 호기심 어린 눈으로 하야마를 쳐다보았다.

"오늘 아침에 신고한 사건 어떻게 됐나요?"

하야마는 지히로의 목소리와 표정을 살피며 여기에 온 이유를 나름 추측해 보았다.

오늘 아침에 지히로를 이곳으로 보낸 사람은 마사쓰구였다. 근처 파출소로는 도무지 성에 차지 않아 직접 기타자와 서에 가서 형사를 불러오라는 지시를 내렸던 것이다. 그리고 이제 밤이 되자 수사 진척 상황을 물어보고 오라고 보낸 모양이었다. 아니면 저녁때까지 알아 오라고 했는데 지히로가 바빠서 이제야 왔을지도 모른다. 결국 리포트 작성을 끝낸 다음 오려다 보니 시간이 늦어졌다는 결론이 나왔다.

"사토 씨, 미안하지만 잠깐 자리 좀 비워도 되겠습니까?"

하야마는 생활안전과 경사에게 양해를 구하고 자리에서 빠져나왔다.

"지히로 씨, 이쪽으로 오시죠."

지금 같은 심야 시간에는 어느 회의실이든 마음대로 사용할 수 있지만 2층은 너무 인적이 뜸해서 오히려 지히로가 긴장할지도 모른다.

하야마는 1층으로 내려가 복도 끝 서장실 옆에 있는 1회의실로 지히로를 안내했다.

"편히 앉으세요."

회의실에는 탁자가 입 구 자 형태로 배치되어 있었다. 출입문과 가까운 쪽에 지히로를 앉히고 하야마는 대각선 맞은편 자리에 앉았다.

지히로는 갸름한 얼굴형에 꽤 영리해 보이는 눈매를 가졌다. 권위적인 할아버지 밑에서 할아버지가 시키는 대로 두 번씩이나 경찰서를 찾아온 걸로 보아 분명 심성이 착하고 가족을 끔찍이 여기는 사람일 것이다.

"오후에 호리이 씨 이야기도 듣고 왔습니다."

하야마는 일단 있는 그대로의 사실을 알려주었다. 호리이 다쓰오는 반성하고 있다, 마사쓰구가 용서해준다면 당사자 간의 구두 합의로 해결하고 싶어 한다는 말도 넌지시 덧붙였다.

하지만 지히로의 표정은 어두웠다. 마사쓰구가 다른 지시라도 내렸나.

"할아버지께선 그 후 상태가 좀 어떠신가요?"

지히로는 물음에 답하려는 듯 가볍게 고개를 끄덕였다.

"아직도 왼쪽 뺨이 조금 부어 있으세요. 그렇다고 해서 크게 다치신 건 아니에요. 워낙 성격이 불같은 분이라 일이 이렇게까지 커졌다고 봐요. 요즘은 어린애도 그 정도 다툼으로 소란을 피우지는 않잖아요. 정말 창피해요."

경우에 따라서는 아이라서 용서받거나 어른이라서 용서받지 못하는 일들도 있다.

지히로에게도 사정을 조금 물어보기로 했다.

"지히로 씨는 호리이 씨를 전부터 알고 계셨습니까?"

다시 가볍게 고개를 끄덕인다.

"네, 전에도 뵌 적이 있어요. 워낙 인상도 좋고 인자하신 분이라서 아침 일은 좀 의외였죠. 어쩌면 저희 할아버지가 먼저 화날 만한 원인을 제공하셨을지도 모르고……. 비슷한 일이 가끔 있었거든요."

쉽게 흘려들어서는 안 될 이야기다.

"예를 들어 어떤 일입니까?"

"아, 아뇨. 가끔 이웃분들과 말다툼하시는 정도였어요. 보셨다시피 원래 성격이 까칠하셔서 호리이 씨처럼 인자한 분이 아니면 저희 집까지 놀러 올 사람도 없을 거예요."

손녀라면서 도대체 무슨 이야기를 하고 싶은 걸까. 입에서 나오는 소리가 하나같이 조부의 입장을 불리하게 만드는 발언들이다.

가만히 듣고만 있었더니 지히로는 계속해서 이야기했다.

"제가 확실하게 들은 건 아니지만요……."

마사쓰구가 무슨 말이라도 했나.

"편하게 말씀해보세요."

"아래층에서 소리가 나기에 무슨 일인가 싶어 방에서 나온 순간, 갑자기 엄청난 고함 소리가 들리는 거예요. 할아버지 목소리는 아니었으니 아마 호리이 씨였을 거예요."

"뭐라고 고함치셨습니까?"

지히로는 고개를 갸웃하며 대답했다.

"네가 죽였어, 이랬던 거 같은데……."

"죽였다고요? 호리이 씨가 그렇게 말했습니까?"

"아마도요. 그렇게 흥분한 모습만 보더라도 그런 내용이 아니었을까 싶어요. 제가 아래층으로 내려갔을 땐 이미 호리이 씨가 씩씩거리면서 복도로 나와 집으로 돌아가시려던 참이었죠. 방을 들여다봤더니 할아버지는 기진맥진한 모습으로 다다미 위에 주저앉아 계셨어요. 할아버지가 화를 내기 시작한 건 그다음부터였고요."

그 방에서 대체 무슨 일이 있었을까.

"호리이 씨가 누가 죽었다고는 얘기 안 했습니까?"

지히로가 이번에는 반대쪽으로 고개를 갸웃했다.

"뭐라고 하셨더라…… 그 자식이라고 하셨던 거 같아요."

노인끼리의 대화였다는 점을 고려하면 전쟁 당시의 기억을 잠시 화제에 올렸을 가능성도 있다. 하지만 호리이는 일흔두 살이고 마사쓰구는 예순여섯 살이다. 그러니까 전쟁이 끝났을 때 호리이는 초등학생이었고, 마사쓰구는 태어나서 얼마 지나지 않은 아기였다는 얘기가 된다. 그러니 추억을 회상하는 화제였을 리도 없다.

그렇다면 대체 '죽었다'는 말은 무슨 이야기를 하다가 나온 것일까.

다음 날 하야마는 비번이었다.

모처럼 휴일을 맞아 시모기타자와 주변에서 쇼핑을 한다든가 영화나 연극이라도 보러 가면 좋을 텐데 공교롭게도 그런 일에는 별로 흥미가 없었다. 굳이 말하자면 외국 SF 소설 읽는 것을 취미라고 할 수 있다. 하지만 일단 손에 잡았다 하면 하루 종일 숙소에 처박혀 나올 생각을 하지 않으니 정신 건강에 해로울 지경이었다.

밖에 나가서 바람이라도 쐬고 오는 편이 좋다는 건 하야마 자신도 알고 있다. 수사 1과 시절의 선배인 기쿠타 가즈오나 유다 고헤이가 불러낸 일도 있었지만 좀처럼 시간이 맞지 않아 응하지 못했다. 직속상관이었던 히메카와 레이코에게서도 한 번 전화가 왔다. 그때도 서로 근황만 물었을 뿐 따로 약속을 잡지는 않았다.

그렇다, 친구라고 부를 만한 사람이 하야마에게는 거의 없다. 물론 애인도 없다. 아주 잠깐 사귀었던 여자가 있지만 그것도 벌써 오래전 일이다.

하야마는 마음속 깊이 어딘가에서 삶을 즐기는 행위에 죄책감을 느끼곤 했다. 술을 마시거나 옆 사람의 어깨를 치며 큰 소리로 웃는 것도 자신에게는 허락하지 못할 행위였다. 중학교 2학년. 그해 가을 그 살인 사건을 목격한 후부터 이어져 오는 금욕이라는 또 다른 이름의 욕망이 버티고 있었다. 그런 하야마를 유일하게 해방시켜 주는 시간이 바로 일하는 동안이었다.

살해당하는 장면을 목격하고도 침묵을 선택했다. 얼굴도 목소리도 모른다. 그저 커다란 그림자로 기억하는 살인자. 자책감과 공포는 일상생활에 지장을 초래할 정도는 아니었지만 개운치 않은 무언가가 항상 머릿속에서 맴돌았다.

오로지 수사를 하는 동안만 사라진다. 쉬는 날에도 일 생각만 한다. 시간적 여유가 생기면 습관처럼 무언가를 조사하거나 현장으로 발걸음을 옮기기 일쑤였다.

오늘도 그랬다. 특별히 생각하지 않았는데 자기도 모르는 사이에 호리이가 사는 집 앞까지 오고 말았다. 오후 4시 반. 막상 현관 앞에 서니 초인종을 누를지 말지 망설여졌다.

"저희 집에 무슨 볼일이라도 있으십니까?"

뒤에서 누군가 말을 걸었다. 돌아보니 한 남자가 작은 개를 데리고 서 있었다. 나이는 40세 전후로 보였다. 눈매가 호리이와 닮은 걸 보아 아들일지도 모른다. 혹은 어제 하야마가 찾아왔을 때 문을 열어준 여자의 남편일 가능성도 있다.

"실례했습니다. 기타자와 서에서 왔습니다."

경찰수첩을 꺼내 보여주었다. 비번인 날에도 이 수첩만은 항상 몸에 지니고 다닌다.

"아, 그 형사님이시군요."

이상할 정도로 표정에 감정이 드러나지 않는 남자였다. 목소리만 들어서는 호의를 지녔는지 불쾌하게 여기는지 가늠하기 어려웠다.

"아버지는 잠깐 밖에 나가셨습니다. 치과 예약이 있으신가 봅니다. 괜찮다면 기다리시겠습니까?"

그가 산책용 개 목줄을 쥔 손으로 현관을 가리켰다. 하야마는 고개를 흔들며 단호하게 말했다.

"아니요, 오늘은 가능하면 가족분들 이야기를 듣고 싶어서 온 겁니다."

물론 지금 막 생각해낸 핑계였다.

호리이 다카히토는 개를 집 안에 들여놓은 후 다시 밖으로 나왔다.

"오래 기다리셨죠. 저기까지 좀 걸을까요?"

고개를 끄덕인 후 하야마는 다카히토와 나란히 걷기 시작했다.

"아까 그 개는 무슨 종입니까?"

"프렌치 불도그입니다."

"이름은요?"

"돈코라고 합니다만⋯⋯."

다카히토가 눈썹을 찌푸렸다.

"그게 아버지 일과 무슨 관련이라도 있습니까?"

"아니요, 그게 아니라 귀여운 녀석 같아서요."

키우는 개를 칭찬해주면 대부분의 주인들은 기뻐한다. 다카히토도 예외는 아니었다. 하야마를 대하는 태도가 조금은 부드러워졌다.

다카히토의 안내로 자자와 도로변에 있는 카페로 들어갔다.

다카히토는 문득 하야마의 차림새를 관찰하듯이 아래위로 훑어보았다.

"지금 근무 중 맞으십니까?"

플란넬 셔츠에 면바지 차림. 그렇게 이상하지는 않지만 근무 복장도 아니었다. 실은 조금 전 초인종을 누르려다 주저한 것도 옷차림에 신경이 쓰여서였다.

"아닙니다. 실은 오늘 비번입니다."

그렇다면 수사권이 없는 게 아니냐고 묻지 않을까 예상했지만 다카히토는 뜻밖의 말을 꺼냈다.

"그럼 한잔하시겠습니까?"

처음으로 다카히토가 웃음을 보였다. 기회는 이때다.

"네, 그러시죠."

술집의 조명은 조금 어두운 백열등이었다. 벽에 재즈 레코드 재킷이 붙어 있었다. 술집 구석 계산대에는 위스키 병이 길게 줄지어 놓여 있다. 망설임 없이 호기롭게 온더록스(On The Rocks)를 주문하고 싶었지만 안타깝게도 하야마는 술에 약했다.

일인용 소파 자리에 앉아 음료 메뉴를 살폈다.

"그럼, 간만에 맥주로 하겠습니다."

"저는 하이볼(highball)로 하겠습니다."

상황이 이상하게 돌아가고 있지만 공안부에서는 술을 먹여서 정보를 얻는 방법을 의외로 자주 쓴다고 한다. 계산만 나눠서 하면 나중에 문제 될 일도 없다.

둘은 믹스 너트를 안주 삼아 주문한 술을 마셨다.

사건에 대해 먼저 말을 꺼낸 쪽은 다카히토였다.

"그렇지 않아도 제가 아버지께 여러 번 여쭤봤습니다. 같이 장기 두던 친구를 크게 한 방 혼내줬다는 말씀만 하시던데 정말 그게 다였습니까?"

하야마는 슬쩍 웃으며 대답했다.

"네. 아무래도 그런 모양입니다. 친구분도 한쪽 뺨이 조금 부어오른 정도라서 병원에 갈 필요도 없었고, 부상당했다고 할 만한 일은 없었습니다만……."

"그런데요?"

몸을 약간 앞으로 기울이며 다카히토가 물었다. 가죽 재질의 소파는 작은 마찰음을 내며 가라앉았다.

하야마도 눈높이를 맞추기 위해 자세를 고쳐 앉았다.

"마음에 좀 걸리는 게 있어서요."

"마음에 걸리다니요?"

"혹시 호리이 씨 주변에 누군가 사건에 휘말렸다거나 살해당한 분이 계십니까?"

"불길한 말씀을 하시는군요."

"그 댁 손녀의 진술에 따르면 호리이 씨가 싸우던 도중 '네가 죽였다'는 식으로 고함을 쳤다고 합니다. 그런 말이 특별히 문제가 된다는 건 아닙니다. 잘못 들었을 수도 있고, 크게 신경 쓸 일이 아닐지도 모르고요."

다카히토는 옆으로 시선을 떨구며 고개를 갸웃했다.

"아니요, 그런 사람 없었습니다. 어머니는 벌써 8년 전에 돌아가셨지만 소위 '병사'였습니다."

조금 신경 쓰이는 한마디였다. 본인은 무의식중이었을지 몰라도 '병사'라는 단어 앞에 '소위'라는 말을 굳이 집어넣은 것이 하야마의 신경을 건드렸다.

"어떤 질환을 앓으셨나요?"

다카히토는 "아!" 하고 신음하듯 외마디 소리를 내며 아몬드 한 알을 입에 물었다.

"간질을 앓으셨습니다. 가끔 발작이 일어나기도 하셨죠. 증상이 가벼울 때는 정신이 멍해지는 정도였지만, 심해지면 온몸이 딱딱하게 굳으면서 경련이 일었습니다. 그러다 급기야 욕조에서 발작을 겪으신 겁니다. 엄밀히 말하면 병사라기보다는 익사, 그러니까 사고사가 되겠죠. 공교롭게도 하필 저희 부부가 일 때문에 아이들을 데리고 말레이시아에서 지낼 때였습니다. 노부부만 집에 남겨두고 떠나는 게 어쩐지 불안하긴 했는데 그만 그런 일이……. 갑자기 아버지께서 국제전화로 연락을 하셨더라고요. 어머니가 돌아가셨다는 겁니다. 황급히 귀국했지만 그때는 이미 제가 할 수 있는 일이 없었죠. 장례식이 끝난 후 말레이시아로 돌아갔습니다. 다시 일본으로 정식 발령을 받아 귀국한 게 그로부터 2년 후였고요."

다카히토는 전자 제품을 만드는 대기업에 다니면서 외국으로 발령 난 기간에는 현지 공장 운영 업무를 했다고 한다.

"아버지께서 혹시 그 일과 관련해서 누군가에게 원한을 품거나 하지는 않으셨습니까?"

"원한이라……."

말끝을 흐리며 고개를 저었다.

"간질을 앓는 건 누구 탓도 아니죠. 당신께서 조금 더 신경을 썼더라면 하고 자책하신 적은 있습니다. 하지만 저희 집에 와보셔서 알겠지만 욕조가 좁고, 간질은 언제 발작을 일으킬지 모르는 병 아닙니까. 매일 밤 같이 욕실에 들어가 씻겨드릴 수도 없는 노릇이었고요. 더군다나 어머니한테만 신경 쓰다 보면 일상 생활도 제대로 하기 힘들어지니까……."

다카히토는 말을 하다 말고 안색을 바꾸었다.

"왜 그러시죠?"

"아, 아뇨. 그렇긴 한데……."

셔츠의 어깨 부분을 손가락으로 긁적였다.

"아주 사소한 얘기라도 괜찮으니 말씀해주십시오."

"음, 글쎄요."

다카히토는 반쯤 남은 하이볼을 단숨에 들이켜고는 주머니에서 담뱃갑을 꺼내 담배 한 개비를 뽑았다.

"그래도 아버지는 결국 다 당신 잘못이라고 말씀하셨어요."

"그랬군요."

"부끄러운 얘기지만 어머니는 돌아가시기 얼마 전부터 간질약을 드시지 않았던 모양입니다."

하야마는 간질에 대해 문외한이나 마찬가지였지만 지금까지 들은 이야기의 정황상 약을 끊으면 발작이 일어나기 쉽다는 사실을 금방 알 수 있었다.

"한동안 증상이 완화되었다는 이유도 있었지만 실은 당시 아버지가 근무하셨던 공장이 경영난에 빠져 직원들 월급마저 제때 지급하지 못하는 상황이었습니다."

"당시라는 게 언제쯤이죠?"

"어머니가 돌아가시기 조금 전인데, 8년 전 해가 바뀌고 나서니까 아마 봄이었을 겁니다."

"아버님께서는 그 공장에서 처음부터 죽 근무하셨습니까?"

"아뇨. 환갑을 맞아 정년퇴직하시기 전까지는 금속을 가공하는 대기업에 계셨어요. 그 후 고향 마을에 있는 공장에 재취업하셨죠. 공장 규모가 워낙 작기도 했고 자금난을 겪으면서 월급도 주지 못하는 지경이었습니다. 몇 개월 동안 수입이 뚝 끊겼던 거죠. 그래서 어머니는 생활비를 아끼려고 약값부터 줄이신 겁니다. 한동안은 발작 증세가 없어서 방심하기도 하셨나 봐요. 어머니는 약을 끊었다는 사실을 아버지에게 비밀로 하셨답니다. 돌아가시고 나서야 의사가 약을 왜 환자에게 계속 먹이지 않았냐고 아버지께 물었습니다."

월급이 끊기고 생활고에 시달리다 약값마저 아껴야 했던 탓에 사고사로 목숨을 잃었다는 이야기다. 호리이가 아내의 죽음을 공장의 임금 체불 탓으로 여겼을 가능성도 있다.

"호리이 씨가 유독 사장을 원망했다거나 한 적은 없었습니까?"

"그런 일은 없었을 겁니다. 어머니 장례식 때도 사장이 직접 왔으니까요. 월급을 주지 못하는 것 때문에 따로 아버지께 사과하기도 했습니다. 아버지가 그 일로 사장에게 화를 내거나 원망하시는 눈치는 아니었습니다."

"지금 말씀은 다카히토 씨도 공장 사장과 안면이 있었다는 뜻이군요."

"네. 스기무라라는 분입니다. 직원이라고 해봐야 다섯 명 남짓한 작은 회사입니다. 그마저도 사장하고 그 아들, 경리로 일

122

하는 사모님을 빼면 순수하게 직원은 아버지와 다른 한 분뿐이었습니다. 가내 공장이죠."

공장과 다니가와 마사쓰구가 연관되었을 가능성은 없을까. 예를 들어 마사쓰구가 공장을 기울게 한 원인 제공자였다면 어떨까? 알고 보니 마사쓰구는 주 거래처 사장이었고, 스기무라가 운영하는 공장에 발주를 끊은 것이 경영 악화로 이어진 간접적인 원인이 됐다든가 하는 식으로 말이다.

다카히토는 말을 이었다.

"아버지는 그래 봬도 금속가공 일에 자부심이 꽤 높은 분이셨습니다. 저에게 같은 길을 권하신 적은 한 번도 없지만 스기무라 씨 부자처럼 함께 일하는 게 부러우셨나 봐요. 그래서 가능한 한 오래 일하고 싶어 하셨죠. 하지만 임금 체불이 길어지자 더 이상 안 되겠다 싶으셨나 봅니다. 예순넷에 은퇴해서 연금 생활을 하겠노라 결심하셨죠. 스기무라 씨 공장을 그만두고 자유로운 은퇴 생활을 누리시려던 참이었어요. 그때 어머니가 돌아가신 겁니다."

그는 잠시 이야기를 멈추고 들고 있던 담배에 불을 붙였다.

"그런 의미에서는 저도 공범입니다. 꼭 약값까지 아끼실 필요는 없었는데, 저한테 귀뜸이라도 주셨다면 얼마든지 도와드릴 수 있었는데……. 아버지께도 나중에 여쭤봤죠, 월급까지 밀린 마당에 왜 저와 한마디 상의도 하지 않으셨냐고요. 그랬더니 '그러게 말이다.' 하면서 어깨를 축 늘어뜨리시더군요. 그 이상 무슨 말씀을 드려야 할지 모르겠더라고요."

다카히토는 카운터를 향해 "한 잔 더요!" 하고 빈 잔을 들어 보였다. 하야마가 마시던 병맥주는 거품이 다 꺼져서 사과 주스처럼 보였다.

솔직히 호리이 다쓰오를 더 조사할 필요가 있는지 하야마 자신도 판단이 서지 않았다. 우선 이대로 두고 다니가와 마사쓰구가 피해 신고서를 제출하러 오면 그때 가서 어떻게 대응할지 생각하기로 했다.

사실 아직도 마음에 걸리는 부분이 있었다.

나이 지긋한 노인끼리 심심풀이로 장기를 두다가 한쪽이 수를 물러달라고 부탁한 것에 격분해 다른 쪽이 주먹을 휘두르다니. 여기까지는 백번 양보해 그럴 수 있다고 치자. 하지만 싸우면서 '너 때문에 죽었어.'라고 고함을 질렀다는 부분은 무시하고 넘어가기가 영 찜찜했다.

무슨 의도로 그런 말을 했을까. 본인에게 확인하는 게 가장 쉬운 길이겠지만 그 전에 조금 더 호리이 다쓰오라는 남자에 대해 알고 싶었다.

다음 날, 하야마는 다카히토가 들려준 이야기에 의지해 스기무라 제작소를 찾아갔다.

현장에서 근무하는 직종이나 제조업은 오전 11시나 오후 3시에 찾아가면 이야기를 듣기 쉽다. 바로 그때가 휴식 시간인 업장이 많기 때문이다.

이곳 또한 예외는 아니었다. 스기무라 제작소도 10시 5분이 되자 기계 소리가 멈추고 "쉬었다 합시다."라는 목소리가 밖으로 새어 나왔다.

"실례합니다. 안녕하십니까."

30센티 정도 열린 문 사이로 얼굴을 쑥 들이밀었다.

녹색 바닥 위에 하늘색 플라스틱 상자가 있었다. 상자 안에는 똑같은 모양의 볼트와 너트가 산더미처럼 쌓여 있었다. 널빤지로 둘러싼 대형 기계도 보였다. 가동 부분이 그대로 드러나 있어 실수로 손이라도 끼면 큰일일 것 같은 기계들이 여기저기 널려 있었다.

"네, 어떻게 오셨습니까?"

위험천만해 보이는 기계들 사이로 다카히토와 비슷한 연배의 남자가 얼굴을 내밀었다. 조금 낡은 회색 작업복에 같은 소재로 만든 모자를 눌러쓴 차림이었다. 입에는 금방 불을 붙인 담배가 물려 있었다.

"실례하겠습니다. 기타자와 경찰서에서 나왔습니다. 사장님 지금 계십니까?"

"네, 잠깐만요."

그는 "사장님!" 하고 스기무라를 불렀다. 그러자 기계들 사이로 이번에는 사장이 모습을 드러냈다. 가만 보니 그곳이 휴식 공간인 듯했다. 호리이와 비슷한 연배의 남자가 이쪽으로 걸어왔다.

"내가 사장인데 무슨 일로 나를 찾소?"

알이 두꺼운 안경을 쓰고 살집이 두툼한 남자가 목에 걸친 수건으로 이마를 닦았다. 그 뒤로 젊은 사람 한 명이 얼굴을 내밀었다. 젊다고 해도 하야마랑 비슷한 30대 전후로 보였다. 하야마는 상대가 경계하지 않게 최대한 차분한 말투를 유지하려 했다.

"전에 여기서 '호리이 다쓰오'라는 분이 근무했다고 들었는데요."

"아, 호리이 씨? 그랬소만……."

사장의 표정이 순식간에 어두워졌다.

"호리이 씨에게 무슨 일이라도 생겼소?"

"아니요, 별일 없이 잘 지내고 계십니다. 오늘은 호리이 씨가 회사를 그만둔 경위를 알아보려고 왔습니다."

"그만둔 경위라……. 이쪽으로 오시겠소?"

사장이 공장 안쪽에 있는 사무실로 안내했다. 분홍색 폴로셔츠를 입은 여자가 책상 앞에 앉아 있었다. 경리 일을 보는 사장 부인인 듯했다.

접대용 소파에 앉자 부인이 보리차를 내주었다.

사장은 맞은편에 앉아서 말을 꺼냈다.

"호리이 씨에겐 지금까지도 미안한 마음뿐이오. 공장을 그만두기 전까지 반년 가까이 월급을 못 줬거든. 결국 월급도 받지 않고 그만두고 말았지. 좀 전에 본 두 사람 말이오. 젊은 쪽이 겐지라는 녀석인데, 저 녀석이 제대로 일을 배울 때까지 호리이 씨가 옆에 붙어서 가르쳐줬지. 심지어 월급도 자기는 괜찮으니 겐지한테나 제대로 주라더군. 그러니 내가 빚을 내서라도 줘야겠다는 생각이 들 수밖에."

그랬다, 호리이 씨가 무급으로 일을 계속한 데에는 그만한 이유가 있었다.

"호리이 씨 덕분에 지금은 사정이 나아졌소. 나랑 아들놈 둘만으로는 겨우 공장 문 열고 닫는 정도밖에는 못 했을 텐데, 거기에 직원 한 사람이 더 있으니 일을 계속할 수 있었던 거라오. 두 사람과 세 사람이 처리하는 업무량은 전혀 다르거든. 지금 우리가 입에 풀칠하는 건 다 호리이 씨 덕분이오. 호리이 씨는 겐지가 제구실을 할 수 있게 일을 다 가르쳐줬소. 그러고 나서 그만뒀지만 호리이 씨가 겐지를 남겨두고 간 셈이지. 지금 우리가 신참을 가르치려면 이 공장은 멈추고 말 거요. 그러니 그렇게 감사한 일이 또 어디있겠소."

거기까지 말한 다음 사장은 안경을 벗고 눈 밑에 고인 땀을 수건으로 훔쳤다.

"그나저나, 무급으로 일을 시킨 우리도 할 말은 없지만 그 연금제도 좀 어떻게 못 하는 거요? 사정을 들어 보니 해도 해도 너무했더군."

갑자기 연금 이야기로 화제가 바뀐다. 도대체 무슨 말일까.

"호리이 씨에게 연금과 관련해서 무슨 일이 있었습니까?"

"있다마다. 그 사람 좋은 호리이 씨가 부인 사십구재 때 험악한 얼굴로 이런 말을 했소. '우리 마누라는 후생노동성과 사회보험청*이 죽인 거야.'라고. 아니지, 그때는 후생노동성이 아직

---

* 사회보험청(社会保険庁): 건강보험, 선원보험, 후생연금, 국민연금 사업을 관장했던 과거 일본의 행정기관.

후생성일 때였던가."

누가 기계 전원을 켰는지 덜커덕 소리가 나더니 규칙적인 진동이 발밑으로 전해져 왔다. 그에 호응하듯 하야마의 머릿속에 스위치 하나가 켜졌다.

후생노동성과 사회보험청이 죽였다니.

곧바로 세타가야 사회보험사무소(현 세타가야 연금사무소)로 향했다. 수색영장이 없어서 호리이 다쓰오의 연금 지급 상황에 대해 구체적으로 알아내기는 어려웠지만 그의 경력을 대략 읊자 직원이 난처한 얼굴로 "알겠습니다."라며 머리를 숙였다.

"1995년에서 2000년 사이에는 그런 문제가 끊임없이 발생한 게 사실입니다. 2000년 4월에 법이 개정된 뒤부터 이야기가 달라졌지만요."

직원에게 설명을 듣고 나서도 완벽하게 이해할 수는 없었다. 게다가 개정된 법이라는 것이 들으면 들을수록 '개악(改惡)'으로밖에는 여겨지지 않았다. 하야마 자신이 피해를 당하지는 않았지만 울분이 치미는 것을 참기 힘들었다.

지금까지 나온 이야기를 종합해보니 대강 어떤 상황인지 그림이 그려졌다.

"한 가지만 더 말씀해주십시오. '다니가와 마사쓰구'라는 사람을 아십니까?"

지금까지 이야기를 들려준 50대 소장이 태연하게 고개를 끄덕였다.

"물론이죠. 한때 '연금계의 대부'라고 불렸던 분 아닙니까."

마침내 모든 조각이 맞춰졌다.

다니가와가에 연락해보니 마사쓰구는 일 때문에 외출했다며 정오 조금 지나서 돌아온다고 했다. 하야마는 남은 시간 동안 도서관에서 좀 더 조사하기로 했다.

오후 2시 반에 다시 다니가와의 집에 전화하니, 곧 돌아온다는 연락이 왔다고 했다. 하야마는 마쓰바라 역 근처 제과점에서 선물을 사 들고 다니가와의 집으로 향했다.

마사쓰구의 아내로 보이는 나이 지긋한 부인이 하야마를 맞으러 나왔다. 그녀는 하야마를 지난번과 같은 다다미방으로 안내했다. 여름용 일본 옷을 입은 마사쓰구가 상석을 권했지만 하야마는 거절하고 방문 근처에 앉았다.

준비해 온 선물을 부인에게 건네자 방에는 마사쓰구와 단둘만 남았다.

마사쓰구가 먼저 입을 열었다.

"그놈이 반성은 하던가?"

첫마디를 들은 순간 욱했지만 '이 사람은 원래 그런 인종이구나.'라고 생각하자 그나마 참을 만했다.

"네. 폭행을 행사한 부분은 후회하시더군요. 사실 저는 두 분의 이야기를 듣고도 도통 이해가 안 되는 부분이 있었습니다. 장기 애호가가 딱 한 번 한 수 물러달라는 말을 들었다고 해서 상대방에게 주먹질을 하다니 이상했습니다. 하지만 지히로 씨의 이야기를 듣고 나서야 실마리가 조금 잡혔습니다. 마사쓰구 씨, 기억하십니까? 호리이 씨가 주먹을 휘두르기 전에 '너 때문에 죽었어.'라고 고함을 치셨다면서요."

마사쓰구가 고개를 조금 이쪽으로 돌렸다.

"아니, 그런 기억은 없는데."

"저도 호리이 씨에게 확인하지 않아서 사실인지 아닌지는 모릅니다. 하지만 호리이 씨가 왜 마사쓰구 씨를 때렸는지 지금은 알 것 같습니다. 괜찮으시다면 제 추측을 말씀드리지요."

"말해보든가."

마사쓰구는 낮은 목소리로 대답하더니 눈을 감았다.

하야마는 등을 곧게 펴고 잠시 호흡을 가다듬었다.

"그 전에 하나만 여쭙겠습니다. 현재 마사쓰구 씨는 사회복지의료기구라는 특수법인의 이사장이지만 전에는 후생성에서 근무하셨죠? 오랫동안 연금국 연금과장을 역임했고 이후 연금국장, 보험국장, 마지막에는 후생성 사무차관까지 하셨습니다. 후생성 사무 분야에서 가장 높은 자리까지 오르셨죠."

마사쓰구가 아무 말 않는 것으로 보아 사실인 듯하다.

"한때는 '연금계의 대부'라는 별명으로 불릴 만큼 후생성에서는 연금 전문가로 알려진 분이셨더군요."

부인이 차와 하야마가 선물로 가져온 젤리를 내왔다. 두 사람의 관계가 궁금했을 테지만 그녀는 다시 조용히 자리를 비켜주었다.

"마사쓰구 씨, 말씀해주시죠. 왜 60세를 넘겨도 퇴직연금에 가입된 사람에 한해서는 지급정지 해제 다음다음 달부터 연금을 지급하는 겁니까?"

지급정지란 60세가 되어 연금 수급 자격이 생겨도 계속해서 일하거나 수입이 있으면 연금을 지급하지 않거나 혹은 감액하는 조치를 말한다.

마사쓰구가 무언가를 꿰뚫어 보듯이 눈을 가늘게 뜨고 조금씩 이쪽으로 시선을 돌렸다.

"법에 그리 정해져 있으니 그런 것 아니겠나."

"과연 그럴까요. 1997년 8월, 사회보험심사회는 66세의 한 남성이 건 소송에 대해 이런 심사 결과를 전했습니다. '현행 법령하에서 지급정지 해제는 다음다음 달부터가 아니라 다음 달부터 시행해야 한다고 판단된다.'라고요. 저도 급하게 알아본 내용이라 사실과 다른 부분이 있다면 지적해주시길 바랍니다. 사회보험심사회는 법률로 정한 바에 따르면 후생노동성 장관이 담당하는 상당히 권위 있는 기관이죠. 그런 사회보험심사회가 다음 달 지급이 타당하다고 결론지었는데 그 당시 후생성 연금국은 왜 다음다음 달에 지급한다고 고집한 겁니까?"

마사쓰구는 말없이 하야마를 응시했다.

"제가 조사한 바로는 1995년 3월까지 60세가 넘은 후에도 매달 퇴직연금을 내고 있던 사람들이 연금을 신청하면 관례처럼 다음다음 달에 연금이 지급되었다고 하던데요."

마침내 핏기가 없는 입술이 열렸다.

"당연하지. 분명히 의문이 생기기 쉬운 조문이기는 하지만 입법 의사*에 따르면 다음 달이 아니라 다음다음 달 지급으로 되어 있소."

그랬다. 이와 똑같은 이야기를 사회보험사무소 소장에게서도 들었다. 하지만 이상하게도 그 법적 근거는 후생연금법 어디에도 쓰여 있지 않았다.

"과연 그럴까요. 법적으로도 다음 달 지급이 타당하니까 사회보험심사회가 그런 판결을 내렸겠죠."

"그렇지 않아. 그렇게 오해하기 십상인 조문이라 2000년 개정에서 조문을 바꾸었지. 다음 달 지급은 입법 의사에 반한다, 다음다음 달 지급이 합법이라고 말이야. 이에 관해서는 국회에서도 승인받았고."

하야마가 도서관에서 확인한 내용들을 이해 가능한 범위에서 정리하면 다음과 같다.

1995년 3월까지는 60세가 넘어 다시 후생연금에 가입한 사람은 연금을 막상 받으려 해도 두 달이라는 시간이 지나야 받을 수 있었다. 그러나 1995년 4월에 연금법이 개정되어 같은 상황에 대해 다음 달 지급으로 규정이 바뀌었다. 그런데 후생성과 사회보험청은 개정법을 무시한 것이다. 1995년 4월 이후 5년 동안이나 두 달 후에 연금을 지급하는 행태를 지속했다. 더구나 2000년 4월에는 다시 연금 지급에 대해 '두 달 이후부터'로 법조문을 고쳤다.

* 입법 의사: 법 해석의 중점을 입법자 의사, 즉 법안 기초 이유서와 입법 과정의 토의 등의 자료에 두는 설이다.

요컨대 후생성과 사회보험청은 애초 다음 달 지급이었던 법조문을 제멋대로 해석해서 다음다음 달 지급하는 형태로 운영해왔다. 최종적으로는 그 잘못된 관행마저도 '합법'이 되도록 자기들 입맛에 맞게 법률을 왜곡했다. 거두어들인 돈을 잔뜩 쌓아두고 막상 지급할 때가 되면 이유 없이 한 달분의 금액을 빼버렸다. 바로 이것이 후생성과 사회보험청이 취한 수법이었다.

"이유가 뭡니까? 1995년에 다음 달 지급으로 법이 개정되었는데 왜 그걸 5년 동안이나 무시하고 계속해서 한 달분을 제외한 겁니까?"

실제로 호리이 다쓰오는 그 5년 사이에 피해를 입었고 아내를 잃었다.

그런데 어이없게도 마사쓰구는 콧방귀를 뀌었다.

"1996년에 다음다음 달부터 연금을 받은 자가 이미 10만 명에 달했어. 그걸 밝혀내는 비용만으로도 추가 지급액을 가볍게 넘어서 버렸다고. 게다가 사회적으로도 거센 비난을 받을 게 뻔했고. 자네 생각에는 그런 일을 우리가 할 수 있을 것 같은가?"

일본 관료들의 썩어빠진 사고방식이었다.

"나는 1998년에 퇴직해서 그 후의 자세한 상황은 몰라. 하지만 2000년까지 5년 동안 거기에 해당하는 수급자는 대략 40만 명, 추가 지급액은 700억 엔에 달했지. 굳이 비난을 사면서까지 진행할 필요가 있었을까. 우리는 국민의 돈을 좀 더 효율성 있게 운용하려고 했을 뿐이야. 질투에 사로잡힌 민간인들이 낙하산이네 뭐네 하면서 아는 척 지껄이는데, 어리석은 소리 그만하라고 해. 우리는 합당한 능력을 갖추고, 온갖 시련을 극복하면서 그 자리까지 오른 거라고. 그에 합당한 보수를 받은 게 한 치도 부끄럽지 않아."

하야마는 어느새 두 주먹을 불끈 쥐고 있었다.

"호리이 씨가 그러더군요, 당신 같은 사람이 그녀를 죽였다고요. 바로 호리이 씨 부인입니다."

"그건 또 무슨 얘긴가?"

"호리이 씨는 60세에 일단 정년퇴직을 했다가 다시 마을 공장에 취직해서 계속 일했습니다. 그런데 어떤 사정이 생겨 급여를 받지 못하는 기간이 생겼고, 하는 수 없이 연금 생활을 하려고 절차를 밟았습니다. 그때 연금이 다음다음 달 지급된다는 사실을 알게 되었죠. 급여를 못 받아 생활이 몹시 궁핍해졌고 수입 없는 기간이 한 달이나 길어지면서 최악의 사태가 발생한 겁니다."

마사쓰구의 미간에 깊은 주름이 잡혔다.

"평소 지병이 있었던 부인이 생활비 절약을 위해 먹던 약을 끊었습니다. 그 와중에 목욕탕에서 발작이 일어나 익사하고 말았죠. 그 일로 호리이 씨는 나중에 다녔던 회사 사장에게 억울함을 토로했습니다. 한 달만 일찍 연금을 받았더라면 약을 살 수 있었다면서요. 약만 사 먹었다면 아내는 죽지 않았을 거라고, 후생성과 사회보험청이 아내를 죽인 것이나 다름없다고 말입니다."

마사쓰구의 턱에 힘이 들어갔다.

그래도 하야마는 이야기를 계속했다.

"호리이 씨는 연금이 나오기만을 기다렸습니다. 그 결과 부인을 잃었죠. 그런 호리이 씨에게 당신은 또다시 기다리라고 한 겁니다. 호리이 씨는 한 수 물러달라는 말에 화가 난 게 아니라 이 이상 무엇을 더 기다리란 말이냐고 폭발한 겁니다. 제가 보기에는 마사쓰구 씨가 불난 집에 부채질을 한 것 같습니다."

마사쓰구는 주먹을 꽉 쥐고 탁자를 내리쳤다. 그 바람에 부인이 가져온 찻잔이 굴러가다 엎어져 탁자 위에 차가 쏟아졌다.

"바보 같은 소리 집어치워! 호리이는 자기 처가 죽었으면 월급을 안 준 공장에 가서 따질 일이지, 정부를 원망하다니 당치도 않아. 억지도 정도껏 부려야지."

하야마는 고개를 가로저었다. 주먹을 내리치고 싶은 쪽은 하야마였다.

"이 세상에는 무급을 각오하고 일하는 고귀한 정신이 존재합니다. 그 길을 선택한 강한 신념의 소유자가 있다 이겁니다. 들키지만 않으면 괜찮다고 생각하고, 위법인 줄 알면서도 사기 행각을 계속하는 당신들은 호리이 씨의 결단에 대해 이러쿵저러쿵 논할 자격이 없습니다."

"닥쳐!"

마사쓰구가 탁자 모서리를 움켜쥐고 몸을 하야마 쪽으로 움직였다.

"네놈은 공무원 아냐? 경찰도 뒷돈을 만들잖아! 낙하산에다 착취도 하고, 주차장 이권을 탐하고, 파친코 이권도 챙기면서 온갖 탐욕을 부리지 않느냐고! 모른다고 발뺌하지는 않을 테지."

"당신 말이 맞아!"

하야마는 자기도 모르게 다다미를 내리치고 말았다.

"경력 불문하고, 경찰도 이권을 탐하면서 자기 배 불리기에 급급하지. 불상사를 숨기려고만 하는 쓰레기도 있고. 하지만 적어도 내가 존경하는 상사와 동료 들은 모두 부정부패에 맞서 싸우다 흩어졌어. 당신같이 썩어빠진 관료와 맞서 싸우다 당당하게 사쿠라다몬을 떠났다고!"

하야마는 집게손가락으로 마사쓰구를 똑바로 가리키며 말했다.

"잘 들어. 하나만 충고하지. 당신은 상대가 호리이 씨여서 한 대 맞은 걸로 끝난 거야. 다른 사람이었으면 칼침을 맞고도 남았어. 어쩌면 목을 졸렸을지도 모르지. 쥐도 새도 모르게 사라졌을지 모른다고!"

몇 초 기다렸지만 아무 반론이 없기에 하야마는 일어섰다.

방에서 나와보니 부인이 복도 중간에 서 있었다. 하야마는 고개를 숙여 인사하고 그 옆을 스쳐 지났다.

그런데 현관에 또 한 사람이 서 있었다.

호리이 다쓰오였다.

하야마는 자전거를 끄는 호리이와 집을 향해 천천히 걸어갔다. 호리이는 하야마에게 거듭 사과했다.

"정말 미안하게 됐소. 설마 거기까지 조사할 줄은 생각지도 못했는데. 과연 경찰이구려."

"아닙니다. 대부분 스기무라 씨에게서 들은 이야기입니다. 저는 나중에 어느 정도 사실관계만 확인했을 뿐이죠."

하지만 호리이는 사과를 멈추지 않았다.

"다 내 잘못이오. 무급일 것을 각오했다 해도 가정을 돌보지 않고 일에만 매달렸으니. 핑곗거리도 안 되겠지만 나는 정말로 금속가공 일을 좋아했다오. 망치로 두드려도 꿈쩍하지 않는 금속 조각이 내 손에만 들어오면 자유자재로 모양을 바꿔 나갔소. 0.01밀리미터, 0.001밀리미터의 착오도 없이 주문대로 제품을 만들어내는 그 일에 자부심이 컸지. 하지만 그게 얼마나 처에게 부담이 됐는지는 생각도 못 했다오. 남자란 동물은 참으로 어리석지 않소?"

마쓰바라 역 근처까지 와서 호리이는 자전거에 올라탔다.

다시는 이 사람을 만날 일이 없을지도 모른다. 생각이 거기까지 미친 하야마는 한 가지 의문을 떠올렸다.

"호리이 씨!"

그가 황급히 자전거 뒤에 달린 짐칸을 잡자 호리이가 깜짝 놀라 돌아보았다.

"네?"

"하나만 더 말씀해주십시오. 마사쓰구 씨가 예전에 후생성 관료였다는 사실을 언제 알았습니까?"

호리이는 바로 대답하지 않았다. 하야마의 시선을 슬쩍 피하고는 아직 가로등이 켜지지 않은 저녁 무렵, 길모퉁이의 거무스름한 산다화 담장을 물끄러미 바라보았다.

이윽고 호리이가 희미하게 미소를 지었다.

아무리 선량한 사람도 마음 한구석에 사악한 면을 가지고 있다. 그런 사실을 다시금 일깨워 주는 대담한 미소였다.

"그냥, 어쩌다 우연히 알게 됐다오."

호리이는 가볍게 인사하고 다시 자전거를 몰았다. 셔츠 차림의 굽은 등이 도중에 곧게 펴졌다. 그 모습이 어딘지 모르게 활기차 보였다.

호리이가 탄 자전거가 모퉁이를 돌아 사라졌다. 하야마는 그의 뒷모습이 사라진 뒤에도 그 자리에 못 박힌 듯 한참을 서 있었다.

내가 무언가 큰 착각을 한 건 아닐까. 다다미를 내리쳤던 주먹이 갑자기 얼얼하게 아프기 시작했다.

추정유죄

(推定有罪)

1

처음에는 커다란 칠판용 삼각자와 각도기로 도형을 그렸다. 어떤 때는 긴 끈을 컴퍼스 대신 시용해 그렸다. 아이들에게 좋은 본을 보이려면 도형은 당연히 예쁘고 정확하게 그려야 한다고 생각했다.

그러던 어느 날 문득 다른 생각이 들었다. 일그러진 도형에서도 정답을 도출하는 게 더 중요하지 않을까.

아이들은 문제에 나온 도형의 각도가 30도처럼 보이면 별생각 없이 30도라고 믿는다. 삼각자를 대보아도 정확히 30도이니 답은 30도라 믿어버린다. 실제로 그런 경우는 흔하다. 특히 초등학교 저학년 아이들이 잘 틀린다.

그러나 초등학교 고학년이 되면 정신을 차려야 한다.

"자, 오늘부터는 도형의 회전이동을 공부하겠다. 비슷한 내용은 4학년 2학기 말에도 배웠는데 다들 기억하지? 4학년 때는 단순히 도형을 90도로 연속해서 회전시키면 어떻게 되는지, 삼각형을 직선 위로 굴렸을 때 어떻게 되는지를 배웠다. 지금은 5학년 2학기니까 좀 더 어려운 문제를 공부할 거야. 직선운동과 회전운동이 섞인 문제다. 선생님이 항상 말했지, 문제를 풀기도 전에 어려울 거라고 지레 겁먹지 말라고. 어려워 보이는 문제도 푸는 법은 단순해. 시험 문제는 반드시 너희가 배운 범위 안에서 나온다. 입시는 너희가 평소에 쌓은 실력을 측정할 뿐이야. 괜찮아! 나는 할 수 있다! 나는 할 수 있어! 자신감을 갖고 도전하자."

요 몇 년은 일부러 도형을 맨손으로 그렸다. 다소 비뚤어질지도 모른다고 운을 떼놓고 단숨에 그려나간다. 숙련이라는 건 대단하다. 몇 년이 지난 지금은 대부분의 도형을 이렇다 할 도구 없이도 정확하게 그린다.

"예를 들면 이런 패턴이다. 원이 직선 위로 굴러가다가 비탈길에서 떨어지는 거야. 그리고는 다시 직선 위로 굴러가는 거지."

내가 동그란 원을 정확하게 그릴 때면 아이들은 유달리 즐거워한다. 공립학교 선생과 달리 학원 강사는 인기로 먹고산다. 가르치는 기술과 열의도 중요하지만 아이들에게 인기를 얻으려면 어느 정도 쇼맨십도 발휘해야 한다. 아이들이 공부를 지루해하지 않고 재미있게 느끼도록 이끌어줘야 한다. 이 세계에서 이런 사업 감각은 필수다.

내가 도구를 사용하지 않고 도형을 맨손으로 그리는 데에는 또 다른 의미가 있다.

눈에 보이는 대로 믿지 말고 한 번쯤은 직접 확인하라. 30도로 보이는 도형이 실제로도 30도인지, 완벽하게 동그란 원처럼 보이는 도형도 꼼꼼히 재보면 실은 정원이 아니지 않은지, 하나부터 열까지 모든 것을 의심하라는 메시지가 담겨 있다.

그렇다, 이 나라는 기만과 위선으로 가득 차 있다.

최악의 경우 기만을 당하는 입장에 처하고 만다.

남을 기만하는 입장에 서는 것 또한 최악이다.

수업을 마친 후에도 한동안 강의실에 남아 아이들의 질문을 받는다. 쪽지 시험이나 숙제 채점 같은 서류 업무까지 마치고 나서야 퇴근한다.

"먼저 들어가겠습니다."

"네, 수고하셨습니다."

밤 11시 반이 훌쩍 넘은 시간이라 남아 있는 학생도 없다. 학원 간판 밑으로 지나간다. 불 꺼진 간판은 어린아이들이 신나게 갖고 놀다가 팽개친 장난감 같다.

학원에서부터 몸에 휘감고 온 냉기는 고작 열 발자국 만에 온데간데없이 사라져버렸다. 등줄기를 따라 땀 한 방울이 주르륵 흘러내린다. 넥타이는 강의가 끝나자마자 풀어버렸다. 평소에도 속셔츠는 챙겨 입지 않으니 이보다 더 얇게 입지는 못한다.

17번 국도에서 한 블록 안에 위치한 학원 주변은 고급 주택가이다. 높은 담장으로 둘러싸인 저택과 언뜻 보아서는 부티크인지 헤어 살롱인지 분간하기 힘든 단독주택이 줄줄이 늘어서 있다. 거대한 건물들 탓인지 주위가 빨리 어두워지는 기분이 든다. 가로등 불빛에 눈이 시리다.

역 근처까지 와도 이 시간까지 문을 연 가게는 술집뿐이다. 슈퍼에 들러 장을 봐서 직접 끼니를 해결할 마음은 애초에 없었다.

"어서 오세요."

노부부가 운영하는 술집의 포럼을 걷으며 안으로 들어섰다. 가끔 들르는 집이다. 술과 안주, 담배와 고기 굽는 연기, 손님들의 잡다한 체취가 뒤섞인 술집 특유의 냄새. 결코 반갑지 않은 냄새지만 5분만 지나면 익숙해진다.

카운터 자리에 앉았다. 일행도 없는데 테이블을 차지하고 앉을 만큼 뻔뻔하지는 않다. 마흔하나. 아직은 창창한 나이라고 스스로를 다독인다.

"맥주하고 우메큐*랑 튀긴 두부 주세요."

카운터 안에서 주인이 유부 같은 얼굴에 한층 더 주름을 지으며 내 주문을 되풀이했다.

곧바로 차가운 물수건이 나왔다. 안경을 벗고 이마부터 콧등, 뺨을 닦았다. 내심 목덜미와 겨드랑이도 닦고 싶었지만 차마 그

---

* 우메큐(梅きゅう): 매실 소스를 곁들인 오이 절임.

렇게까지는 하지 못한다. 이어서 병맥주와 컵, 기본 안주가 나왔다. 유부가 조금 들어간 톳간장조림이었다.

손님은 테이블 자리에 앉아 있는 두 명뿐이다. 오랜 시간 함께 산 부부인 듯했다. 빈 맥주병과 생선 뼈가 놓인 접시가 테이블 위에 늘어져 있다. 식사는 벌써 마쳤나 보다. 남자는 이쑤시개로 이를 쑤시며 텔레비전을 보는 중이다.

유리문이 달린 업소용 냉장고 위에는 얇은 액정 텔레비전이 설치되어 있었다. 이 술집에 어울리지 않게 신제품이었다. 남자는 젊은 남자 연예인들만 나오는 예능 프로그램을 보기 싫었는지 안주인에게 채널을 돌려달라고 했다. 등이 굽은 노파가 말없이 리모컨을 쥐고 채널을 돌렸다. 화면은 광고, 토크쇼, 다시 광고를 지나 뉴스에서 멈췄다.

"이어서 다음 뉴스를 전해드리겠습니다."

주요 뉴스는 끝난 지 오래였다. 오늘은 무슨 사건이 일어났을까. 임시국회일까. 식품 사고일까. 아니면 중동 정세?

"오늘 밤 8시경 도쿄 도 세타가야 구 산겐자야 길가에서 한 남성이 피를 흘리며 쓰러진 사건과 관련해, 조금 전 경시청 세타가야 경찰서가 피해자 신원을 확인했다고 발표했습니다."

튀긴 두부가 나왔다. 두부 위에 다진 생강을 소복하게 올린 모양이 사극에나 나올 법한 뜸처럼 보였다.

"피해자는 기업체 임원, 나가쓰카 도시카즈, 77세. 경찰 조사에 따르면……."

순간 섬광처럼 한 가지 생각이 뇌리를 스쳤다.

나가쓰카 도시카즈!

혹시 그 나가쓰카 도시카즈인가?

틀림없다. 피해자의 얼굴이 나오지는 않았지만 화면 하단에 '長塚利一'라는 한자 자막이 나왔다. 카메라는 경찰관들이 분주히 움직이는 현장을 비추었다.

"나가쓰카 씨는 자택 앞 길가에서 배와 가슴 등 여섯 군데를 칼에 찔려 병원으로 옮겨졌으나 현재까지 의식 불명 상태입니다. 현장에서 도주한 범인은 아직 잡히지 않았습니다."

나가쓰카가 칼에 찔렸다.

그래…… 그놈이 찔렸단 말이지.

집에 돌아와 밤새 인터넷 뉴스를 검색했다. 포털 사이트에서 메일이 몇 통 왔지만 새로운 정보는 없었다.

꼭두새벽부터 우편함 앞을 서성였다. 조간신문을 받아 들자마자 그 자리에서 펼쳐보았다.

신문 한구석에 관련 기사가 조그맣게 실려 있었다.

도쿄 도 세타가야 구 산겐자야 자택 아파트 앞에서 칼에 찔린 채 발견되어 병원으로 옮겨졌던 나가쓰카 도시카즈 씨(77세)가 4일 밤 사망했다. 세타가야 경찰서는 용의자의 혐의를 살인미수에서 살인으로 변경하고 경시청과 합동 수사를 할 방침이다.

나가쓰카 도시카즈가 죽었다.

그것도 칼에 찔려 죽었다.

온몸의 피가 끓어올랐다. 그 열기로 몸이 공중에 붕 뜨는 것만 같았다.

해냈어, 해냈다고. 드디어 죽였다!

전 후생성 약사국장 나가쓰카 도시카즈가 칼에 찔려 죽었다. 비가열 혈액제제의 위험성을 분명히 인지했으면서도 회수하지 않고 방치하여 약해 에이즈를 퍼뜨린 장본인이 마침내 그 벌을 받았다.

범인이 우리와 뜻을 같이하는 사람인지는 지금으로써는 알 길이 없다. 어쩌면 우연히 길을 지나던 악한이 우발적으로 저지른 범행일지도 모른다.

이유야 어쨌든 지금은 이 커다란 성과에 실컷 기뻐하자. 전 후생성에서 악의 축이었던 남자가 죽었다. 마음껏 축하하자. 이 승리를 만끽하자.

너무나 오랜 시간이 걸렸다. 15년이나 싸워왔다. 그 사건이 있은 지 17년이라는 세월이 흘렀다. 씻지 못할 과오도 범했다. 크나큰 희생도 치렀다. 분노가 사그라진 것만 같던 시기도 있었고, 거듭된 실패에 무릎을 꿇을 뻔했던 때도 있었다. 그러나 결코 포기하지는 않았다. 그리하여 마침내 나가쓰카 도시카즈를 궁지로 몰아넣어 숨통을 끊은 것이라고 믿고 싶다.

날이 밝자마자 텔레비전 뉴스를 틀었다. 구제 불능 여당 의원이 국회에서 답변하는 중이었다.

이 버러지 같은 작자들아, 정치를 한답시고 쓸데없는 짓만 일삼는 당신들 탓에 우리 국민들은 등골이 빠지는 게 안 보여? 여당이 신민당이든 자민당이든, 상하 양원이 공방을 벌이든 말든, 당신들이 해낸 일은 아무것도 없잖아. 국정감사는 한낱 쇼에 불과하지.

세금 사용처를 바로잡겠다고? 웃기시네. 기득권층에 꼬이는 벌레들을 죽이기는커녕 끝까지 단꿀만 빨아먹으려고 덤벼드는 해충 한 마리도 퇴치하지 못하는 주제들이.

그러니 우리가 직접 나설 수밖에. 우리 손으로 위선과 허위로 가득 찬 이 나라에 숨구멍을 터준 것이다.

이제 곧 나가쓰카 사건 보도가 나올 차례다.

방송국 스튜디오에서 아나운서가 뉴스 원고를 읽기 시작했다. 배경은 사건이 발생한 나가쓰카의 아파트였다.

"피해자 나가쓰카 씨는 에버그린 제약 임원으로⋯⋯."

에버그린 제약? 얼어 죽을! 약해 에이즈 소송에서 패소해 기업 이미지가 악화되자 거기서 벗어나려고 간판만 바꿔 단 것뿐이라고!

언론은 '구 미도리카와 제약'이라고 분명하게 말해야 한다. 회사의 이익을 위해 수많은 약해 에이즈 환자를 발생시킨 주제에 여태껏 그 배후 인사를 이사라는 직책에 앉혀놨다. 게다가 매년 아무짝에도 쓸모없는 후생노동성의 쓰레기 같은 공무원을 낙하산 인사로 채용한다. 회사명을 정확히 밝히고 이 사회의 독버섯 같은 존재라고 지적해야 한다.

사건 현장을 배경으로 마침내 나가쓰카 도시카즈의 얼굴이 나왔다.

그래, 바로 저 인간이야!

끓어오르던 피가 급격히 식으면서 중력을 되찾았다. 녹아 나온 새빨간 마그마가 지표면에 닿자 검고 묵직하게 굳어간다.

놈의 얼굴을 본 순간 한껏 들뜬 흥분이 17년간의 피로로 급속하게 탈바꿈하여 온몸 구석구석으로 스며든다.

그래, 끝났어.

이로써 이 기나긴 싸움에도 막을 내린다.

갑자기 졸음이 밀려왔다.

그 후에도 몇 번이고 텔레비전 뉴스를 확인했다. 신문이나 인터넷 뉴스 사이트도 가능한 한 다 훑어보았다.

사건이 발생한 지 이틀이 지나서야 민영방송에서 나가쓰카 도시카즈의 과거를 다룬 프로그램을 방영했다. 낮 시간대 예능 프로그램이라 사건을 다소 가볍게 다루는 구성이었지만 사전에 설명용 패널을 준비한 점은 높이 평가할 만했다.

"구 후생성, 노동자재해보상보험 시설 사업단을 거쳐 미도리카와 제약, 현재 에버그린 제약 임원으로 낙하산 인사를 거듭한 나가쓰카 씨는 15년 전 모종의 사건으로 아들을 잃었습니다. 다음 그림 보시겠습니다."

회의용 화이트보드 크기의 패널을 위아래로 회전시킨다. 폭탄이라도 터뜨린 듯 요란하게 빨간색과 노란색 톱니바퀴 모양으로 테두리를 장식한 제목이 가장 먼저 눈에 들어왔다.

살해당한 전 후생성 관료, 범인은 누구?

　제법 잘 뽑은 제목이다. 지금은 무엇보다도 범인 신상이 중요
하다.

　"다수의 목격자 증언에 따르면 범인의 모습은 다음과 같습
니다. 신장은 170센티 전후, 연령 40대에서 50대의 남성입니
다. 사건 당일 밤에는 니트 소재 모자를 쓰고 있었으며 검정 또
는 갈색 셔츠와 두꺼워 보이는 바지 차림이었다고 합니다."

　아나운서는 이어서 15년 전 사건을 언급했다.

　오토모 신지, 당시 57세였던 이 남자는 나가쓰카 도시카즈 살
해를 계획했으나 실수로 아들 나가쓰카 준을 죽이고 말았다. 그
후 오토모는 경찰에 자진하여 출두, 1심에서 무기징역 판결을
받고 항소 없이 복역하다가 6년 전 지주막하출혈로 사망했다.

　동석한 탤런트가 눈살을 찌푸리며 패널을 가리켰다.

　"그러니까 15년 전에도 나가쓰카 씨는 살해당할 뻔했는데 범
인의 실수로 그의 아들이 살해당했다, 이 말입니까?"

　"네, 맞습니다."

　"적어도 이번에 나가쓰카 씨를 살해한 자는 15년 전 그 범인
은 아니겠군요."

　"물론입니다. 오토모 신지는 복역 중에 사망했으니까요. 이번
사건의 범인은 다른 인물입니다."

　그렇다. 너희는 이 의미를 곰곰이 곱씹어보아야 한다.

2

8월 12일 화요일. 나가노 구에서 탐문을 마친 가쓰마타는 관할 서 파트너와 함께 가장 가까운 역으로 이동하는 길이었다.

국도를 따라 즐비하게 들어선 상가 아케이드를 지나갔다. 덕분에 서쪽으로 기울기 시작한 햇빛은 그들의 다리에만 닿았다. 머리 위로 뜨거운 태양열이 쏟아져 내리지 않는 것만으로도 다행이었다. 약국 앞을 지나가다가 운 좋게 시원한 에어컨 바람을 쐬었다.

갑자기 사타구니가 근질거렸다. 바지 앞주머니에서 휴대전화가 요란하게 진동했다.

휴대전화를 앞주머니에 넣어두면 전화가 온 것을 쉽게 알아차릴 수 있다. 뒷주머니나 가방 안에 두면 전화가 왔는지도 모르고 넘어가는 경우가 허다하다. 앞주머니라면 절대로 그럴 일은 없다.

"전화다. 잠깐 서봐."

휴대전화 액정에 뜬 번호를 보니 도쿄 완간 서 수사본부의 것이었다.

"여보세요."

"어이, 나야."

형사부 수사 1과 살인범 수사 8계장 우치다 경감이었다. 가쓰마타의 현재 상사.

"자네 지금 뭐 하나?"

149

"뭐 하기는요. 탐문 마치고 돼지털이랑 어슬렁대고 있죠."

옆에 있는 곱슬머리의 젊은 파트너가 혀를 찼다.

"수사본부로 바로 복귀할 건가?"

"아뇨, 한 군데 더 들를 생각입니다. 신주쿠에서 만나지 못한 관계자가 있어서요."

"그렇군. 그 신주쿠는 됐으니까 놔두고 일찌감치 수사본부로 돌아오지."

"무슨 일인데요?"

"와보면 알아."

나가노에서 고토 구 끄트머리에 있는 도쿄 완간 서까지 가려면 아무리 서둘러도 대략 한 시간은 걸린다. 전철을 세 번이나 갈아타야 하고, 후네노카가쿠칸 역에 내려서는 불볕더위에 그늘막도 없는 길을 7~8분이나 걸어야 한다. 50대에 접어드니 10분도 안 걸리는 그 길을 걸어가기도 힘에 부쳤다.

가쓰마타는 휴대전화를 도로 주머니에 넣고 파트너를 돌아보며 말했다.

"지금 바로 복귀하라는데."

파트너는 아무 대꾸도 하지 않았다. 돼지털이라 불렀다고 삐친 모양이었다.

서에 도착하여 엘리베이터를 타고 수사본부가 설치된 강당이 있는 층으로 올라갔다.

"어이, 가쓰마타. 오늘은 복귀가 빠른걸."

강당 입구에서 스친 지휘 본부 담당 중견 수사관이 말을 걸었다. 가쓰마타는 들은 체도 않고 강당 안을 둘러보았다. 우치다는 강당 오른쪽에 사무용 책상 여섯 개를 붙여서 만든 본부 지휘석을 차지하고 앉아 있었다.

"다녀왔습니다. 무슨 일이죠?"

우치다가 곤란하다는 듯 입을 삐죽이며 일어섰다.

"미안한데 지금 스기나미 서에 다녀와야겠네."

"왜요?"

"범인 취조를 맡아주게."

"거길 내가 왜 가요?"

우치다는 미간을 찌푸리며 얼굴을 들이댔다.

"2계 지명이야. 그쪽에서 자네가 꼭 와줬으면 하더군. 별수 없잖아."

2계란 형사부 수사 1과 강력범 수사 2계를 말한다. 수사본부 설치와 초동수사 운영을 담당하는 부서이다.

"어린애가 아니니까 거 좀 알아듣게 설명해보시죠."

이 녀석은 이러고도 용케 경감까지 올라갔군.

"사실 나도 잘 몰라. 살인미수로 잡힌 범인인데 취조를 맡아달래."

"에? 살인미수라면 스기나미 서에서 조사하면 될 일을 왜 굳이 나보고 가라는 건데요?"

수사 1과는 원래 관할 서에서 단독으로 살인범을 체포하지 못할 경우에 지원해주는 부서이다. 살인미수이고, 이미 범인까지 체포한 상태라면 필시 다른 내막은 없을 것이다. 완간 서 사건도 해결 기미가 보이지 않는데 맡고 있는 사건을 제쳐놓고 스기나미 서를 도와주라니.

"그게 실은……."

우치다는 듣는 귀가 있는지 확인하려는 듯 잠시 주위를 둘러보았다.

"지역과 사람이 순찰을 돌다가 범인을 잡았는데 범인 옷에 피해자의 상처보다 훨씬 많은 피가 묻어 있었다는 거야."

"그럼 범인도 상처를 입었다는 말 아닙니까?"

"나야 모르지. 어디까지나 2계에서 나온 이야기니까. 확인된 건 그 정도인가 봐."

"내가 갔다고 치고, 그 피가 범인 몸에 난 상처 때문이었다면 어쩔 건데요?"

"그때는 내가 2계에 항의하지."

아닌 게 아니라 이 호기만 부릴 줄 알고 무능력하기 짝이 없는 인간도 항의쯤은 할 수 있겠지.

그쪽에서 나를 콕 찍어 불렀다니 별도리가 없잖아.

"알겠습니다. 일단 불렀다니 상황은 보러 다녀오죠."

"미안하네. 부탁함세."

또다시 저 따가운 석양 아래서 역까지 걸어가게 생겼군.

스기나미 서에 도착한 시각은 저녁 6시가 막 지났을 무렵이었다.

3층 형사과 대회의실에 정장 차림의 남자 몇 명이 계장 책상 앞에 모여 있었다.

　"이거 실례. 고작 살인미수 사건 갖고 본부에다 징징대면서 지원을 요청한 게 그쪽이신가?"

　그 말에 일제히 가쓰마타를 돌아보았다. 계장을 비롯한 여섯 사람은 스기나미 서 형사과 강력계 전원인 듯했다.

　계장으로 보이는 남자가 일어서더니 가쓰마타에게 다가왔다. 가쓰마타와 비슷한 연배로 보였다.

　"정확히 말하면 우리가 부탁한 건 아니오. 본부에서 함부로 건들지 말라는 명령이 내려와서 별수 없이 유치장에 가둬둔 것 뿐이지. 내키지 않으면 그만둬도 좋소. 우리 식대로 조사할 테니 그냥 돌아가도 상관없소."

　호오! 이렇게 나온단 말이지.

　"뭐, 나도 지명을 받은 일이라서 말이오. 범인 얼굴은 보고 가야 하지 않겠소? 환대까지는 바라지도 않지만 명함 정도는 교환합시다."

　가쓰마타가 명함을 내밀었다. 가쓰마타보다 조금 키가 작은 계장이 도끼눈을 뜨고 가쓰마타를 빤히 노려보며 자신의 명함을 내밀었다.

　　강력범 수사계 총괄 계장 경위 미즈시마 사부로

　꼭 엔카 가수의 이름 같다. 외모도 민요깨나 좋아할 시골 아저씨 느낌이었다.

가쓰마타는 가까이에 있는 의자를 끌어당겨 앉았다. 근무시간은 이미 한참 전에 지났다. 지금 남아 있는 사람은 이곳 강력계 녀석들과 멀찍이 떨어진 곳에 앉아 있는 다른 부서의 몇 명 뿐이었다.

"당신도 좀 앉으쇼. 상황을 간단하게 설명해줬으면 하는데 말이오."

미즈시마는 귀찮다는 듯 한숨을 쉬었다. 젊은 부하에게 자기 책상을 가리키며 파일을 가져오라고 지시했다.

그는 가쓰마타의 맞은편 자리에 앉아 파일을 펼치고 상황을 설명했다.

"사건 발생 시각은 오늘 오후 1시 20분경. 본청 지역과 사토 경사가 순찰 중에 마쓰노키 2가 17번지 부근 노상에서 남자의 비명을 듣고 주변을 수색하다가 한 가정집 정원 앞에서 이번 사건의 가해자 25세의 가노 히로미치가 피해자 77세의 나카타니 고헤이를 식칼로 찌르는 장면을 목격했소. 우리 서에 지원 요청을 했으나 지원 병력이 현장에 도착하기 전에 사토 경사가 피해자의 도움을 받아 범인을 체포했고."

가쓰마타는 가해자 가노 히로미치와 피해자 나카타니 고헤이의 한자를 확인했다.

"사건 현장과 주변 사진이오."

이층집이 빼곡하게 늘어선 주택가 앞 도로는 폭이 좁았다. 나카타니의 집은 지은 지 얼마 안 된 단독주택이었다. 범행 현장인 10제곱미터 남짓한 정원에는 나무와 화분이 빽빽했다.

"이자가 범인 가노요."

작고 뾰족한 턱, 치켜 올라간 실눈. 영락없는 여우상이다. 여드름 탓인지 피부가 지저분했고 수염도 이삼일은 깎지 않은 듯했다. 머리카락은 멋으로 기른 것인지 이발소에 갈 돈이 없어서인지 구분이 안 갈 만큼 덥수룩했다.

"여기까지 질문 있소?"

"가해자 이름은 어떻게 알았소?"

"신분증은 소지하지 않았지만 니시토쿄 시 호야초에 있는 비디오 대여점 회원증을 발견해서 방금 수사관이 확인을 마쳤소. 니시토쿄 시 호야초 6가 세운장 202호에 혼자 거주하는 것으로 밝혀졌소."

"피해자와 가해자 사이에 면식은?"

"나카타니는 모르는 남자라고 했소."

"계속해보쇼."

미즈시마가 고개를 끄덕였다.

"나카타니는 왼쪽 어깨에 두 군데, 오른쪽 어깨에 한 군데, 옆구리에 한 군데를 찔렸지만 상처는 깊지 않았고 생명에도 지장 없었소. 병원 치료를 마치고 지금은 자택으로 돌아갔지. 조사에도 별다른 문제 없이 응했소. 칼에 찔렸을 때 마침 가까이 있던 가지치기용 가위를 집어 들고 방어한 덕에 위기를 모면한 것으로 보이오."

"그 가위가 가해자에게 상처를 입혔을 가능성은?"

"없소. 신체검사 결과 가노는 타박상만 입었을 뿐 다른 상처는 없었지."

드디어 본론이다.

가쓰마타는 자신의 와이셔츠 가슴께를 움켜쥐며 말했다.

"무엇보다 가해자가 엄청난 양의 피를 뒤집어쓰고 있었다는 것이……."

"범행 때 입고 있던 옷은 이거요."

미즈시마가 새로운 사진을 건넸다.

언뜻 적갈색 셔츠처럼 보였지만 바지 속에 집어넣어 입었던 셔츠의 아랫부분은 하늘색이었다. 어깨 부분과 짧은 소맷자락에도 하늘색이 남아 있었다. 셔츠 뒷면을 찍은 사진을 보니 등도 하늘색 그대로였다.

베이지색 바지도 아랫배와 허벅지에 걸쳐 적갈색으로 물들어 있었다. 뒤쪽 엉덩이 주변에 흙탕물이 튄 자국도 보였다.

"정면에서 동맥을 두세 군데 찌르지 않는 이상, 이렇게까지 많은 피가 튀지는 않는데."

"그렇소. 나카타니의 증언에 따르면 가노는 처음부터 피투성이였다고 했소. 그런 모습으로 식칼까지 들고 있었으니 나카타니도 자동적으로 방어적이 된 거지. 닥치는 대로 흙과 자갈을 집어 던지다가 전정가위가 손에 잡힌 거고."

그렇군.

"그렇다면 가노 히로미치는 나카타니 고헤이를 공격하기 전에 이미 다량의 피를 뒤집어쓸 만한 짓을 하고 왔을 가능성이 있다는 얘기로군."

"감식 결과에서도 옷에 묻은 혈액은 이미 상당히 말라 있었고 출혈한 지 적어도 하루 내지는 길면 사흘 이상 지났을 가능성이 있다고 나왔소."

출혈한 지 하루, 길면 사흘 이상.

요 사흘 동안 읽은 신문 기사를 떠올려 보았다. 본부 수사 중에는 텔레비전은커녕 경찰서 내의 무선을 들을 시간도 거의 없으니 담당 사건 이외의 정보를 수집할 수단은 대부분 신문밖에 없었다.

사회면 왼쪽 구석에 실렸던 한 기사가 떠올랐다.

"그러고 보니 그저께인가 히몬야 관내에서 살인 사건이 나지 않았나? 60대 시아버지와 며느리가 칼에 찔린 사건 말이오."

미즈시마가 웃기라도 하는 듯 눈이 가늘어졌다.

"맞소, 그저께였지. 가키노키자카 2가에서 오카다 요시미라는 67세 남자와 그의 며느리인 31세의 다카코가 살해당했소."

그게 이유였군. 그래서 2계가 이 사건을 맡고 싶어 한 거야.

가쓰마타는 자기 밥그릇 챙기기에만 급급한 파벌주의의 수단으로 이용당한 게 틀림없었다. 기분이 썩 좋지 않았다. 그렇긴 해도 공을 세울 기회가 생겼으니 꼭 나쁘지만은 않았다.

저녁 7시 30분.

유치장 관리자에게 확인하니 가노는 이미 식사를 마친 상태였다. 가쓰마타는 9시까지 취조를 마치겠다고 약속했다. 물론 약속을 지킬 마음은 없었다.

수갑을 차고 포승에 묶인 가노가 취조실로 들어왔다. 수갑은 풀어줬지만 포승 한쪽은 책상에 묶어두었다.

유치장 관리자가 나가자 취조실 안에는 가노와 가쓰마타, 미즈시마, 세 명만 남았다.

취조에 앞서 묵비권과 변호인 선임권에 대해 설명했으나 아무 대꾸가 없었다. 가쓰마타는 본격적으로 가노를 취조하기 시작했다.

"그럼 시작해볼까. 먼저 이름부터 대보시지?"

가노는 작고 검은 눈을 책상 위에 고정한 채 아무런 반응도 보이지 않았다. 흡사 인간의 언어를 이해하지 못하는 파충류 같았다. 돌 위에 꼼짝 않고 앉아 있는 청개구리 같기도 했다.

"조사한 바로는 이름이 가노 히로미치, 맞나?"

가노가 의외로 선선히 "네." 하고 고개를 끄덕였다.

"가노 히로미치가 맞다는 거지?"

한 번 더 끄덕인다.

"당신이 식칼로 찌른 노인 말이야. 아는 사람인가?"

곰보 자국으로 뒤덮인 뺨에 순간 경련이 일었다.

"나카타니 고헤이라고 하는데, 아는 사람이냐고."

수염이 무성하게 자란 지저분한 턱에 다시 미세한 움직임이 보였다. 침을 삼켰나 보다. 무언가를 털어놓기 전에 침을 삼키는 피의자를 많이 보았다.

이 남자는 어떨까.

"다행히 목숨이 위태로울 만한 상처는 아니지만 잘못 찔러서 분수처럼 확 뿜어져 나오는 피를 뒤집어쓰는 경우도 있지."

또다시 목젖이 위아래로 움직인다. 가노의 안에서 무언가가 꿈틀대는 것이 틀림없다.

"당신은 나카타니 고헤이를 전부터 알고 있었나?"

어떤 예비 동작도 없이 핏기 없는 입술이 움직였다.

"알고 있었지, 얼굴도 이름도."

어린아이같이 가늘고 높은 톤의 목소리였다.

"무슨 관계로 알게 됐는데?"

이번에는 웃은 것일까. 곰보 자국이 있는 뺨이 일그러지면서 툭 불거졌다.

"형사 양반, 당신은 몰라."

"뭘 말이야?"

"그 사람, 나카타니 고헤이가 어떤 놈인지 당신들은 아무것도 모른다고."

이건 무슨 소리지?

"그놈은 진짜 개자식이야."

"개자식?"

가노는 그제야 아주 만족스러운 듯 크게 웃었다.

"그 작자, 그 늙은이는 말이야, 전 우정성* 관료였어."

일순 실낱같은 악의가 가쓰마타의 뇌리를 관통했다.

* 우정성(郵政省): 우편 행정, 우체국 금융, 정보 통신, 방송 행정에 대한 사무를 관장했던 과 거 일본의 중앙행정기관.

또 전직 관료 살인 사건인가.

이번 달 8월 4일 월요일, 세타가야 서 관내에서 나가쓰카 도시카즈가 살해당했다. 가쓰마타는 그 수사본부에 있는 히메카와 레이코에게 엄청난 사건이 발생할지도 모른다고 경고하기도 했다.

하지만 설마 열흘도 지나지 않아서 비슷한 사건을 맡게 될 줄은 꿈에도 몰랐다. 이 남자가 나가쓰카 사건의 범인일 가능성도 있었다. 아니다, 당시 목격자의 증언에 의하면 범인은 좀 더 나이가 든 편이라고 했다.

가노의 얼굴에 일그러진 웃음이 가득 퍼졌다.

"그자는 도쿄 대학을 졸업하고 우정성에 들어가서 긴키 지역 우편국장, 대신관방장, 전기통신국장 등을 거쳐 마지막으로 우정성 사무차관까지 역임하고 스스로 사퇴했지. 그 후에는 낙하산 인사로 여기저기 옮겨 다녔고. 재단법인 멀티미디어 연구소 이사장에, 재단법인 일본 데이터통신 센터 이사장, 5년 전에는 주식회사 간토 전신전화 부사장이 됐어."

취조를 시작하기 전 시들했던 그의 모습은 거짓말처럼 온데간데없었다. 조금 전 그 사람이 맞나 싶을 정도로 다른 사람이 되어 있었다. 그는 가쓰마타의 눈을 똑바로 쳐다보았다. 눈 한번 깜박이지 않고 거침없이 하고 싶은 말을 쏟아냈다.

"그뿐인 줄 알아? 민영화 이전에는 수익성도 없는 숙박 시설을 만들어서 낙하산 인사로 비집고 들어갈 직책을 늘렸지. 1983년에 '공적 숙박 시설의 신설은 원칙적으로 금한다.'라는 내각회의의 결정이 났는데도 나카타니는 무시했어. 사람들의 비판이 거세지자 숙박 시설이 아니라 휴양 시설이라고 터무니없는 변명을 하며 발뺌했고. 아주 웃기는 놈이잖아!"

그는 두 주먹으로 책상을 힘껏 내리쳤다. 그러더니 느닷없이 몸을 앞으로 쑥 내밀고 가쓰마타를 뚫어져라 쳐다보았다.

"놈들은 온갖 수단을 동원해서 국민의 돈을 빼돌리고 예산이라는 명목으로 여기저기 뿌리거나 숨겼어. 수상한 법인을 만들어서 세금을 물 쓰듯이 퍼부었다고. 그 돈은 결국 놈들의 사리사욕을 채우는 데 들어갔지. 그자들은 국민의 혈세를 뻔뻔스럽게 펑펑 써대며 살고 있는 거야. 당신들이 그걸 알기나 해!"

가노는 오른손 검지를 들어 올려 가쓰마타에게 들이댔다.

"나는 말이야, 당신 같은 일개 형사 따위는 안중에도 없어. 더 큰 적을 해치우려고 싸우는 거지. 뭐, 경찰이란 조직에서는 장관이나 치안정감쯤? 적어도 본부장급은 돼야 죽이고 싶은 마음이 들려나. 그치들도 착실하게 뒷주머니 찬다는 소리가 들리던데, 퇴직한 후에는 낙하산 인사로 경비 업계나 파친코 업계로 옮겨 간다며? 안 그래?"

뒷주머니 운운하다니!

가쓰마타는 속에서 부아가 끓어올랐지만 지금은 그런 것으로 화를 낼 때가 아니었다.

가노가 한숨을 쉬자 가쓰마타는 입을 열었다.

"그러니까 나카타니 고헤이를 해친 이유가……."

"국민의 분노지. 당연한 거 아냐? 난 분노하는 국민의 소리를 대표해서 그 썩어빠진 관료들에게 정의의 철퇴를 내리친 거라고."

"가키노키자카 사건도 당신 짓인가?"

"물론이지! 그것도 내가 한 거야."

밑져야 본전이라는 생각으로 던진 말인데 설마 이렇게 쉽게 털어놓을 줄은 몰랐다.

"오카다 요시미, 19××년 6월 5일생, 67세, 도쿄 대학교 경제학부 졸업."

가노를 조사하기 전에 미리 확인했다. 틀림없다. 히몬야 경찰서 관내에서 칼에 찔려 살해당한 사람은 67세의 오카다 요시미가 분명하다.

"농림성에 들어가서 농림수산성으로 이름을 바꾼 후 개조개선국 총무과장, 대신관방 심의관, 식품유통국장, 농림수산 사무차관 등을 거쳐 퇴직. 일본경마협회 부회장, 재단법인 전국낙농가협회 회장 등을 역임했지. 오카다도 다른 놈들과 마찬가지로 공익법인을 만들어 낙하산으로 꿰찰 자리를 늘려 간 장본인이야. 그것도 모자라 이놈은 농업용수다, 토지개량이다, 말도 안 되는 명목을 붙여 아무짝에도 쓸모없는 댐 건설을 추진해서는 수많은 마을을 물속에 잠기게 했지. 그래놓고 댐 완공 후에는 경지 축소 정책을 추진하는 바람에 논이 급격하게 감소했어. 결국 농업용수는 필요도 없게 된 거야. 하도 어이가 없어서 웃음도 안 나오지. 어때, 이게 말이 된다고 생각하나?"

가노는 길이가 어정쩡한 머리를 한 번 쓸어 올리더니 호탕하게 웃어젖혔다. 연극배우인 양 어딘가 부자연스러운 웃음소리였다.

"그래서?"

일부러 무시하는 듯한 말투로 던진 가쓰마타의 반문에 가노는 기대 이상의 반응을 보였다.

"뭐? 그래서라니, 당신 지금까지 뭘 들은 거야!"

가노가 다시 두 주먹으로 책상을 쾅 쾅 내리쳤다.

"내가 죽였다니까, 오카다 요시미도."

"그 집 며느리도?"

"그 집 며느리? 아, 나중에 들어온 그 못생긴 여자 말이야? 그래, 그 여자도 내가 칼로 푹 찔렀지. 당연한 걸 왜 물어? 오카다 요시미는 국민의 피와 땀으로 물든 세금을 빼돌린 사기꾼이야. 중죄인이라고. 그 돈으로 한 끼라도 배를 불렸다면 며느리도 공범이지. 아들이건 며느리건 사기꾼의 가족은 모조리 다 사기꾼이야."

가노는 돌연 진지한 표정으로 말을 이었다.

"그러고 보니 오카다의 아들은 지금 뭘 하나? 설마 그놈도 도쿄 대학을 졸업해서 엘리트 관료가 됐다거나…… 뭐, 그런 건 아니겠지? 그렇다면 이번에는 며느리가 아니라 아들놈을 죽여 줄 테니까 이리 데려와 봐."

아직 실행에 옮기지도 않은 살의까지 인정하다니, 이 피의자 인심 한번 후하군.

3

구라타는 매미 울음소리도 아스팔트의 뜨거운 열기도 닿지 않는 로비에서 오가는 인파를 물끄러미 바라보았다.

회사에 찾아오는 손님은 안내 데스크의 여직원이 담당한다. 구라타의 일은 회사 입구에서 서성거리는 사람들에게 다가가 회사에 용무가 있는지를 묻고 내빈 카드를 작성하도록 안내하는 것이다. 그게 아니면 뒷짐 지고 계속 서 있기만 하면 된다. 경찰관 시절에 했던 교통 근무와 별반 다를 게 없다. 아니, 업무 환경 면에서는 여기가 훨씬 낫다.

파출소 문은 원칙적으로 항상 열어두어야 한다. 파출소 안의 기온은 바깥과 별 차이가 없다. 여름에는 35도가 넘는 무더위에 시달리고, 겨울에는 영하로 떨어지는 추위에 벌벌 떨기 십상이다. 추위는 난로만 확보하면 어느 정도 견딜 수 있지만 더위는 어쩔 도리가 없다. 선풍기를 돌려봤자 뜨거운 바람만 일어날 뿐이다. 교대할 때쯤엔 늘 땀범벅이 된다.

그때에 비하면 오피스 빌딩의 경비 일은 훨씬 편하다. 여름에는 냉방이 지나칠 정도로 잘되어 오슬오슬 소름이 돋을 정도다. 문제는 계절에 맞지 않는 이 추위를 어떻게 견디느냐가 된다. 그래도 남자는 바지 속에 내복을 껴입으면 괜찮다. 안쓰러운 건 안내 데스크 여직원이다. 여름에도 두툼한 무릎 덮개를 항시 다리에 두르고 있다. 이 일을 몇 년 계속하면 몸이 서서히 나빠져서 만성 질병 하나는 얻어 나가겠구나 싶다.

양복 차림의 마르고 젊은 남자가 입구 앞으로 지나간다. 구라타의 눈은 자동적으로 그를 좇았다. 특별히 죽은 아들과 닮은 구석도 없다. 그런데도 나이가 엇비슷한 젊은이들에게는 으레 눈길이 간다.

8년 전 히데키는 1년 반 정도 사귄 시마다 아야카라는 여자 친구를 죽였다. 나이는 둘 다 18세로 동갑이었지만 히데키는 그때 대학교 1학년이었고 여자아이는 고등학교 3학년이었다.

그 사건이 일어나고 히데키가 죽기까지 4년이 걸렸다. 구라타가 취한 행동도 꼭 옳았다고만은 할 수 없다. 다른 도리가 없었다고 생각하면 잠시는 마음이 편했다. 내 선택은 최악의 결과를 낳았지만 당시에는 그것만이 유일한 해결책이었다고 줄곧 되뇌면서 스스로를 위로했다.

하지만 위로와 위안의 껍질을 벗겨내면 실상은 참혹했다. 후회만이 심연 속에서 소용돌이를 일으켰다. 자신을 향한 바닥을 알 수 없는 원망이 가슴 깊은 곳에서 솟아올라 피와 살을 녹이고 뼈를 깎아냈다. 아무리 몸부림치며 헛된 위로를 해봐도 썩어 문드러지면서 녹아내렸다.

"구라타 씨, 교대 시간입니다."

갑자기 누군가가 어깨를 두드려 돌아보니 히데키와 비슷한 또래의 동료 직원이 활짝 웃고 있었다.

히데키는 경찰 조사에서도 법정에서도 살해 동기에 대해 자세히 말하려 하지 않았다. 며칠 전에 여자 친구로부터 헤어지자는 말을 듣고 원한을 품었다고만 진술했다. 그러나 범행 사실은 인정했다. 피해자 집으로 가서 준비한 칼로 여자 친구를 살해했다, 그녀는 저항하지 않았다고.

도쿄 지방법원은 계획적이고 잔인한 범행이라는 이유로 5년 이상 10년 이하의 부정기형을 선고했다. 청소년 범죄치고는 상당히 무거운 형량이었다.

그 후 아내가 살해당했다. 범인은 피해자의 아버지인 시마다 가쓰야였다.

인생이 한순간에 180도 변했다. 비에 젖은 도로를 달리던 자동차가 갑자기 미끄러져 가드레일을 들이받고 간신히 멈춰 선 듯한 느낌이었다.

과거는 어둠 속으로 가라앉아 이제 잘 보이지도 않았다.

미래? 미래는 방향을 잃어 나아갈 길을 찾지 못했다.

아들은 살인범, 아내는 복수로 인해 살해당했다. 그는 더 이상 경찰관도 아니었다.

인생의 주제가 어떻게 살 것인가에서 어떻게 죽을 것인가로 옮겨 갔다. 거기까지 생각이 미친 순간 그를 둘러싼 암흑을 뚫고 서광이 비쳤다.

음울한 희망이 보였다.

간단했다. 아들을 죽이고 그 자신도 죽으면 그만이었다. 사람을 죽이면 사형당하는 건 당연지사, 내 아들만은 살려달라는 후안무치한 생각은 아예 해본 적도 없었다. 누군가를 죽였다면 자신도 죽는 게 당연할 뿐 아니라 오히려 죽음으로써 사죄하는 게 옳다고 생각했다.

다행히도 시마다 아야카의 어머니와 수감 중인 아버지는 모두 살아 있었다. 스스로 목숨을 끊어 사죄하는 것 말고는 다른 도리가 없다. 살인을 저지른 영혼을 두고 생명의 가치 따위를 논할 필요는 없었다.

만반의 준비를 했다.

우선, 과거에 담당했던 사건의 범인들 중 범행에 비해 최소한의 형기만 마치고 사회로 돌아온 인간들을 찾아냈다. 그중에서 아즈마 데루오와 오바 다케시라는 두 사람을 골라 직접 처형했다. 아즈마는 유도의 목조르기 기술로 의식을 잃게 한 후 도로 위에 내던져 교통사고로 가장했다. 오바는 치사량이 넘는 불법 약물을 투여한 뒤 시체를 유기했다. 그 두 건은 사건으로 접수되지 않고 사고로 처리되었다.

준비는 끝났다고 생각했다. 히데키가 언제 돌아오더라도 망설임 없이 죽일 수 있으리라 믿었다. 이렇게 된 마당에 죽이는 방법은 뭐가 됐든 상관없었다. 인생의 마지막 계단에 섰다. 발각이 되면 어떠랴. 칼로 찔러 죽이든 목을 졸라 죽이든 때려죽이든 무슨 짓이든 다 할 생각이었다.

가석방 당일 교도소까지 마중을 나갔다.

아들이 체포된 뒤로 면회는커녕 재판도 참관하지 않았고 교도소로 면회도 한 번 오지 않은 아버지를 히데키는 흐리멍덩한 눈으로 쳐다보았다. 암벽에 부딪쳐 이미 반쯤 썩은 물고기의 눈이었다.

오랫동안 방치해서 먼지와 거미줄만 가득한 집으로 돌아오고 나서야 히데키는 처음으로 말문을 열었다.

"아버지는 제가 죽길 바라시죠?"

돌이켜보면 그 순간이 마지막이었다. 나는 아들을 말리지 않았다. 나의 묵묵부답이 그 질문에 대한 긍정이었다.

"알아요. 마무리는 제 손으로 할게요."

히데키는 다음 날부터 사흘 정도 낮에 몇 번인가 외출을 했다. 그리고 나흘째 되던 날 아침, 제 방에서 목을 매 죽었다.

그때 히데키의 나이는 스물두 살이었다.

히데키가 죽고 나서 닷새 정도 지나 한 경찰관이 집으로 찾아왔다. 히메카와 레이코라는 수사 1과의 현역 형사였다.

분향을 마치고 뒤돌아보는 그녀의 눈에는 슬픔과 미움이 동시에 어려 있었다.

"히데키 군을 왜 죽이셨어요?"

그 전달 나를 만났을 때 레이코는 아즈마와 오바의 죽음에 의문을 제기했다. 게다가 그녀는 내가 히데키를 죽이려 한다는 사실도 눈치채고 있었다.

내가 아무 대답도 하지 않자 레이코는 몸을 부르르 떨더니 한숨을 쉬었다.

"왜 기다려 주지 않으셨어요?"

"뭘 말인가?"

"말씀드렸잖아요, 제가 히데키 군을 지켜주겠다고. 구라타 씨도 돕고 싶다고요."

"그렇게 못 한 건 자네지. 지금 그걸 내 탓으로 돌리는 건가?"

변명할 생각은 추호도 없었다. 오히려 그녀가 히데키를 죽인 사람이 나라고 생각하기를 바랐다. 나라는 사람을 이해해주기를 바랐다.

"제 능력이 부족했던 탓이군요. 한발 늦어버렸어요."

한발 늦었다고? 무슨 말이지?

"그러는 구라타 씨는 노력해보셨나요? 취조 때도 법정에서도 진실을 말하지 않은 히데키 군의 속마음을 조금이라도 헤아려보려고 하셨냐고요?"

히데키의 속마음이라니.

"한두 번도 아니고 증거도 없이 허황된 상상만 늘어놓는다고 절 비웃으셨죠. 그럼 어디, 저 나름대로 히데키 군 사건을 조사한 걸 들어보시겠어요?"

무슨 소리야? 대체 이 여자는 내 아들에 대해 내가 모르는 무엇을 안다는 거야?

"구라타 씨는 아야카 양의 아버지, 시마다 가쓰야 씨의 직장이 어딘지 아시나요?"

"자동차 부품 제조 공장 아닌가. 그게 뭐 어쨌다고 그러나."

"그 회사 사장도 아세요?"

도대체 무슨 소리를 하려는 걸까.

"내가 알 리가 없잖나."

"그럼 그 사장의 아들 역시 모르시겠군요."

물론 모른다. 고개를 끄덕였다.

"아마도 사건이 현경 수사 1과와 소년 수사과를 왔다 갔다 했기 때문이겠죠. 최종적으로는 수사 1과가 담당했겠지만 과연 현경 1과에 얼마나 수사 의지가 있었을까요? 당시 히데키 군은 미성년자였고 자백과 물증도 있었어요. 사건을 다양한 각도에서 바라봐야 할 필요성을 전혀 느끼지 못했을 겁니다. 제가 담당했어도 마찬가지였을 거예요."

"하고 싶은 말이 뭔가?"

레이코는 구라타의 눈을 뚫어지게 들여다보았다.

"시마다 아야카 양은 아버지가 근무하는 회사 사장의 아들인 이시자와 다쿠토에게 교제를 강요당했을 가능성이 있어요."

얼굴 안쪽에서 피가 차갑게 역류하는 기분이었다.

"이 사람이 이시자와 다쿠토예요."

레이코는 가방에서 보고서를 꺼내 사진을 보여주었다. 이시자와 다쿠토. 수염을 약간 기른 긴 얼굴에 껄렁껄렁한 느낌의 젊은 이였다. 사진 아래에 쓰여 있는 생년월일을 보니 히데키보다 세 살 위다.

"이시자와 다쿠토가 어쩌다 아야카 양을 알게 되었는지 그 계기는 분명하지 않아요. 회사와 관련된 이벤트나 신년 모임, 꽃놀이에서 마주쳤겠죠. 아니면 아야카 양이 아버지 도시락을 직접 공장으로 가져다준 적이 있었거나. 제가 조사하다가 만난 어떤 여자에게서 들은 얘기예요. 그녀는 아야카 양의 중학교 동창인데 사건 발생 몇 달 전 아야카 양과 우연히 근처 상점가에서 만났다더군요."

조사를 받을 때 피의자는 이런 기분일까?

생각지도 못한 증거가 나오고 정신적으로 점점 궁지에 몰리자 구라타는 목이 바싹바싹 타들어가서 자기도 모르게 침을 삼켰다.

"그때 아야카 양은 남자 친구가 있는데 다른 사람에게서 고백을 받아 고민이라고 했답니다. 그 남자 친구가 히데키 군이고 고등학교 선배라는 것을 그 동창생은 기억하고 있더군요. 여기서 다른 사람이 이시자와 다쿠토예요. 아야카 양은 그가 아버지 회사 사장의 아들이라는 사실도 말했답니다."

그 남자가 무슨 짓을 저질렀단 말인가.

"그 친구는 단순히 연애 얘기로 여겨서 아야카 양이 남자들에게 인기가 있다고 자랑하나 보다 생각했죠. 그런데도 한 가지가 마음에 걸렸다고 해요."

레이코와 눈이 마주쳤다. 그녀의 시선이 두 눈을 통해 뇌 속까지 뚫고 들어오는 듯한 착각마저 들었다.

"'그런데 그 사장 아들 무서워. 사귀지 않으면 아버지가 회사에서 잘릴지도 몰라.'라고 농담 투로 말했지만 표정은 심각하게 굳어 있었기 때문이라더군요."

더 이상 삼킬 침도 나오지 않았다. 숨도 쉬기 힘들었다.

"주제넘는 일인 줄은 알지만 저는 이시자와 다쿠토를 만나러 갔어요."

식어버린 피가 모래가 되어 부서져 내린다.

"이시자와는 그 사건과 관계없다, 아무 짓도 하지 않았다, 알리바이도 있다며 제가 묻기도 전에 버럭 화부터 내더군요. 저는 잠자코 그가 하는 이야기를 다 들은 후에 물었죠. '그럼 당신이 친구에게 여고생과 잤다고 자랑한 건 거짓말인가요?'라고요."

온몸이 돌덩어리가 된 듯 무지근했다.

그러나 이 무지근한 육신이야말로 그에게 딱 맞는 옷이었다.

"이시자와는 그 자리에서 울음을 터뜨렸어요. 공장 근처 공원 벤치에서 '체포되는 건가요? 저 체포되는 거예요?' 그런 말을 되풀이하더군요. 저는 '그럴지도 모르지.'라는 말만 남기고 돌아왔어요."

히메카와가 다시 그의 얼굴을 들여다보았다. 구라타는 그녀의 시선을 마주하기가 고통스러웠다.

"아야카 양이 칼에 찔리기 직전에 아드님과 주고받은 대화는 지금도 알 길이 없어요. 히데키 군과 아야카 양, 두 사람만의 비밀이겠죠. 그래도 전 알 것 같아요. 아야카 양은 죽고 싶었던 거예요. 이시자와에게 더럽혀진 자신을 용서할 수 없었던 거죠. 그럼에도 여전히 히데키 군을 좋아한다는 사실이 괴롭고 슬펐을 테고요. 여기까지가 제가 생각하는 히데키 군 사건의 진상이에요."

레이코의 말을 있는 그대로 믿기는 어려웠다. 그녀 스스로도 인정했듯이 증거 없는 허황된 이야기일지도 몰랐다.

무엇보다, 그녀의 이야기에 조금이라도 진실이 숨겨져 있었다 한들 뭐가 달라졌을까? 내가 그런 사실을 사건 직후나 늦어도 히데키가 출소하기 전에 알았다면 지금과 상황이 달라졌을까? 히데키의 물음에 "아니다. 넌 살아야 해."라고 말했을까?

구라타는 알 수 없었다.

다만 레이코가 한발 늦은 것은 분명했다.

그녀는 현관으로 다가가다 돌아보며 말했다.

"이 지옥에서 벗어나 마음 편히 살겠다는 생각은 꿈도 꾸지 마세요. 당신은 괴로움에 몸부림치다가 껍데기만 남아 고통스럽게 죽게 될 거예요. 그래야 공평하지 않나요?"

그가 아무 대답도 하지 않자 그녀는 고개를 깊숙이 숙여 인사한 뒤 발길을 돌렸다.

구라타도 알고 있었다.

이대로 쉽게 죽지는 못하겠지.

오늘 근무는 끝났다. 사복으로 갈아입은 후 관리 사무소에 인사하러 갔다.

"수고하셨습니다."

야근 중인 두 사람이 텔레비전을 보면서 도시락을 먹는 참이었다.

"아, 구라타 씨. 이거 별거 아니지만 가져가요."

나이가 지긋한 경비원 이케모토가 흰 비닐봉지를 건넸다. 알이 꽤 굵고 큼지막한 옥수수 두 개가 들어 있었다.

"그래 봬도 홋카이도산(産) 옥수수요. 어머니가 거기 사시거든. 해마다 먹지도 못할 만큼 많이 보내주셔서 말이오. 썩어버

173

리면 아깝잖소."

"고맙습니다. 잘 먹겠습니다."

구라타는 대답하면서 슬쩍 텔레비전을 보았다.

사실 사무소에 들어왔을 때부터 줄곧 신경이 쓰였다. 전직 관료를 노린 연쇄살인 사건에 관한 뉴스였다.

전 농림수산성 사무차관 오카다 요시미(67세)

전 우정성 사무차관 나카타니 고헤이(70세)

"구라타 씨, 바쁘지 않으면 차라도 한잔하고 가겠소?"

"아, 고맙습니다. 그럼 한 잔 마실까요."

접이식 의자에 앉아 차가 우러나기를 기다렸다. 보리차인 줄 알았는데 뜨거운 녹차였다.

또 한 명의 경비원 사사키가 텔레비전 뉴스를 가리켰다.

"요새 저 사건 말고도 전직 관료가 칼을 맞은 사건이 또 있었죠, 아마?"

이케모토가 고개를 갸우뚱했기에 하는 수 없이 구라타가 대신 대답했다.

"전 후생성 약사국장 사건 말입니까?"

"맞아요!"

사사키가 손뼉을 치며 말을 이었다.

"약해 에이즈인지 뭔지 하는 그거. 그 사건이랑 이번 사건의 범인이 동일 인물인가요?"

"아뇨, 그런 의혹도 있지만 관련 보도는 없었습니다. 아직 밝혀지지 않았거나 다른 범인이 있을지도 모르죠."

"자, 어서 들어요."

이케모토가 찻잔을 건넸다.

"고맙습니다."

"그러고 보니 구라타 씨는 전에 경찰이었다고?"

"네, 맞습니다."

경비원 일도 그 덕에 맡게 되었다.

"무슨 일을 하셨소?"

"뭘 말입니까?"

"경찰일 때 말이오. 형사라든가 기동대라든가 지역 순찰이라든가. 뭐, 여러 가지 일이 있잖소?"

"잘 아시네요."

사사키는 빙그레 미소를 지었다.

"아니, 뭐…… 이 업계에는 전직 경찰이 많으니까. 서로 이야기하다가 조금씩 주워들었지."

"그런데……"라며 사사키가 갑자기 화제를 돌렸다.

"농림수산성이나 우정성 같은 데보다 후생노동성을 노려야 하는 거 아닌가요? 그놈들이야말로 쓰레기 집단이잖아요. 연금 문제만 해도 그렇죠. 몇십 년 동안 실컷 돈을 받아 처먹고는 장부 작성을 안 했네, 작성은 했는데 분실했네 하면서 둘러대는 꼬락서니가 참 가관이더군요."

"그러게 말이야."

이케모토가 검지를 치켜세웠다.

"창구에서 돈을 챙겨 그대로 자기네 호주머니에 쑤셔 넣었지. 순 날강도들 같으니라고."

"애당초 그 우두머리란 작자가 연금 지급은 먼 훗날 일이니까 갖다 쓰라며 뿌려댔다잖아요. 그런 놈이야말로 죽어 마땅한데."

얼핏 들으면 술주정뱅이들이 모여 떠드나 싶겠지만 이 자리에는 맥주도 소주도 없었다. 찻주전자와 차를 담은 통, 먹다 남은 도시락 두 개와 찻잔 세 개, 간장 맛 전병을 담은 과자 그릇 하나가 전부였다.

"또 뭐라더라…… 그게 어디였지? 피아 어쩌고 하는 호텔도 엄청 지었잖아요."

"그것도 연금과 관련된 거니 배후는 보나 마나 후생노동성이겠지. 안 그렇소, 구라타 씨?"

갑자기 이케모토가 구라타를 돌아보았다.

"네, 그럴 겁니다. 예전 후생성 관할 특수법인이 시작했지요."

"그러면 그렇지."

사사키가 다시 손뼉을 쳤다.

구라타는 그들의 이야기를 한쪽 귀로 들으면서 텔레비전을 보았다. 전 후생성 약사국장 나가쓰카 도시카즈 사건과 그 뒤에 일어난 두 사건은 별개로 취급한다는 보도였다.

만에 하나 동일범의 소행이라면 이것만큼 알기 쉬운 범죄가 또 없었다. 체포된 가노 히로미치라는 남자는 국민의 분노를 대표해 저지른 일이라고 진술했다. 물론 약해 에이즈 문제도 이

범주에 들어가니 나가쓰카 또한 가노가 죽였다고 해도 전혀 이상하지 않다.

하지만 사건마다 범인이 서로 다른 인물이라면 일이 꽤 복잡해진다. 전직 관료를 노린 살인 사건이 동시다발적으로 발생한 셈이다. 사실 나가쓰카 사건에서 목격된 범인의 인상착의는 가노 히로미치와 일치하지 않는다.

의심쩍은 부분은 그뿐이 아니었다.

구라타는 히데키 사건 전후로 외무성 직원을 노린 살인 사건의 수사를 담당했다.

피해자였던 마쓰이는 외무 고시 합격자가 아닌 일반 공무원이었다. 이 사람은 어떤 의미에서는 관료보다 더 악질이었다. 택시 티켓을 이용해서 자금을 횡령하고 그 돈으로 전 외무성 사무직원이었던 여자를 애인으로 삼았다. 그 사실이 언론에 새어나갈 것을 우려하여 담당 기자에게 치한이라는 누명을 씌워 업계에서 영영 추방해버리는 짓도 서슴지 않았다.

퇴직 후 갈 곳이 없어진 구라타는 어느 날 벤치에 앉아 있었다. 기적적으로 목숨을 부지한 마쓰이가 입원해 있는 병원 앞마당이었다. 그곳에서 범인인 가와카미 노리유키라는 남자를 만나 잠깐 이야기를 나누었다.

가와카미는 마쓰이를 죽이지 못한 것에 분통을 터뜨렸다. 그는 '벌을 내린다'는 표현을 썼다.

구라타의 마음속에 숨어 있던 무언가가 그 말 한마디에 꿈틀거렸다. 그가 가진 살의를 충분히 이해한 구라타는 그에게 마쓰이가 입원한 병실 번호를 넌지시 알려주었다.

가와카미는 그길로 마쓰이의 병실을 찾아가 칼로 마구 찔러 죽였다. 몸통만 43회를 집중적으로 찔렀다고 한다.

그는 간호사의 연락을 받고 달려온 경찰관에게 체포되었다.

구라타도 각오하고 있었다. 마쓰이의 병실을 가르쳐준 사람이 자신이었고 그것이 사건의 결정적인 계기가 되었다는 것은 의심할 여지가 없었다.

하지만 아무리 기다려도 구라타에게는 수사의 손길이 뻗치지 않았다. 가와카미는 구라타의 존재를 밝히지 않고 감옥에 들어갈 작정이었으리라.

돌이켜보니 이 사건도 마찬가지로 공직자의 부정을 파헤치려 한 범죄였다.

일종의 테러다.

이런 사건들이 조직적으로 행해지는 것 같아 영 께름칙하다. 그저 우연히 비슷한 사건이 연속으로 발생하는 것인가, 아니면 기저에 깔린 어떤 흐름이 상황을 몰고 가는 것인가.

우발적인 사건이라면 어쩔 도리가 없다. 국민의 분노가 가라앉을 때까지, 관료들의 오만함이 고쳐질 때까지 기다리는 수밖에 없다. 하지만 누군가가 자신의 뜻대로 사람들을 조종하는 거라면 이는 무서운 일이다.

자기 뜻대로 살인범을 만들어낸다는 말 아닌가.

4

살인 사건이 발생하면 해당 지역 관할 서의 강력범 수사계 직원과 기동 수사대원이 초동수사를 맡는다. 범인이 바로 체포되지 않을 경우에는 본부의 형사부 수사 1과에 협력을 요청한다. 이때 본부에서 파견하는 수사관은 겨우 열 명 안팎이다. 수사본부를 설치하고 본격적으로 수사에 착수하려면 아무리 못해도 40명은 필요하다. 경찰서 내의 타 부서나 혹은 인근 경찰서에서도 사람을 동원해야 한다.

이번에 하야마가 맡은 사건이 바로 그런 경우였다.

스기나미 경찰서 관내에서 살인미수범을 체포했다. 가노 히로미치라는 25세 남성이다. 단순한 살인미수 사건이었다면 스기나미 서의 강력범 수사계가 조사해서 기소만 하면 끝났을 텐데 이번 사건은 달랐다. 피의자 가노 히로미치는 체포되기 이틀 전에도 메구로 구의 가키노키자카에서 두 명을 살해했다고 진술한 것이다.

한순간에 상황이 바뀌었다. 세타가야 구, 메구로 구, 시부야 구를 포함한 3방면에 속한 경찰서 전체가 들썩였다. 기타자와 서는 스기나미 서와 가키노키자카를 관할하는 히몬야 서 사이에 위치해 있다. 하야마가 소속된 기타자와 서가 그 소동에 휘말리는 건 당연했다.

수사본부로 가게 될 파견 요원으로 하야마의 이름이 거론되었다. 그도 그럴 것이 하야마는 작년까지 살인범 수사 전문 부서인 수사 1과 살인범 수사계에 있었기 때문이다. 일단은 스기나미 서로 파견되었다. 이 시점에서는 아직 히몬야의 수사본부와 합동 수사로 진행할지 결정이 나지 않은 상태였다. 어쨌든 가노의 가택수색을 끝내는 것이 스기나미 서 수사반의 최우선 과제였다.

하야마는 가택수색에 투입되었다.

가노의 주거지는 니시토쿄 시 호야초 6가 ×-×번지 세운장 202호. 10제곱미터 남짓한 다다미방, 화장실과 부엌은 공용이고 욕실은 따로 없었다. 요즘은 보기 드문 근대의 느낌이 물씬 풍기는 낡은 건물이었다.

감식반이 불려 와 집 안을 촬영했다. 그리고 지문이나 모발 등 수사 자료가 될 만한 세세한 모든 증거를 철저히 채집했다. 작업이 끝나자 수사관들이 들어가서 가노의 생활 집기를 비롯한 모든 물건을 가지고 나왔다. 서적과 비디오, CD, DVD, 쓰레기통 안의 쓰레기들, 머리빗, 칫솔, 헤어 제품, 옷, 가방, 베개 커버, 이불 커버, 시트, 노트, 메모장, 수첩, 명세서, 통지서, 그 외 온갖 서류, 디지털카메라, 앨범 등이었다. 그리고 무엇보다 중요한 컴퓨터가 있었다. 그 모든 걸 스기나미 서에서 준비한 작은 승합차에 실어 보냈다.

작업이 일단락되자 수사관 몇 명이 집 앞 길가에 나와 담배를 피웠다. 하야마는 담배를 피우지 않지만 혼자 현장으로 돌아가도 할 일이 없기에 무리에 끼어 서 있었다.

살인범 수사 6계 주임 나카모리가 말을 걸어왔다. 하야마는 이번 수사에서 그와 파트너였다.

"자네 혹시 몇 년 전 레이코 반에 있지 않았나?"

"네, 맞습니다. 알고 계셨습니까?"

"알다마다. 그때 그 반에는 젊은 사람들이 많아서 시끌벅적했잖아. 난 그게 보기 좋더라고. 다들 즐거워 보여서 부러울 정도였거든. 주임이 젊고 미인이라 한잔 걸치러 가면 분위기가 아주 훈훈했을 거야."

의외였다. 히메카와 레이코는 기본적으로 1과의 미운 오리 새끼 같은 존재라고 생각했다.

옆에 있던 1과 경사가 끼어들었다.

"나카모리 씨, 무슨 말이에요? 젊고 미인이라니요."

"수사 1과에도 그런 여자 주임이 있다니까."

경사는 "네?" 하고 과장된 몸짓으로 놀라는 척했다.

"전 그런 여자 눈 씻고 찾아봐도 없던데요."

"그래? 와다 씨가 이동할 때 같이 본부를 떠났지, 아마. 올봄쯤 돌아왔고. 아주 늘씬해. 그렇지, 하야마?"

"네, 지금은 살인범 수사 11계라고 들었습니다."

경사가 고개를 갸우뚱한다.

"11계에 그런 미인이 있었나?"

현재 형사부 수사 1과에는 12개의 살인범 수사계가 있다. 대부분 이 사람들처럼 관할 서에 파견되어 수사 활동을 한다. 같은 과 소속이라도 얼굴을 모르는 사람이 있는 것은 당연하다.

최근에는 특히 도내에서 살인 사건이 여러 건 발생한 탓에 살인범 수사계 전원이 현장에 진을 치고 있다. 그렇다 보니 한 개의 수사계나 반을 파견하는 게 여의치 않아 스기나미 서는 각지의 수사본부에서 한두 명씩을 지원받아 수사반을 편성했다.

나카모리가 뭔가 떠올랐다는 듯이 "아!" 하고 말했다.

"맞다! 지금 11계라면 세타가야에 속하지 않나? 그 왜, 있잖아. 전 후생성 관료 살해 사건."

"맞아요."

경사가 대답했다.

"그 사건이라면 이번 범인이 세타가야 건까지 자백만 해주면 한데 뭉쳐서 합동 수사를 할 수도 있겠는데요."

"그럴 가능성도 있지. 그렇게 되면 자네도 레이코의 얼굴을 볼 수 있겠군."

나카모리가 농을 치며 웃어넘겼지만 그것이야말로 심각한 사태였다.

전직 관료를 노린 세 번의 연쇄살인이라니.

전대미문의 대형 사건이다.

스기나미 서 강당으로 돌아왔다. 아침에 시작한 수사본부 설치는 끝나 있었다.

회의용 테이블이 열 줄이니 총 60석이다. 수사관을 벌써 60명이나 모았단 말인가. 아니면 히몬야 수사본부를 끌어들여 이쪽 주도로 수사를 진행하려는 속셈일까.

어쨌건 피의자인 가노 히로미치를 붙잡아 둔 스기나미 서에

주도권이 있는 것은 명백했다.

와이셔츠 차림의 어깨를 손바닥으로 툭 치는 소리가 났다.

"어이, 젊은 친구."

가쓰마타 경위였다. 이 수사본부 소속으로 이번 사건에서 가장 먼저 공을 세운 사람이라고 들었다. 가노를 취조하기도 했다.

하야마는 가볍게 고개를 숙였다.

"오랜만에 뵙습니다."

가쓰마타와 레이코가 견원지간이라는 사실은 삼척동자도 다 알 만큼 유명한 이야기였다. 하지만 하야마는 가쓰마타에게 별다른 악감정이 없었다.

물론 적법한 절차로 지급되는 사례금이 아니라 정보 제공자에게 따로 금품을 제공하는 그의 수사 방법은 인정할 수 없었다. 하지만 수사 1과 형사로서 행동력, 정보 수집력, 분석력은 타의 추종을 불허할 만큼 뛰어나다고 생각한다. 그런 부분에서는 존경심마저 우러난다.

무슨 일인지 가쓰마타는 주위 눈치를 살폈다.

"자네, 지금 기타자와 서 강력계 소속이지?"

"네. 잘 부탁드립니다."

그는 한쪽 눈썹을 내린 채 눈을 치켜뜨면서 하야마를 응시했다.

"이 사건이 일단락되면 내가 1과로 돌려보내 줄까?"

몸속에 정체불명의 세포를 주입당한 듯한 한마디였다.

어쩌면 암세포일지도 모르고 바이러스에 감염된 세포일지도 모르지.

"감사합니다."

"뭐야, 제의를 받아들인다는 뜻인가?"

가쓰마타는 그 자리에서 확답을 받고 싶은 눈치였다.

"발령이 난다면 저는 어디라도 좋습니다."

"선택할 수 있다면 어디가 좋겠나, 나와 레이코 중에서?"

이거 의외인데. 내 땅 네 땅 나누는 유치한 어린애 같잖아.

그러나 하야마는 1초도 지나지 않아 가쓰마타의 의도를 알아
차렸다. 바이러스다.

가쓰마타의 추천으로 1과에 복귀해서 레이코가 있는 11계에
배치된다면? 가쓰마타는 하야마를 자신의 공작원으로 삼아 레
이코 반에 배치할 속셈인 것이다.

하야마는 여유를 부리듯 빙긋 웃었다.

"저에게 선택권이 있는 것도 아니잖습니까. 저야 날마다 주어
진 일을 해나갈 뿐이죠."

순간적으로 가쓰마타의 뺨이 쑥 꺼졌다. 잠시나마 보여준 상
냥함은 어느새 사라지고 살과 지방으로 덮인 해골이 정체를 드
러냈다.

"제법인데, 그런 수작도 부릴 줄 알고 말이야."

"무슨 말씀이십니까?"

"아니, 됐어. 이거 참 재미있는 녀석이군."

가쓰마타는 하야마의 어깨를 다시 툭 치고는 지휘석으로 걸
어갔다.

기분 탓일까. 돌아선 가쓰마타의 등이 쓸쓸해 보였다.

회의 도중 문자를 받았다. 회의가 끝나고 참았던 볼일을 보고 나서야 간신히 확인할 수 있었다.

레이코였다.

수고가 많아. 할 얘기가 있는데, 오늘 밤 시간 괜찮아? 연락 기다릴게. —레이코.

그녀 특유의 무덤덤한 문장에 쓴웃음이 나왔다. 레이코의 번호를 찾아 발신 버튼을 누르고 엘리베이터 반대편에 있는 비상계단으로 향했다.

다섯 번 정도 신호음이 갔다.

"아, 여보세요. 노리?"

레이코는 하야마를 성으로 부르지 않고 노리라고 이름을 줄여서 부른다.

통통 튀는 그녀의 목소리가 몹시 정겹게 들렸다.

"오랜만입니다."

"지금 어디야?"

"스기나미 서입니다."

0.5초의 시간을 두고 그녀는 퀴즈라도 풀듯이 밝은 목소리로 말했다.

"전직 사무차관 연쇄 살해 사건 수사본부구나."

"네, 그렇습니다."

"지금 난 신주쿠에 있어. 바로 아사가야로 갈 테니까 잠깐 보자. 남쪽 출구 원형 교차로에 있는 메밀국숫집 빌딩 위쪽에 '클라우디아'라는 바가 있거든. 거기 어때?"

할 말을 쉬지 않고 단숨에 내뱉는 것도 여전했다.

"그런 데를 어떻게 아세요?"

"실은 조금 전에 구루나비*에서 검색해봤지."

하야마에게 다른 의견은 없었다.

알았다고 답한 뒤 전화를 끊었다.

바에는 하야마가 먼저 도착했다. 가쓰마타에게 미행당하지는 않았는지 걱정이 되어 일단 아무 상관 없는 빌딩으로 들어갔다. 엘리베이터를 타고 3층으로 올라가서 계단을 통해 내려갔지만 뒤쫓는 사람은 없었다. 그제야 마음이 놓였다.

'클라우디아'는 카운터 외에도 칸막이 자리가 네 개나 있는 중간 규모의 바였다. 목조로 꾸민 차분한 실내 분위기와 달리 바 안에는 세련된 퓨전 재즈 음악이 흐르고 있었다. 모서리에 설치된 스피커에서 드럼 소리가 박력 있게 울려 퍼졌다.

10분 후 레이코가 숨을 헐떡이며 들어왔다.

"오래 기다렸지? 미안. 내가 남쪽 출구라고 가르쳐주고는 반대편으로 나왔지 뭐야. 먼저 뭐라도 시키지 그랬어."

* 구루나비(ぐるなび): 일본의 음식점 검색 사이트.

레이코는 밝은 회색의 바지 정장 차림이었다. 정장 안에는 하얀 니트를 받쳐 입었다. 그러고 보니 그녀가 치마를 입은 모습은 본 적이 없다. 서둘러 왔다면서 화장은 조금도 번지지 않았다.

"같이 주문하려고 기다렸습니다."

"맥주 마실래?"

"네."

"여기 생맥주 두 잔 주세요."

레이코가 카운터를 향해 큰 소리로 주문했다.

하야마는 문득 그런 레이코가 어색하게 느껴졌다.

히메카와 레이코가 이렇게 기운 넘치는 여자였던가. 살인범수사 10계 히메카와 반이 해체된 후 2년 반이라는 시간이 흘렀다. 지금 눈앞에 있는 레이코는 전화로는 느끼지 못했던 밝은 기운이 가득했다. 이전보다 훨씬 강해진 것 같았다. 이게 그녀의 장점인지 단점인지 하야마는 판단하기 어려웠다. 여자를 보호 대상으로 생각하는 남자라면 별 매력이 없을 것이다. 하지만 그녀를 자립심 강한 한 사람의 인간으로 바라보면 그 매력은 한층 더 빛을 발한다.

레이코는 음식을 주문하고서 생긋 웃었다.

"오랜만이야."

그녀에게서 어두운 기색은 찾아보기 어려웠다. 사람이 '한층 성숙해졌다'는 말은 이럴 때 쓰는 것인가 보다고 하야마는 새삼 느꼈다.

"오랜만입니다."

그도 고개 숙여 인사했다.

"노리가 담배를 피웠던가, 아닌가?"

"피우지 않습니다."

"그렇구나."

레이코는 재떨이를 테이블 구석으로 치웠다.

잠시 후 종업원이 생맥주를 가져왔다. 건배를 하고 한 모금 마시자마자 레이코는 곧장 수사관의 태도로 돌변했다. 먹이를 노리는 하이에나처럼 눈을 번뜩였다.

"그래, 그 가노라는 사람은 어떤 남자야?"

거두절미하고 단도직입으로 묻는 것도, 이런 곳에 와서까지 일 얘기부터 꺼내는 것도 변하지 않았다. 예전 그대로다.

"죄송합니다. 저도 직접 만나보지 않아 잘 모르겠네요."

"나한테 숨기는 거야?"

"그런 거 아닙니다."

하야마는 웃음이 절로 나왔다.

"가택수색을 잠깐 도왔을 뿐, 아직 아무것도 모르거든요. 받은 자료를 다 읽는 것도 벅찰 정도죠."

"간테쓰가 말하지 말라고 한 건 아니고?"

레이코가 어린아이처럼 입을 삐죽 내밀며 말했다.

"아시는군요, 가쓰마타 씨가 계신 걸."

"당연하지. 그 인간, 우리 수사본부가 생기자마자 바로 찾아왔더라고. 잔뜩 거드름을 피우면서 그 짧은 다리로 성큼성큼 들어오더니만 대뜸 '수사 자료 내놔.' 이러는 거야. 알아주는 정보

통이라 무슨 일 하나 저지를 것 같더라. 내가 2계에 넌지시 물어 봤거든."

레이코는 맥주를 쭉 들이켜고 말을 이었다.

"완간 서 조사반에서 스기나미 서로 전출됐다며? 하야시 씨 가 귀띔해줬어."

하야시는 2계 소속 베테랑 경위다.

"어쨌든 말이야, 노리. 우리 쪽 목격자 증언을 생각해보면 산 겐자야 사건은 가노 짓이 아닌 것 같아. 그래도 두 범인 사이에 뭔가 연결 고리는 있을 거야. 그래서 말인데 수사본부에서 담당 을 정해줄 때까진 우리끼리라도 힘을 합쳐보자고. 이 사건 진짜 뭔가 있다니까. 분명히 연관성이 있을 거야. 어쩌면 이런 사건 이 더 발생할지도 몰라. 과거에 비슷한 사건이 있었을 가능성도 있고, 안 그래?"

레이코는 역시 대단한 수사관이다.

그녀의 이야기를 듣자마자 하야마의 뇌리에 한 사건이 스쳐 지나갔다.

"아!"

한순간 자신도 모르게 입 밖으로 소리가 터져 나왔다. 하야마 가 피의자가 아닌 게 천만다행이었다. 속내를 모두 읽혀버렸을 테니까.

"노리, 왜 그래? 뭐야?"

하야마는 잠시 멈칫했지만 굳이 감출 필요도 없었다.

"실은 작년에요."

사소한 사건이었다는 전제를 깔고 이야기를 시작했다. 전 후생성 사무차관까지 지낸 66세 남성이 함께 장기를 두던 친구에게 구타를 당한 사건이었다.

레이코는 복잡한 표정을 짓더니 검지를 세우며 말했다.

"있잖아, 폭력을 가한 호리이 다쓰오라는 할아버지는 어떻게 다니가와 마사쓰구가 전 후생성 관료란 걸 알았을까?"

당시에도 그 점이 의문이었다.

하야마가 수사에 참가하고서 둘째 날부터 히몬야 본부와의 합동 수사가 시작되었다. 정식 명칭은 '가키노키자카 마쓰노키 연속 살상 사건 특별 수사본부'였다. 지역 이름의 순서는 단순히 사건 발생 일자를 기준으로 나열했을 뿐, 수사권은 완벽하게 스기나미 서가 쥔 것이나 다름없었다.

가노를 체포하고 가택수색으로 개인 물품을 압류한 곳이 스기나미 서였다. 사실 스기나미 서에서 가쓰마타가 가노의 진술서를 받아낸 때문이기도 했다. 진술서를 읽으려면 총지휘권을 스기나미 서로 넘겨야 하는 상황이었다.

그 영향으로 하야마는 히몬야 서 관내에서 일어난 사건의 현장 감식을 맡았다.

담당이 바뀐 후 첫날 업무는 유족인 오카다 요시미의 아들 고이치와의 면담이었다. 고이치는 아버지와 아내 다카코를 한꺼번에 잃었다. 다행히 일곱 살 먹은 첫째 아들은 학교에서 열린 여름방학 수영 교실에 참가한 덕에 화를 면했다.

하야마는 1과의 나카모리와 함께 고이치의 자택을 방문했다. 고이치가 직접 나와서 가죽 소파가 놓인 거실로 안내했다. 정면에 보이는 벽에 다다미 한 장 크기의 커다란 유화가 걸려 있었다. 그리스의 미코노스 섬 같았다. 하얀색 집들이 줄지어 서 있는 언덕을 그렸는데, 하늘이 유독 어두웠다. 프로 화가의 작품인지 아니면 가족 중 한 사람이 그린 작품인지는 알 길이 없었다.

가정부처럼 보이는 여자가 커피를 놓고 물러가자 고이치가 먼저 입을 열었다.

"그래서 수사는 어떻게 진행되고 있습니까?"

고이치는 어금니를 악물고 입술을 최소한으로 움직였다. 부글부글 끓어오르는 화를 애써 억누르는 게 빤히 보였다. 하야마는 럭비 선수처럼 체격이 우람한 이 남자가 지금 여기서 난동을 부리는 장면을 상상해보았다. 이쪽도 아마추어는 아니니 제압할 수는 있지만 멀쩡하게 끝나지는 않으리라.

나카모리가 정중하게 고개를 숙였다.

"지금은 아버님 사건 이틀 뒤에 일어난 다른 살인미수 사건을 수사하는 중입니다. 그 사건의 기소가 결정되는 대로 다시 구속하겠습니다. 아버님과 부인 사건은……."

"지금 나랑 장난하자는 거요?"

고이치의 침이 하야마에게까지 튀었다.

"그런 얘기는 신문만 봐도 다 나와요. 살인미수 사건 아닙니까. 그 나카타니라는 사람은 여러 군데 찔렸는데도 목숨에는 지장이 없다더군요. 그 사건 조사는 나중으로 좀 미뤄도 되잖아요? 당신들도 머리를 좀 굴려보라고. 여기서 두 명이나 죽었다고요. 우리 집에서 두 명, 두 명이나! 두 사람이나 죽였으니 사형이지, 아마? 그럴 가능성도 있죠? 그럼 우리 쪽 사건부터 우선으로 처리해야지. 사형이 확정되면 더 이상 죄를 따질 필요도 없잖아요. 민사든 뭐든 상관없습니다. 나카타니 씨 쪽도 같을 거요. 전화 회사 부사장이랬나? 백수인지 은둔형 외톨이인지는 모르겠지만 그런 벌레만도 못한 놈한테 손해배상을 청구해봤자 무슨 의미가 있냐고! 그런 푼돈 따위 처음부터 받을 생각도 없어요. 한시라도 빨리 교도소에 처넣어서 얼른 목 졸라 죽이란 말입니다!"

지당한 주장이지만 살인미수 현행범으로 체포된 피의자는 그 전의 살인 사건에 대해 취조하지 못한다. 법정에서는 별건 체포*, 다시 말해 위법 수사로 간주되어 증거 기능을 상실한다.

"답답한 심정은 충분히 이해가 갑니다. 하지만 법적인 절차를 지켜야 합니다. 저희도 오카다 씨 사건을 최우선으로 생각하고 있어요. 반드시 법정에 세우겠습니다."

"그건 당연한 얘기고!"

고이치가 이번에는 탁자를 주먹으로 내리쳤다.

"뉴스에도 나왔다고요, 범인이 아버지 사건도 언급했다고. 자백 아닌가요? 그럼 수사도 끝난 거 아닙니까? 빨리 기소하란 말이에요. 재판을 하라고!"

---

* 별건체포(別件逮捕): 어떠한 사건의 혐의자로 체포한 사람에게 그 사건에 대한 유력한 증거가 없을 시 다른 혐의로 체포하는 일.

그렇게 뜻대로만 되지 않기에 형사 수사는 성가시다.

나카모리도 미안한 표정으로 고개를 떨어뜨렸다.

"물증과 진술만 보면 말씀하신 대로지만 그 밖에 정황 증거나 동기가 필요합니다. 범인이 어떤 경위로 오카다 씨를 공격했는지, 오카다 씨와 범인에게 무슨 관련이 있는지 그런 내용들 말입니다."

"그런 건 가노라는 놈한테 물어보면 될 일 아닙니까!"

"물론 범인에게도 질문합니다. 하지만 피해자 측에서 조사하다 보면 몰랐던 사실이 나오는 경우도 있어서요. 아무쪼록 고이치 씨께서도 협력해주시면 감사하겠습니다."

"뭐라고요? 더 이상 뭐가 필요하단 말입니까? 다 내줬잖아요. 아버지 물건이며 아내 물건까지 전부 다!"

고이치는 전부라고 했지만 경찰에서 그 모든 것을 가져가지는 않았을 것이다.

"그래서 오늘은 고이치 씨가 기억하는 부분을 여쭤보려고 합니다."

"내 기억? 내가 뭘 기억하는데요?"

"피의자 가노 히로미치가 아버님 또는 어머님과 어떤 관계였는지 말입니다."

"무슨 관계가 있겠습니까?"

고이치가 나카모리에게 주먹이라도 휘두를 기세로 자리에서 벌떡 일어섰다. 그 순간 테이블에 무릎이 부딪쳐 커피 잔이 쨍그랑 소리를 내며 엎어졌다. 하야마와 나카모리의 커피 잔은 팬

찾았지만 고이치의 커피 잔이 구르는 바람에 하얀 테이블보에 갈색 얼룩이 번졌다.

고이치는 커피 따위 신경도 쓰지 않았다.

"잘 들어요. 하루라도 빨리 그놈을 사형시켜. 당신들이 일 처리를 제대로 안 해서 무기징역이라도 선고받는 날에는 내가 가만있지 않을 테니까!"

불끈 쥔 두 주먹이 분노로 부들부들 떨렸다.

"그렇게 되는 날에는 내가 가노를 죽일 거라고. 20년…… 아니, 30년 후에라도 살아서 나오면 내가 이 손으로 그 자식을 지옥으로 보내버릴 테니. 알겠어?"

결코 협박이나 농담으로 들리지 않았다.

5

매주 주말에는 시험이 있다. 토요일에는 6학년, 일요일에는 4학년과 5학년이 시험을 본다.

강사는 채점에 관여하지 않는다. 스캐닝한 전체 답안지를 컴퓨터에 입력해 중국에 있는 자회사로 보내면 중국 직원들이 채점을 하고 채점이 끝난 답안지를 인터넷에 올린다. 학생들은 집에서 답안지를 확인하고 복습한다.

그렇다고 해서 강사가 주말을 한가하게 보낸다고 생각하면 오산이다. 문제 풀이와 오답을 설명하는 수업을 녹화해야 한다.

녹화한 영상을 인터넷에 올리면 학생들이 집에서 보고 틀린 문제를 복습하는 시스템이다. 눈앞에 학생들이 있는 게 아니니 실상 강사 혼자서 북 치고 장구 치는 모양새다. 배우와 다를 바 없다. 익숙해지기까지 상당한 시간이 걸렸다. 처음에는 몹시 어색하고 괴로웠다.

한 문제씩 설명을 마칠 때마다 "자, 알았지?" 하며 카메라를 향해 질문을 던지고 잠시 가만히 기다린다. 학생들에게 이해할 시간을 주는 것이다. 분위기만 보면 NHK의 교육 방송 콘텐츠와 흡사하지만 그보다는 훨씬 간단하다.

"끝났습니다. 그럼 마무리 잘해주세요."

녹화는 학원 건물에서 진행된다. 한 명이 끝나면 다른 강사가 이어받아 녹화를 진행한다.

"먼저 퇴근하겠습니다."

비디오 촬영이 있는 일요일 오후가 가장 피곤하지만 이날 초저녁부터 마시는 맥주가 일주일 중 가장 맛있다. 4시도 되지 않은 대낮이라 문을 연 술집이 많지는 않았지만 그렇게 좋은 곳을 찾는 것도 아니니 상관없다. 짭짤한 안주 두 종류면 충분하다.

"어서 오세요."

라멘집의 빛바랜 붉은 포렴을 들추고 들어가 텔레비전이 보이는 자리에 앉았다. 다른 손님은 없었다.

"아주머니, 맥주랑 돼지고기구이 그리고…… 새송이버섯볶음도 주세요."

"돼지고기구이는 라멘으로 만들어드릴까요?"

"아니요, 그냥 안주로 주세요."

예전에도 이 집에서 같은 질문을 받은 기억이 났다. 매번 확인할 바에야 '안주 메뉴', '식사 메뉴' 하는 식으로 다른 이름을 붙여두면 편할 텐데, 하고 생각했다.

"뉴스를 전해드립니다."

일요일 오후 4시가 되기 직전에는 5분 뉴스를 방송한다.

"오늘 정오가 지난 무렵에 도쿄 메구로 구 가키노키자카 2가에서 집주인 두 명이 흉기를 든 괴한의 습격을 받아 사망하는 사건이 발생했습니다."

설마 저건…….

화면을 주시했다. 예감은 적중했다.

"피해자는 67세의 오카다 요시미 씨와 31세의 오카다 다카코 씨 등 두 명입니다. 경찰 조사에 따르면……."

몇 해 전 농림수산성 사무차관을 지낸 자 같다. 이름이 귀에 익었다.

나가쓰카 사건이 일어난 지 일주일도 채 지나지 않았다. 단기간에 걸쳐 연거푸 이런 훌륭한 성과를 거두리라고는 예상하지 못했다. 그저 놀라울 따름이다.

좋은 소식은 그뿐이 아니었다.

오카다가 죽은 지 이틀 뒤에는 전 우정성 사무차관 나카타니 고헤이가 흉기를 든 괴한에게 습격당했다. 안타깝게도 경미한 부상에 그쳤고 범인은 현행범으로 체포되었지만 그 또한 틀림없는 성과였다. 무엇보다 중요한 것은 오카다 요시미를 습격한

196

사람과 동일 인물인 가노 히로미치라는 남자가 범행을 저질렀다는 사실이었다.

나가쓰카가 살해당했을 때와는 색다른 흥분이 몸속에서 용솟음쳤다. 롤러코스터가 움직이기 시작했을 때 같은 느낌이었다. 하늘로 이어지는 레일을 따라 덜커덩덜커덩 올라간다. 본인의 의지로 탑승했지만 일단 움직이고 나면 더 이상 의지만으로는 흐름을 멈추지 못한다. 속도를 조절하거나 정지시키지도 못한다.

조만간 눈앞에 펼쳐질 풍경을 머릿속으로 그려본다.

맑게 갠 하늘은 손을 뻗으면 품 안에 들어올 것만 같다. 아래로는 레일 끝이 지상의 한 점을 향해 돌진하듯 미끄러져 내려간다. 하강하기 직전 하늘로 올라가 오른쪽으로 왼쪽으로 제멋대로 움직이다가 뱅글뱅글 회전하는 소용돌이 속으로 순식간에 빨려 들어가리라는 사실은 이미 알고 있다. 그 모든 것을 알고도 올라탄 것이다.

그렇다, 모두 각오했던 일이다.

딱 하나 롤러코스터와 전혀 다른 점이 있었다.

활주 끝에 도착하는 곳은 출발점이 아니다.

지옥이다.

매일 밤 정신이 혼미할 정도로 악몽에 시달렸는데 요 며칠은 꿈을 꾸지 않았다.

그녀가 온화하게 웃으면 웃을수록 가슴부터 근육, 늑골까지 몽땅 잡아 뜯고 싶은 충동에 사로잡혔다. 친구의 명랑한 목소리를 들으면 들을수록 땅바닥에 패대기쳐 두 귀를 짓이겨 버리고 싶었다.

왜일까. 왜 이제는 만나러 와주지 않을까. 이제는 너의 미소를 보며 나도 함께 웃어줄 수 있을 텐데. 너와 어깨를 나란히 하고 즐겁게 웃을 수 있을 텐데. 드디어 소원을 이뤘어. 나와 함께 기뻐해줘. 이건 다 너희를 위한 일이었어.

날 원망하니?

그래, 그러겠지. 간접적으로는 내가 너희를 죽음으로 몰고 간 것이나 다름없으니.

이렇게라도 속죄하고 싶었어. 이것으로는 부족하니? 훨씬 더 많은 희생양이 필요한 거야? 아니면 이번에도 내가 틀린 거니? 이런 싸움은 아무런 의미도 없다고, 그렇게 말하고 싶니?

그런데 어쩌지? 이미 늦었어. 내가 말했잖아, 벌써 출발했다고. 난 벌써 레일에 단단히 묶인 채 하늘을 향해 오르고 있어. 이제 지옥에 떨어질 일만 남았지.

알아, 두 번 다시 출발한 곳으로는 돌아가지 못한다는 거. 나는 괜찮아.

이 세상에 더 이상 아무 미련도 없으니까.

6

8월 5일 금요일. 가쓰마타는 가노가 검찰에서 조사를 마치고 돌아오자 취조를 재개했다.

"어때, 간밤에 잠이 잘 오던가?"

딱히 가노의 건강을 걱정해서 건넨 말은 아니었다. 그는 오히려 체포당했을 때보다 상태가 좋아 보였다. 땀에 젖어 이마에 착 달라붙어 있던 머리카락은 말끔하게 정리되어 있었다. 얼굴의 곰보 자국은 여전했지만 적어도 때에 찌들어 불결해 보이지는 않았다.

다만 그의 눈빛만은 빈말로도 좋아 보인다고 하기는 어려웠다. 초점이 흐릿했다. 가쓰마타를 쳐다보는가 하면 그보다 훨씬 뒤에 있는 상대와 대화를 나누듯 먼 곳을 응시했다.

"잠이 올 리가 있나. 두 명이나 죽였는데."

말은 그렇게 하면서도 반성하는 기미는 손톱만큼도 없어 보였다.

"두 명을 죽인 것과 잠이 안 오는 게 무슨 상관이지?"

"무슨 상관이냐고? 지금도 그때 느낌이 생생하게 떠올라. 사람을 칼로 찌를 때의 감촉 말이야."

"어떤 느낌이었는데?"

"퍽퍽하고 물컹물컹한 느낌이었어."

"누구를 찌를 때 그런 느낌이 들었지? 오카다 요시미? 아님 오카다 다카코?"

"둘 다. 딱딱하기도 했어. 뼈에 부딪쳐서 그랬나. 아무튼 눈만 감으면 그 감촉이 떠올라서 잠을 통 못 자겠어."

유치장 직원의 보고서에는 가노가 드르렁드르렁 코까지 골면서 숙면을 취한다고 적혀 있었으니 지금 이 말은 거짓이다.

199

"사람을 죽일 때 장면이 생각나면 무섭나?"

이번에는 가노가 고개를 저었다.

"무서운 게 아니라 떠올리면 또 죽이고 싶어져서 그게 문제지. 그 충동은 진짜 참기 힘들거든."

정상참작의 여지가 없어 보였다.

"사람을 죽이는 일이 즐거운가?"

가노는 아주 살짝 고개를 갸웃했다.

"즐겁지는 않아."

"그럼 어떻지?"

"성취감이라고나 할까."

"흐음. 어떤 성취감?"

"형사 양반, 당신 정말 아무것도 모르는군."

괴상한 미소를 지으며 가노가 고개를 흔들었다.

"지난번에도 말했잖아. 나는 거대한 적의 무리와 싸우고 있어. 보이지 않는 거대한 적과 말이야. 내 말 알아듣겠나? 그놈들에게 우리는 그저 세금을 내는 도구에 불과하지. 밭에서 농작물을 키우듯 우리를 재배한 거나 다름없다고. 같은 나라에, 같은 동네에 살면서 같은 도로, 시설, 화폐를 쓰는 주제에 말이야. 자기들은 땀 한 방울 흘리지 않고 우리한테 세금을 착취해서는 우리를 기만하며 저희 마음대로 흥청망청 써댔지. 착취하는 쪽과 착취당하는 쪽, 사기 치는 쪽과 사기당하는 쪽, 웃는 쪽과 우는 쪽으로 나뉜 거라고. 그래서 내가 본때를 보여준 거야. 어차피 빼앗길 바엔 먼저 덮쳐버리자. 사기를 당하기 전에 먼저 죽여버리자. 내가 피눈물 흘리기 전에 상대를 죽이면 되니까."

가노의 말에 어느 정도는 공감이 갔다.

"공무원들이 아무 노력도 안 한다고 쉽게 단정 지을 일은 아니잖아?"

"하기는 당신도 공무원이지? 내 상대는 당신 같은 하급 공무원이 아니야. 예산편성권을 손에 쥐고 있는 저 윗대가리들이지. 애초부터 국민이 피땀 흘려 낸 세금의 결실을 고작 농작물 정도로밖에 여기지 않는 놈들이잖아. 국민에게 봉사할 생각 따위는 처음부터 없었을 거야. '공(公)'이란 글자를 '사기'로 착각하는 썩어빠진 놈들이니까. 당신들처럼 자기가 착취당하는 줄도 모르는 어린양들은 그놈들하고 상대도 안 된다고."

가노는 이를 악물고 어깨를 부르르 떨었다. 속 깊은 곳에서부터 터져나오는 웃음을 꾹 참는 눈치였다.

"그놈들이 대체 뭔 노력을 했지? 일을 한다고? 그런 건 환상이야. 성선설이지. 그놈들은 처음부터 사기 칠 생각밖에 없었어. 단물만 쪽쪽 빨아먹겠단 심산으로 관공서에 들어간 거라고. 부모부터가 그 맛을 알아버렸으니 제 자식들은 진즉부터 도쿄대학에 보내려고 기를 썼겠지. 그것도 꼭 법학부로 정해놓고 오로지 관료가 되기 위해 효율적인 인생을 사는 거야. 놈들의 수법은 더럽기 짝이 없어. 나중에 깨달아봐야 그땐 늦는다고."

가노는 대체 무슨 말을 하려는 걸까. 사실은 자기도 관공서에서 일하고 싶었고, 관료가 되고 싶었지만 학력이 모자랐다는 이야기를 하고 싶은 걸까.

"요즘은 도쿄 대학 법학부를 나와도 만사형통은 아니지. 그래도 거기 들어가려면 많은 노력이 필요하잖아."

"당신 바보야? 그런 이야기를 하자는 게 아니잖아. 당신 같은 조무래기들은 그래서 안 되는 거라고!"

가노는 책상 가장자리를 쾅 치더니 의자 등받이에 몸을 기댔다.

"사실은 연금을 받는 관료 중 한 명을 골라 죽일 생각이었어. 따로 점찍어둔 사람이 있었거든. 다니가와 마사쓰구라고 후생성 사무차관까지 지낸 놈이지. 그놈은 꼭 내 손으로 죽이고 싶었는데. 그놈까지 죽였다면 난 정말 신적인 존재가 됐을 거야."

신이라니. 우리가 아는 그 신을 말하는 게 맞는지 의심스럽다.

가쓰마타는 이쯤에서 본격적인 이야기를 꺼내야겠다고 생각했다.

"그런데 말이야, 자네 꽤 자세히 알고 있군. 전 사무차관급 관료에 대해 어떻게 그렇게 자세히 알지?"

돌연 가노가 가쓰마타의 눈을 똑바로 쳐다보았다.

"요즘엔 검색만 하면 다 나오잖아?"

"너는 퇴직한 지 한참 지난 관료의 주소까지 알고 있었잖아. 길에서 마주치자마자 덮쳤다는 건 그 사람의 얼굴까지도 알았단 얘긴데. 얼굴은 어떻게 알았지?"

가노는 얕잡아보는 듯한 태도로 고개를 가로저었다.

"그거야 누워서 떡 먹기지. 지금 사는 주소든 얼굴이든 감출 방법이 없다는 걸 그놈들도 알아야 해. 그놈들이 저지른 범죄와 숨어 있는 장소, 눈에 띄지 않게 감춰왔던 얼굴도 지금은 모르는 사람이 없다고. 절대 도망치지 못해. 마녀사냥은 이미 시작됐다는 걸 알아둬야 해."

일이 꽤 순조롭게 풀린다.

"인터넷에서 찾았다는 말인가?"

"당연하지. 요즘 세상에 인터넷 없이 정보를 얻는다는 게 말이 돼?"

"구체적으로 어떤 사이트에서 찾았지?"

"잠깐, 당신은 찾아나 봤어? 전직 사무차관 주소가 인터넷에 나오는지 검색해 봤냐고."

가쓰마타는 일단 고개를 끄덕였다.

"대충 검색은 해 봤지만 먼지 한 톨 안 나오더군. 적어도 오카다 요시미나 나카타니 고헤이의 주소는 어디에도 없었어. 어쩌면 우리가 당신을 체포한 후에 관리자가 서둘러 데이터를 지웠을지도 모르지만."

그 사이트의 관리자가 가노일 가능성도 배제해서는 안 된다.

가노는 다시 어깨를 들썩이더니 천천히 고개를 흔들었다.

"신은 그렇게 허술한 방법으로 관리하지 않아. 좀 더 숭고한 이념을 갖고 정보를 관리한단 말이야. 당신 같은 아마추어가 클릭 한두 번 해서 나올 정보들이 아니야. 쉽게 얻을 수 있을 거라는 생각 자체가 잘못된 거야. 바보가 아닌 이상."

숭고한 이념? 신? 도무지 이해가 가지 않았다. 아무리 일본이 '800만 신'을 모시는 나라라지만 이렇게 같잖게 악한 신은 존재하지 않는다.

"그럼 가르쳐줘봐. 그 신은 어떤 식으로 정보를 관리하는데? 어떻게 하면 이 아마추어가 볼 수 있지?"

돌연 가노의 얼굴에서 웃음기가 싹 가셨다. 마른 곰보 얼굴에는 초점 잃은 눈빛만 남았다.

"미쳤어? 안 가르쳐줘. 너 같은 바보한테 그냥 넘겨줄 수야 없지."

젠장. 모든 것을 순순히 털어놓지는 않겠다 이건가.

야간 수사 회의가 시작되었다.

가쓰마타는 가노가 인터넷을 통해 전직 관료들의 개인 정보를 입수했다는 사실은 밝혀냈지만 구체적인 방법까지는 아직이었다.

화제의 중심은 단연 가노의 범행 전 행적이었다.

다카이도 서 강력계 수사관이 보고를 시작했다.

"가노는 10일 일요일 낮 12시 30분경, 오카다 요시미의 집에서 나와 자전거로 고마자와 공원까지 이동했습니다. 공원에서 이틀 동안 숨어 지내다가 12일 낮 1시가 지난 시각에 나카타니의 집에서 범행을 저질렀다고 진술했습니다."

그 자백을 받아낸 사람이 가쓰마타다.

"고마자와 공원에서 탐문한 결과 가노와 닮은 인물이 화단에 숨어 있었다는 목격자의 증언을 다수 확보했습니다. 오카다의 집에서 고마자와 공원까지 타고 간 자전거는 아직까지 행방이 묘연합니다. 누군가가 훔쳐 갔을 가능성을 염두에 두고 있습니다. 고마자와 공원에서 나카타니의 집까지는 가노가 진술했듯이 고마자와 공원 주차장에서 훔친 자전거로 이동한 것으로 보입니다. 다마가와 서에 도난 신고가 들어와 있었습니다."

가노는 범행 현장 두 군데를 훔친 자전거를 타고 이동했다. 피 묻은 옷이 사람들 눈에 띌 것을 우려해 도중에 주택가 빨래 건조대에서 셔츠를 훔쳐 입었다고도 진술했다. 또한 나카타니의 집에서 범행을 저지르기 직전, 입고 있던 옷을 벗었다가 범행이 끝난 후 다시 입고 도망갈 생각이었다고 했다. 하지만 운 나쁘게도 경찰에게 발각되어 현행범으로 체포되었다.

범행 전후 행적 보고에 이어서 본부의 사이버 범죄 수사대가 보고를 시작했다.

"현재 압수한 가노의 컴퓨터를 분석하고 있습니다. 가노가 범행 직전 데이터를 삭제하고 디바이스도 부분적으로 파괴해서 분석이 어렵습니다. 복구하는 데 많은 시간이 소요될 것으로 예상합니다."

관리관이 마이크를 잡았다.

"시간은 걸리지만 복구는 가능하단 말인가?"

사이버 범죄 수사대 수사관은 손에 쥐고 있던 자료에서 눈을 뗐다.

"시스템상으로 데이터를 삭제해도 하드디스크를 초기화시키지 않았다면 삭제 데이터는 남습니다. 모든 수단을 동원해서 그 내용을 읽어내는 작업을 하고 있습니다. 카세트테이프를 떠올려 보시면 이해가 빠르실 겁니다. 테이프의 라벨을 벗기고 새로

녹음해도 먼저 녹음되어 있던 내용을 삭제하지 않으면 원래의 음원이 남습니다. 같은 원리가 컴퓨터에도 적용됩니다. 덮어쓰기를 하기 전에는 파일의 라벨만 벗겨진 상태로 데이터 자체는 남아 있습니다. 당연히 가노는 그 사실을 알고 하드디스크 자체를 파괴해 데이터를 모조리 지우려 했던 것 같습니다. 하지만 전체가 파괴되지는 않았기 때문에 시간은 좀 걸려도 복구 가능성이 있다는 것이 저희 의견입니다."

수사관이 설명을 어렵게 한 건지, 내 이해력이 낮은 건지 모르겠지만 복구 가능성이 있다는 말만큼은 알아들었다.

얌전히 기다리는 수밖에 없다.

가쓰마타는 얼마 전까지만 해도 컴퓨터 관련 수사는 직접 나서지 않고 꼼수를 부려 다쓰미 게이치에게 부탁했다. 그러나 3년 전, 무슨 문제를 일으켰는지 다쓰미는 이타바시 구 다카시마다이라 창고 거리에서 조직폭력배가 휘두른 흉기에 찔려 사망했다.

요즘 같은 세상에 해커 한두 명 정도 똘마니로 거느리지 않으면 갑자기 일이 터졌을 때 난감하기 짝이 없다. 가쓰마타는 다쓰미가 죽은 후 그 자리를 대신할 사람을 급히 물색했다. 겨우 찾아낸 인물이 바로 이 남자였다.

안도 도마, 뒷골목에서는 '신노'로 통한다.

물론 집 앞 문패에는 '안도'라고 적혀 있다.

"누구세요?"

"나야, 문 열어."

낡은 주거 단지의 두꺼운 철문이 조금 열렸다. 남자는 문틈으로 갸름하고 창백한 얼굴을 내밀었다. 서른아홉 살이란 나이에 비해 꽤 어려 보인다.

"왜 그래? 빨리 열어."

문에는 아직 체인이 걸려 있었다.

"가쓰마타 씨, 제발 부탁입니다."

"뭐야, 여자라도 있어?"

아래를 보니 안도는 달랑 팬티 한 장만 걸치고 있었다.

"전화 정도는 하고 오셔야죠."

"나도 급해서 그래. 너 일하는 동안 내가 그 여자랑 놀아줄게. 어쨌든 이 문부터 열어. 내가 여기 이렇게 우두커니 서 있는 걸 누가 보기라도 하면 어쩔 거야."

안도는 일단 문을 닫았다가 체인을 풀고 다시 열었다.

"들어오세요."

예상대로 화장품과 담배, 땀과 산화된 체액 냄새가 한데 뒤섞여 악취가 진동했다.

"잠깐 실례."

집 안은 주방, 침대 방, 다다미방이 한 칸씩 있었다. 침대 방은 컴퓨터 방으로 사용하고 다다미방은 이부자리를 깔아 침실로 쓰고 있었다. 다다미방에 미닫이문이 없어서 여자가 당황하며 속옷을 챙겨 입는 모습이 훤히 보였다.

가쓰마타는 부랴부랴 브래지어를 채우는 여자의 뒤에 섰다.

"만 엔에 나랑 한번 어때?"

여자는 금발에 가까운 머리카락을 쓸어 올리더니, 돌아서서 가쓰마타의 뺨을 올려붙이려 했다. 하지만 쉽게 당할 그가 아니었다. 아픈 건 질색이다.

여자의 손이 뺨에 닿기 직전 가쓰마타는 가느다란 손목을 붙잡았다.

"사람을 어떻게 보고."

외모만 봐서는 몰랐는데 말투를 들어보니 일본인이 아니었다. 한국보다는 중국, 대만 쪽 사람 같았다.

"이런, 이리 와."

가쓰마타가 손목을 놓아주자 여자는 다다미에서 옷을 주섬주섬 챙겨 들고 안도 곁으로 달려갔다. 안도가 중국어 같은 말을 몇 마디 건네자 여자는 스커트를 입고 블라우스를 걸치며 고개를 끄덕였다.

꽤 괜찮은 여자였다. 엉덩이도 예쁘고 등도 곧게 뻗어서 보기 좋았다. 얼굴도 매력적이었다. 고양이 같은 눈매와 조금 두꺼운 입술이 무척 섹시해 보였다. 뒤에서 확 덮치고 싶은 충동이 일었다.

"그럼 안녕."

그녀는 안도에게 귀엽게 손을 흔들더니 가쓰마타에게는 가운뎃손가락을 쳐들었다. 상관없었다. 확 끌어안고 멈춰달라고 울면서 빌 때까지 괴롭혀주고 싶었다.

"가쓰마타 씨, 그거 섰는데요."

"이래 봬도 나이치고는 아직 쓸 만하거든."

안도는 어이가 없다는 표정을 짓더니 안방 건너편에 있는 문을 열고 들어갔다. 화장실이었다. 끈적끈적해진 사타구니라도 씻으려는 걸까.

가쓰마타도 방으로 따라 들어가 컴퓨터가 놓인 널찍한 책상 위를 둘러보았다. 모니터 네 대, 키보드 두 개, 타워형 본체가 다섯 대였다. 접혀 있는 노트북도 별도로 세 대나 있었다. 노트북 위에 카멜 담뱃갑이 놓여 있었다. 가쓰마타는 담배를 한 대 집어 입에 물었다.

담배를 다 피울 때쯤 반바지 차림의 안도가 나타났다.

"무슨 일입니까, 다 늦은 시간에?"

"너 이 자식, 아니꼽게 굴 입장이 아닐 텐데. 이노마타 조직이랑 문제가 생겼을 때 해결해준 게 누구였지?"

"아, 예예, 어련하시겠습니까."

안도는 도리가 없다는 듯 한숨을 내쉬며 책상 가운데 놓인 의자에 앉았다. 가쓰마타에게는 옆자리를 권했다.

"오늘은 뭘 조사해드릴까요?"

"우선 본부 데이터베이스에 접속해봐."

안도가 눈을 치켜떴다.

"그게 아니라 뭘 조사하고 싶은지 물은 겁니다. 저도 무턱대고 경시청 본부를 해킹하고 싶지 않거든요. 어디서 덜미를 잡힐지 모른다고요."

"그렇게 간이 콩알만 해서 뭘 조사한다는 거야."

"정확한 용건을 말씀하세요. 지난달 말까지의 데이터는 이 서

버에 복사해놔서 다시 해킹 안 해도 돼요. 근데 가쓰마타 씨, 왜 저한테 일일이 조사를 시키시죠? 경위잖아요. 본부에서 정식 절차를 밟아 조사하면 편할 텐데."

"피치 못할 사정이 있어서 그래."

담당도 아닌 사건을 자신의 아이디로 접속해 조사했다가는 문제만 복잡해진다. 가쓰마타는 그런 아마추어 같은 짓은 하고 싶지 않았다.

"시끄럽고. 어서 움직이기나 해. 그 서버에 저장해놓은 거라도 상관없으니까 최근 20년 동안 공공 기관에서 사무차관으로 일했던 사람, 아니면 비슷한 위치에 있던 사람들이 사건에 휘말려 피해를 입은 건이 얼마나 되는지 모조리 찾아봐."

안도는 한숨을 푹 쉬며 고개를 끄덕였다. 마우스를 움직여 창을 몇 개 띄우더니 키보드로 단어를 입력했다. 가끔은 알파벳과 숫자를 조합해 의미 모를 문자열도 넣었는데 비밀번호인지, 일반인은 모르는 특수 명령어인지 가쓰마타가 볼 때는 도무지 알 길이 없었다.

10초 정도 지나자 처음으로 한 건이 검색되었다. 18년 전, 시나가와 역사에서 발생한 상해 사건으로 최근 사건과는 관련이 없었다.

"너 이 자식, 이건 전직 사무차관이 일으킨 사건이잖아!"

"키워드 검색만 갖고는 사건을 일으킨 사람까지 구별하기 어려워요."

바로 다음에 뜬 것은 오토모 신지가 일으킨 나가쓰카 살해 사건이었다.

"아는 사건이니까 다음으로 넘어가 봐."

그 후에도 몇 건의 사건이 화면에 떴지만 근래에 일어난 사건들과는 전혀 연관성이 없는 것뿐이었다. 관료가 저지른 사건이거나 피해를 입었다고 해도 교통사고 정도였다. 그나마 심각하다는 게 현역 관료가 전철 안에서 남자의 사타구니를 더듬다가 체포된 사건이었다.

"어지간히도 스트레스가 쌓였나 보죠. 쯧쯧."

"헛소리 그만하고 빨리 다른 사건이나 찾아봐."

드디어 구미가 당기는 사건이 나왔다.

"바로 이런 거야, 이런 거! 좀 자세히 보여줘."

7년 전 1월, 관료는 아니지만 전 조요 신문사 기자 가와카미 노리유키가 외무성 직원인 마쓰이 다케히로를 살해했다. 처음에는 마쓰이를 덮쳐 중상을 입혔다가 그 후 마쓰이가 입원해 있는 병실에 숨어들어 숨통을 끊었다. 몹시 집요한 범죄였다. 가와카미는 마쓰이에게 깊은 원한을 품고 있었던 모양이다.

"잠깐 기다려봐. 이 사건은 좀 더 들여다봐야겠는데. 수사에 참여했던 사람도 다 나오나?"

당시 수사 관련자의 이야기를 들어보면 의외로 이번 사건과 연관된 단서가 나올 확률이 높았다.

"네, 그러네요."

실로 흥미를 끄는 이름이 리스트에 떴다.

구라타 슈지 경위.

하나뿐인 아들이 살인을 저질러 경시청을 그만둔 사연이 있는 남자다. 게다가 가쓰마타는 최근에 어떤 자료에서 구라타의 이름을 보았다.

생각지도 못한 수확이었다.

7

구라나는 경비 회사의 기숙사로 돌아왔다.

"어서 오세요, 구라타 씨. 근무 끝나셨군요."

같은 방을 쓰는 시미즈가 바닥에 누워 텔레비전 뉴스를 보고 있었다. 4인실은 좌우에 2층 침대가 있고 그 사이는 통로라서 바닥이 비어 있다. 텔레비전은 안쪽 창가에 설치한 선반 위에 놓여 있었다.

세 명의 룸메이트는 모두 구라타보다 어렸지만 다른 방에는 5, 60대 사람들도 많았다. 이 기숙사도 어찌 보면 사회의 축소판이다. 무료로 숙소까지 제공해주니 바깥 사회보다는 훨씬 낫다고 해야 할까.

세상에는 대학을 졸업하고도 원하는 직장을 구하지 못하는 사람이 수두룩하다. 계약직으로 먹고살던 사람들은 직업을 잃는다. 정년까지 일하지 못하고 회사에서 해고된 중년들은 갈 곳을 잃고 여기저기 헤맨다. 이런 상황에서 소위 낙하산이나 줄타기 인사, 몇 천만 엔의 퇴직금 같은 이야기를 듣고 자포자기 심정으로 모조리 다 죽여버리겠어, 하고 폭주하는 사람이 한둘 나온다 해도 그다지 이상한 일도 아니다.

"보이스피싱 사기가 끊이지 않고 있습니다. 각별한 주의를 당부드립니다. 방금 들어온 뉴스입니다. 이달 4일, 도쿄 도 세타가야 구 산겐자야 노상에서 일어난 기업체 임원 나가쓰카 도시카즈 씨 살해 사건 용의자로 보이는 사람이 방금 전 경시청 세타가야 서에 출두했습니다."

구라타는 리모컨을 들고 채널을 돌리려는 시미즈를 황급히 말렸다. 화면에는 경찰서 앞에 서 있는 와이셔츠 차림의 기자가 나오고 있었다.

"오모리 기자, 출두한 용의자는 어떤 사람입니까?"

"용의자는 현재 세타가야 서에서 조사를 받고 있습니다. 용의자의 이름이나 신상에 대한 발표는 아직 없었습니다."

"용의자가 한 말이 사실이라면 산겐자야 사건과 마쓰노키, 가키노키자카 사건은 동일범의 소행이 아니라는 말이군요."

"그렇습니다. 용의자 가노는 현재 경시청 스기나미 서에 구류되어 있습니다. 따라서 세타가야 서에 출두한 사람은 전혀 다른 인물입니다."

"알겠습니다. 새로운 정보가 들어오는 대로 전해주십시오."

세타가야 사건은 다른 인물의 소행이었다.

다음 날은 출근 전과 점심시간에 틈틈이 텔레비전 뉴스를 보기는 했지만 세타가야 사건 속보는 나오지 않았다. 퇴근 후 기숙사로 돌아오니 시미즈가 어제와 같은 방송을 보고 있었다. 5분이 채 지나지 않아 세타가야 사건 관련 보도가 나왔다.

"어제 경시청 세타가야 서에 출두한 산겐자야 기업체 임원 살해 사건의 용의자 이름이 경찰 조사를 통해 밝혀졌습니다."

아나운서 뒤로 남자의 얼굴 사진과 이름, 나이가 나왔다.

　　용의자 시다 마사유키(회사원/51세)

둥근 얼굴에 정수리의 머리숱이 적고 수염을 덥수룩하게 기른 남자였다.

"용의자 시다는 나가쓰카 도시카즈 씨 살해 혐의를 자백했다고 합니다. 경찰서에 나가 있는 오모리 기자에게 자세한 소식을 들어보겠습니다. 오모리 기자!"

"네. 오모리입니다. 저는 지금 세타가야 서 앞에 있습니다."

어제와 동일한 보도 기자였다.

"나가쓰카 씨를 살해한 혐의 외에 용의자 시다의 다른 발언은 없었습니까?"

"용의자 시다는 지금도 계속 조사를 받고 있습니다. 21년 전 비가열 혈액제제를 투여받은 부인이 바이러스에 감염되어 6년 전 간경화로 사망한 것이 범행 동기였다고 합니다. 그 일로 전후생성에서 당시 약사국장을 지낸 나가쓰카 씨에게 원한을 품었다는 진술을 했다고 합니다. 범행 후 정확히 2주가 지난 뒤 자진해서 출두한 이유에 대해서는 마쓰노키, 가키노키자카 사건으로 체포된 용의자 가노가 자기가 지은 죄까지 덮어쓰는 게 미안해서라고 자백했습니다."

이번에도 보복 사건이다.

"최근에 이런 사건이 연속해서 일어나고 있습니다. 용의자 시다와 방금 거론된 용의자 가노 사이에 연관성은 없습니까?"

스튜디오의 아나운서가 물었다.

"현재 경찰도 수사의 초점을 그쪽으로 맞추고 있지만 두 용의자 사이의 접점을 찾지는 못한 모양입니다."

"알겠습니다. 오모리 기자, 고맙습니다."

그 후 뉴스는 게릴라성 집중호우 이야기로 바뀌었다.

나가쓰카 사건의 피의자 체포일로부터 사흘이 지난 밤 일이다.

평소처럼 빌딩 입구에서 경비를 서고 있는데 그다지 키가 크지 않은 땅딸막한 남자가 자동문으로 들어왔다. 옅은 회색 정장 차림에 셔츠는 단추를 두 개나 풀고 웃옷은 접어 왼손에 들고 있었다. 이 빌딩에는 유명 드러그스토어* 도쿄 본점과 소형 출판사, 인재 파견 회사가 입주해 있다. 저런 차림의 손님은 어디에도 어울리지 않았다. 더운 날씨에도 불구하고 입주 회사 사원들의 복장은 깔끔했다.

남자는 안내 데스크를 지나 바로 내빈 카드 기입처로 향했다.

---

* 드러그스토어(ドラッグストア): 일반 의약품을 중심으로 건강, 미용에 관한 상품과 각종 생필품 등을 판매하는 상점.

첫 방문이 아닌지 행동에 거리낌이 없었다.

그 뒷모습을 보고 있자니 불현듯 구라타의 머릿속 저편에 있던 한 기억이 떠올랐다. 아는 사람이다. 구라타는 이 사람을 알고 있었다. 아마 경시청 시절에 알고 지낸 사람일 것이다. 경찰관이었나. 그렇다면 납득이 간다. 형사가 단정하게만 하고 다니지는 않는다. 일부러 흐트러진 옷차림을 하고 다니면서 친근감이 들게 연출하는 경우도 있고 반대로 거북한 인상을 주는 사람도 있다.

남자는 작성을 마친 내빈 카드를 오른손에 들고 구라타를 향해 고개를 돌렸다. 나무나 바위에 생긴 균열처럼 갈라진 가느다란 눈이 어디를 보는지 도통 알 수가 없었다. 입술은 바짝 말랐고 핏기도 없었다. 나이는 50대 후반 정도로 보였다.

생각났다. 희미한 기억 속에서 일순 한 형체가 떠올랐다. 그 사람이다.

"구라타, 오랜만이군."

남자가 내민 내빈 카드에는 바로 그 이름이 쓰여 있다.

가쓰마타 겐사쿠 경시청 경위. 수사 1과 소속. 방문 회사와 부서 칸에는 '구라타 슈지'라고 적혀 있었다.

"잘 지냈습니까."

가쓰마타와 같은 부서는 아니었지만 에바라 서에 있을 때 딱 한 번 함께 강간 살인 수사를 맡았다. 벌써 17, 8년 전 일이지만 그 후에도 종종 소식은 들었다. 좋은 소식과 그렇지 않은 소식 반반이었다.

"오늘 일은 몇 시에 끝나나?"

작은 균열 속에서 검고 탁한 눈동자가 구라타를 정면으로 응시했다.

"대개 6시 반에는 퇴근하죠."

"나랑 얘기 좀 하지. 술 한잔하러 가지 않겠나?"

옆에서 보면 옛날 동료라기보다 징역을 살다 나온 전과자와 그를 체포했던 형사의 재회처럼 느껴질지도 모른다. 안내 데스크의 여직원 두 명이 미심쩍다는 눈길로 그들을 흘깃거렸다.

"알았습니다. 그럼 어떻게 만날까요?"

"거기에 쓰여 있는 번호로 연락해. 근처에서 시간 때우고 있을 테니까."

폼 잡는 건가. 가쓰마타는 발길을 돌리며 어깨 너머로 손을 흔들었다.

근무를 마치고 관리 사무소에 퇴근 인사를 했다. 건물 안에 있는 공중전화로 가쓰마타에게 전화를 걸었다.

"여보세요. 구라타입니다."

"뭐야, 휴대전화 없나?"

"별로 필요하지 않아서요. 지금 일 끝나서 나가려는 참입니다."

"그 건물 건너편에 '지도리아시'라는 술집이 있더군. 거기로 오지."

"알았습니다."

건물 뒤편 관계자용 출입구로 나와서 큰길 쪽으로 난 골목으로 걸어갔다. 빌딩 숲 사이로 보이는 해 질 녘 하늘은 아득하게 만 느껴졌다. 거리는 어느새 오가는 차들의 헤드라이트 불빛으로 물들어 가고 있었다.

오른쪽에 보이는 횡단보도로 걸어갔다. '지도리아시'는 바로 건너편 건물 2층에 있었다. 가쓰마타와 꼭 닮은 남자가 창문에 어른거렸지만 확실치 않았다.

전조등을 켠 차 몇 대가 사거리에 멈춰 섰다. 횡단보도 신호 등에 파란불이 들어왔다. 신호등 소리를 들으며 '지도리아시' 를 향해 걸음을 떼었다. 창문 쪽에 앉아 있던 남자는 짐작대로 가쓰마타였다. 구라타를 줄곧 주시하고 있었던 모양이다.

계단 위에 있는 출입문을 열고 들어갔다.

"어서 오세요. 한 분이세요?"

"아뇨, 일행이 있습니다."

망설임 없이 창가 자리로 갔다. 가쓰마타는 재떨이에 담배를 비벼 끄면서 구라타를 비스듬히 올려다보았다.

"우선 주문부터 하지. 맥주 괜찮나?"

오늘은 비번인지 테이블 위에는 술병과 잔이 놓여 있었다.

구라타는 가볍게 목례를 한 후 맞은편 자리에 앉았다.

"네, 맥주로 하죠."

"어이, 아가씨! 여기 주문 좀 받아."

술집 안은 한산했다. 커플이 앉아 있는 맞은편 테이블을 제외 하고는 빈 테이블에 메뉴판만 가지런히 놓여 있었다.

가쓰마타가 중간 크기 생맥주와 몇 가지 요리를 주문했다. 무슨 안주를 먹겠냐고 묻기에 계란말이면 된다고 했다.

얼마 지나지 않아 주문한 생맥주가 나왔다.

"뭐, 건배나 할까?"

"네, 오랜만입니다."

구라타는 잔을 들어 가쓰마타의 넘실거리는 술잔에 가볍게 부딪쳤다.

한 모금 마시고는 숨을 내쉬었다. 실은 무슨 맛인지 조금도 느껴지지 않았다. 가쓰마타의 의도를 파악하지 못해 기분이 영 찜찜했다.

"이 일은 언제부터 한 건가?"

가쓰마타가 완두콩 껍질을 앞니로 벗기며 물었다.

"6년 전부터요."

"그럼 경찰을 관두고 얼마 지나지 않아서군."

"네."

"그랬군."

가쓰마타가 고개를 끄덕이며 완두콩 껍질을 빈 접시에 내려놓았다.

구라타는 창밖을 내려다보았다. 지하철역을 향해 걸어가는 셔츠 차림의 회사원들이 눈에 들어왔다. 넥타이를 풀어 헤치고 부채를 펼쳐 쥐고 다니는 사람이 많았다.

"경비원은 한 달에 얼마나 벌어?"

고작 이런 걸 물으려고 여기까지 찾아왔을 리 만무하다. 하지만 여기서 조바심을 내봐야 자기만 손해다.

"12만, 13만 엔이면 많이 받는 편이죠."

"에계? 집세랑 식비로 쓰고 나면 남는 게 없잖아."

"회사 숙소에서 지내니까 집세는 공짜나 마찬가지입니다."

"그렇군."

가쓰마타의 말을 액면 그대로 받아들여서는 안 된다. 구라타가 기숙사에서 생활한다는 사실쯤은 이미 알고 있으면서 모르는 척하는지도 모른다.

"살인범 자식을 뒀으니 사쿠라다몬에서 지내기는 힘들었을 테지."

조용히 고개를 끄덕이자 가쓰마타가 말을 이었다.

"성인이었으면 나 몰라라 하기라도 했을 텐데 범행 당시 고작 열여덟 살이었으니 말이야. 가정교육을 잘못했다는 둥 부모 노릇을 들먹이면서 여러 말에 이렇다 할 변명도 못 했을 테고."

"그렇죠. 살인자 아비가 살인 사건을 수사한다는 것도 도리에 어긋나고."

"뭐, 절대 안 되는 건 아니지."

가쓰마타가 한쪽 뺨을 올리며 씁쓸한 미소를 지었다.

"그럴까요? 세상 사람들이 용서치 않을 겁니다."

"곰곰이 생각해보면 말이야. 도둑을 가장 잘 아는 게 누구겠어, 같은 도둑 아냐? 치한의 기분을 가장 잘 아는 건 다른 누구보다 그 패거리고. 살인도 마찬가지야. 살인자의 기분은 살인자가 제일 잘 알 테지. 안 그런가?"

대화의 방향이 이상한 쪽으로 흐른다. 이제야 감이 잡힌다.

가쓰마타가 무슨 이야기를 하려는지 드디어 읽힌다.

"무슨 말을 하는지 모르겠군요."

"평범한 부모보다는 살인범 자식을 둔 부모가 살인자의 기분을 잘 알 거라는 얘기야."

"그런가요. 나에게는 그렇게 간단한 문제가 아닙니다. 난 내 아들의 심정을 아직도 전혀 모르겠으니까요. 그저 아비 된 자로서 부끄러울 뿐이죠."

가쓰마타가 테이블 끝에 놓인 담배 쪽으로 손을 뻗었다.

"살인자도 여러 종류가 있다, 이해할 만한 쪽과 이해할 수 없는 쪽이 있는 거다, 이 말인가?"

"하고 싶은 말이 뭡니까."

세븐스타를 한 개비 물고 불을 붙였다. 퍼져 나온 담배 연기가 천장에 달린 환기구로 곧장 빨려 들어간다.

"구라타, 자네 7년 전 1월에 마쓰이 다케히로라는 외무성 직원이 살해당한 현장에 있었지?"

본격적인 이야기로 접어들었다.

"무슨 말이죠?"

"얼버무릴 생각 말게. 7년 전 1월 16일 화요일, 오후 2시 30분쯤 범인 가와카미 노리유키로 보이는 남자가 병원 앞 광장 벤치에서 중년 남성과 이야기하고 있었다는 증언이 본부 수사 자료에 남아 있어. 나중에 설치된 합동 수사본부에서도 몇 번이나 얘기가 나왔다지, 범행 직전에 가와카미와 이야기했다는 중년 남성이 누구냐고. 합동 본부에는 물론 수사 1과 사람들도 많았어. 중년 남성의 특징이 나오자 자네 이름이 거론되었지. 하지만 결국 아무도 자네를 조사하지 않았어. 당시 가와카미가 자네 사진을 보고도 모르는 사람이라고 딱 잡아뗐으니까."

가쓰마타는 담배를 한 모금 더 빨더니 연기를 훅 내뿜었다.

"수상한 건 그뿐이 아니지. 가와카미는 어떻게 마쓰이가 입원한 병실을 알았을까. 그놈이 접수처를 지나 거침없이 마쓰이의 병실로 들어가는 장면이 감시 카메라에 찍혔어. 마쓰이가 있는 병실을 누군가가 가와카미에게 알려줬겠지. 수사 1과 사람들은 그게 자네였다는 것도 대충 짐작했을 거야. 하지만 굳이 조사하지는 않았어. 가와카미가 마쓰이를 살해한 사건은 자네와 상관없이 기소할 수 있었고 실제로 재판도 순조롭게 진행됐으니까. 경시청에서도 살인범 아들 탓에 퇴직한 경찰관이 사건에 연루됐다는 사실은 딱히 밝히고 싶지 않았겠지. 지금 가와카미는 구치소에서 사형 판결을 기다리고 있어. 그놈은 자네 이름을 끝까지 말하지 않고 목숨을 내놓을 생각인가 보더군."

물감이라도 칠한 걸까, 빛깔이 선명한 노란색 계란말이가 탁자에 놓였다.

"이제 와서 나도 마쓰이 사건을 어떻게 할 생각은 아니야. 오히려 자네 본성을 알게 되어 기뻤네."

본성이라니 무슨 말일까.

"자네와 함께 맡았던 16년 전 6월 강간 살인 사건의 범인은 야마베라는 변태였지."

역시 가쓰마타다. 기억력 한번 끝내주는군.

야마베 겐이치는 강간 상습범이었지만 사람을 죽인 것은 처음이었다. 잔인하게 흉기를 휘둘렀다. 피해 여성 중에는 사건 후 자살한 사람까지 나왔다.

수사본부는 야마베 겐이치가 이바라키 현에 있는 자택 창고에 숨어 있다는 사실을 알아내 현장을 포위한 뒤 범인을 설득하려 했지만 야마베는 반항했고 끝내 강제로 진입해 체포하기에 이르렀다.

"그 창고는 의외로 넓었어. 2층인 데다 복층 구조였던가, 어디서 야마베가 튀어나올지 몰라 조마조마했지. 지하에 있는 술독인가 된장독인가에 숨어 있던 야마베를 찾아낸 건 자네였어."

굳이 다시 이야기해주지 않아도 그때의 광경이 또렷하게 뇌리에 남아 있다.

"우리가 달려갔을 때 자네는 야마베에게 총을 겨누고 있었네. 아니, 총알을 장전한 총을 야마베의 입속에 쑤셔 넣고 있었지. 이제 와서 얘기지만 경찰이 할 행동은 아니었어, 야쿠자라면 또 모를까. 까딱 잘못해서 방아쇠라도 당겨졌으면 어쩔 뻔했나. 돌이킬 수 없는 일이 생겼을 거야. 야마베는 한 방에 골로 가버렸을 테니까."

그 당시에는 진심으로 야마베를 죽여야 한다고 생각했다.

"자네는 내게 아주 깊은 인상을 남긴 형사였어. 기억하나, 우리가 말렸을 때 자네가 했던 말? 사람을 한 명이라도 죽였다면 당연히 사형에 처해야 한다고 했지."

어렴풋하지만 그런 말을 했던 것 같다.

"나도 형사 노릇을 꽤 해봐서 아는데, 사람을 죽였는지 안 죽였는지는 그놈 눈을 보면 대강 감이 와. 눈 속에 답이 있으니까. 둘이나 셋을 죽여놓고도 까맣게 잊은 것처럼 평범하게 사는 놈도 있긴 하지만 그런 놈은 극히 드물어. 살인이라는 건 대체로 사람의 마음을 미치게 만들거든. 쾌락을 느끼는 놈, 공포에 떠는 놈, 후회로 미쳐버리는 놈, 여러 경우가 있지만 상황이 바뀌기를 바라는 게 정상이지. 그게 인간이란 서야."

가쓰마타는 술병을 기울여 술을 넘실넘실 따르더니 입안에다 한 모금 털어넣었다.

구라타도 맥주를 한 모금 마셨다. 맥주는 여전히 차가웠고 탄산도 아직 남아 있었다.

가쓰마타가 입술을 오므리며 말을 이었다.

"거참, 이상한 일이지. 경찰 중에도 그런 눈을 한 놈들이 몇 명 있단 말이야. 사람을 죽였다는 게 아니라 여차하면 죽일 것 같은 놈, 살인을 마다하지 않을 것 같은 눈을 가진 놈이라고 해야 하나."

가쓰마타는 다시 술잔을 입가로 가져가서 한 모금 마셨다.

"히메카와 레이코라고 아나? 자네가 퇴직한 직후에 본부로 뽑혀 올라온 살인범 수사계 여주임인데."

놀라지 않았다면 거짓말이다. 사실 레이코라는 이름이 이 시점에 나올 줄은 상상도 못 했다. 하지만 이 정도는 괜찮다. 얼굴에도 당혹감을 드러내지 않았다.

이번에는 고개를 애매하게 갸웃거리며 넘겼다.

"그 여주임이 말이야, 당장이라도 누구 한 명 죽일 것 같은 눈빛을 가졌더라 이거야. 예전의 자네처럼 말이지."

그것뿐인가. 고작 그 말을 하려고 레이코의 이름을 꺼냈나.

가쓰마타가 다시 잔을 채우고 나니 술병이 비었다. 그는 추가 주문은 하지 않았다.

"구라타, 자네는 최근에 일어난 관료 살해 사건을 어떻게 생각하나?"

이번에도 이야기의 핵심을 파악하기 어렵다.

"산겐자야와 가키노키자카 사건 말입니까."

"그래. 산겐자야 사건의 범인은 시다 마사유키, 가키노키자카 사건의 범인은 가노 히로미치. 시다는 51세 전직 회사원, 가노는 25세 백수. 범행 동기도 아예 달라. 시다는 약해 에이즈로 죽은 부인의 원한을 갚겠다는 거였고 가노는 관료를 죽이면 세상을 바꿀 수 있다고 착각하고 있지. 어때, 두 놈에게 연관성이 있어 보이나?"

왜 이런 질문을 하는지 가쓰마타의 의도가 궁금하다.

"글쎄요, 잘 모르겠는데……."

"그럼 하나 더. 마쓰이 사건도 생각해 보겠나? 범인이었던 가와카미는 마쓰이가 자신에게 치한 누명을 씌워서 개인적으로 원한을 품었지만 외무성 자체를 증오하는 마음도 있었어. 이 세 사건, 마쓰노키 살인미수 사건까지 포함하면 총 네 건. 이 사건들을 볼까? 죽은 사람만 원한을 샀던 게 아니야. 그 배후에 있는 정부 부처, 관료 제도까지, 모든 것이 살의의 대상이었지."

구라타도 생각한 바 있었다. 실은 뉴스를 접하면서 이 사건은 테러에 가깝지 않나 의심하긴 했다.

"어떻게 생각해? 7년이라는 공백 기간이 있지만 관료 시스템에 대항하는 세 건의 살인 사건과 살인미수 사건, 아직 조사를 안 해서 그렇지 과거에도 비슷한 사건이 있었을지 모르고."

구라타는 일부러 가쓰마타의 눈을 똑바로 쳐다보았다.

"그게 뭐 어쨌다는 겁니까?"

가쓰마타는 엷은 웃음을 띠며 대답했다.

"딱히 어쨌다는 게 아니라 그냥 자네라면 관심을 가질 것 같아서. 그뿐이네."

빤한 거짓말이다. 분명히 다른 이유가 있을 것이다.

8

하야마는 줄곧 오카다 요시미의 주변 인물을 탐문했다.

오카다는 농림수산성에서 퇴직한 후 일본경마협회 부사장을 거쳐 재단법인 전국낙농가협회 회장직을 역임했다. 오늘은 최근 오카다의 행적 조사를 위해 협회 본부가 있는 오테마치까지 왔다.

1과의 나카모리가 오른손으로 해를 가리며 눈앞의 빌딩을 올려다보았다.

"건물이 아주 그럴듯하군."

"그러게요."

짙은 팥죽색 대리석 외벽에 주변 빌딩의 그림자가 검게 드리워져 있었다. 평범한 영리기업과는 달리 묘한 위압감이 느껴졌다. 박력이 느껴진다는 표현이 어울릴지도 모른다. 공익법인이 이렇게 힘 있는 조직이었던가.

입구 정면의 황금색 안내판에는 17층짜리 건물에 입주한 단체명이 나열되어 있었다. 예상대로 대부분 공익 재단법인과 공익 사단법인이었다. 안내 데스크에 예약했다고 말하자 7층으로 올라가라고 했다.

엘리베이터를 타고 올라가 7층에 내리자 미리 대기하고 있던 여직원이 응접실로 안내했다. 10분 정도 기다리니 총무경리과의 마스타니라는 남자가 나타났다.

형식적으로 명함을 교환하고 조의를 표한 후 각자 자리에 앉았다.

언뜻 보아도 마스타니의 얼굴에서는 비통함이나 추도의 기색이 전혀 느껴지지 않았다.

"저희 협회는 전국 낙농가 단체, 즉 지정 생유 생산자 단체로 구성되어 있습니다. 낙농 기술을 지도하는 단체죠."

그 정도는 이미 조사해서 알고 있다.

"근래 오카다 회장은 어떻게 지냈습니까?"

나카모리가 물었다.

마스타니는 여전히 아무런 표정 변화 없이 대답했다.

"전심전력으로 업무를 처리하셨습니다."

"구체적으로 무슨 일을 하셨습니까?"

"주로 전국의 가맹단체 대표와 회합을 한다든가 회의에 참석하셨습니다."

"매일 말입니까?"

"아뇨. 매일은 아니었습니다."

"그럼 얼마나 자주였습니까?"

"그건 매달 달라서 한마디로 말씀드리기는 어렵습니다."

"지난달 7월에는 어떻게 지내셨죠?"

"7월은 특별한 일이 없었습니다."

"네?"

하야마와 나카모리는 깜짝 놀라 동시에 입을 모아 물었다.

"한 달 동안 아무 일도 없었단 말입니까?"

"그런 달도 가끔은 있습니다."

"그런 달은 한 달간 아무 일도 안 한다는 겁니까?"

"아뇨, 전심전력으로 업무에 매달리셨지요."

"아니, 방금 그 토론이나 회의 같은 업무가 7월 한 달간 없었다고 하셨지 않습니까."

"네. 그 업무는 없지만 그것 말고 사소한 업무가 있으니까요."

"어떤 일입니까?"

"지금 당장은 구체적으로 말씀드리기가 어렵습니다."

20분 정도 이야기가 오갔지만 마스타니는 시종일관 이런 태도로 대답했다.

최근 오카다 회장에게 달라진 점은 없었는지, 협박성 전화나

팩스, 메일은 없었는지, 누군가에게 미행을 당하거나 개인 정보
가 유실되거나 유출되지는 않았는지……. 그 모든 질문에 마스
타니는 그저 모르쇠로 일관했다. 화가 난 나카모리가 결국 언성
을 높였다.

"대체 당신이 아는 게 뭡니까!"

그제야 마스타니는 잠시 망설이는 듯하더니 슬쩍 속내를 털
어놓았다.

"실은 회장님을 최근 3개월간 만난 적이 없습니다."

20분 동안 들은 말 중에서 가장 명쾌한 대답이었다.

오카다의 주변 인물들을 탐문하는 내내 협회 관계자뿐 아니
라 대부분의 사람들이 비슷한 반응을 보였다. 긴자의 술집, 자
주 가는 낚시터, 경마 애호회에서도 "별로 변한 점은 없었다.",
"평소와 같았다."라는 대답만 돌아왔다. 하야마와 나카모리는
회의에 보고할 자료가 거의 없는 셈이었다.

"이상 다섯 개 조직 관계자와 면담을 했지만 이렇다 할 정보
는 얻지 못했습니다."

보고를 마치고 자리에 앉으려는 나카모리에게 누군가가 비
아냥거렸다.

"재수 없게 탐문 걸렸다고 대강 해치운 거 아냐?"

나카모리는 소리가 난 쪽을 노려보았다. 상대는 다른 살인범
수사계의 형사였다.

"조사해도 뭐 하나 나오는 게 없는데 어쩌란 말이야?"

"조사는 무슨, 하지도 않고 없다고 하면 끝이지."

"있지도 않은 사실을 찾아내라는 말이야? 뭐, 날조라도 해? 내가 너 같은 줄 알아?"

"뭐라고? 이 자식!"

"그만."

마이크를 쥔 관리관이 끼어들었다.

"쓸데없는 언쟁은 회의 끝나고 나가서 해. 둘이서 치고받고 싸우든지 맘대로 하라고. 다음, 미즈우치 씨 부탁합니다."

뒤쪽에서 의자 끄는 소리가 들렸다. 미즈우치는 지난번 회의에 참석했던 사이버 범죄 수사대 수사관이다. 회의가 시작된 뒤한 시간쯤 지났을 때 들어와 지휘석에서 무언가 이야기를 주고받는 모습을 하야마는 곁눈으로 보았다.

"조금 전 가노의 컴퓨터 분석 작업이 드디어 끝났습니다. 인터넷 페이지 열람 기록을 찾아냈습니다. 자료 준비됐습니까?"

"네, 준비됐습니다."

지휘 본부의 담당 경위가 복사지 묶음을 앞줄부터 나눠주었다. 하야마도 인터넷 사이트를 출력한 자료를 받았다.

"열람 이력을 찾아낸 게 오늘 오후라 아직 전체를 확인하지는 못했습니다. 다만 가노가 참고했을 것으로 추정되는 사이트가 있습니다."

문서 맨 위에 있는 'Unmask your laughing neighbors'라는 문구가 제목이었다. 웃고 있는 이웃의 가면을 벗겨라?

"지금 보고 계시는 자료는 해당 사이트를 출력한 것입니다.

정부 부처의 페이지들을 피라미드 형식으로 분류했습니다. 총무성, 법무성, 외무성, 재무성, 문부과학성 등의 메뉴를 클릭하면 각 부처의 페이지로 이동합니다. 다음 장에 예시로 농림수산성 페이지를 첨부했습니다."

종이를 넘기는 소리가 강당에 울려 퍼졌다.

"모든 부처의 페이지는 기본 스타일이 동일합니다. 역대 사무차관에서 국장, 과장 계급까지 이름이 나열되어 있죠. 이름을 클릭하면 개인 경력 페이지로 이동합니다. 물론 오카다 요시미의 페이지도 있습니다. 다시 첫 장을 봐주십시오. 통폐합된 부처까지 망라하고 있습니다. 예를 들면 총무성에 통폐합되기 전의 구 우정성에 나카타니 고헤이의 페이지도 나옵니다."

사회보험청 정보도 있었다.

"생년월일부터 학력, 관청에서의 직위는 물론 거주지 변경 이력까지 기재되어 있습니다. 그런데 전 직원을 기록해둔 건 아닙니다. 우리가 파악한 사람과 그러지 못한 사람의 차이는 불규칙합니다. 다만 근래에 발생한 사건으로 피해를 입은 인물들의 경우, 모두 현주소와 얼굴 사진이 올라와 있습니다."

지금 설명하는 내용은 자료의 세 번째 장에 나와 있었다.

오카다 요시미, 나카타니 고헤이, 나가쓰카 도시카즈, 세 명의 현주소와 얼굴 사진 여러 장이 실려 있었다.

"이 사이트는 키워드로는 검색이 안 되게끔 설정해놓았습니다. 사이트 자체는 관료제를 규탄하지도 않고 관료를 죽이라고 명시하지도 않는다는 게 특이 사항입니다. 어느 연도에 어떤 직위에서 무슨 일을 했는지, 그 결과가 사회에 어떤 영향을 미쳤는지 같은 사실이 구체적으로 쓰여 있을 뿐입니다."

스마트폰을 꺼내 재빨리 사이트에 접속해보는 수사관도 있었다.

"이 사이트의 목적을 암시하는 건 '웃고 있는 이웃의 가면을 벗겨라'라는 제목뿐입니다. 그것이 이 사이트의 유일한 메시지로 보입니다."

여기저기서 손을 들었지만 미즈우치는 질문을 받지 않고 계속 보고했다.

"사이트 관리자가 현역 혹은 전직 관료의 개인 정보를 입수한 경로에 관해서는 첫 장 하단에 나와 있습니다."

전원이 종이를 다시 맨 앞으로 넘겼다.

"보셨습니까? 정보 요청과 제공은 전자메일을 통해 이루어집니다. 편지 모양의 일러스트를 클릭하면 사이트 관리자에게 메일이 발송됩니다. 관리자가 독자적으로 조사해서 사이트에 올리는 것이 아니라 이용자들이 관리자에게 자발적으로 관료의 개인 정보를 보내는 것으로 추정됩니다."

관리관이 마이크를 잡고 말했다.

"사이트에 접속하는 놈들이 제멋대로 정보를 보내준다는 말인가?"

"현재는 그렇게 추측하고 있습니다."

"목적이 뭐야?"

"대부분 반장난이겠죠."

차가운 웅성거림이 강당을 가득 메웠다.

미즈우치가 설명을 계속했다.

"이 사이트와 직접 관련은 없지만 사이트의 이용자로 보이는 인물이 자기 블로그에 이런 글을 남겼습니다. 이용자들은 이 홈페이지의 이름을 줄여서 '언마스크(Unmask)'라고 부릅니다. 원문을 읽어보겠습니다. '언마스크의 메일링 리스트에는 항상 정보 제공을 원하는 주요 인물로 몇 명의 관료 이름이 뜬다. 그들의 이름을 공개하면 며칠 안에 정보가 모이고 개인 정보로 정리되어 사이트에 올라온다. 현주소와 전화번호, 종종 가족 구성원까지 게재된다. 주요 인물은 사이트 이용자의 요청으로 정해지는 것 같다.' 여기까지입니다."

"그러니까 사이트 관리자가 오카다 요시미의 주소를 알고 싶다는 요청을 받으면 오카다 요시미가 주요 인물이 된다는 건가? 누군가가 오카다 요시미의 개인 정보를 관리자에게 보내면 곧 사이트에 공개되고?"

다시 관리관이 물었다.

"맞습니다."

어떻게 이런 일이 버젓이 일어나고 있을까.

미즈우치가 이어서 말했다.

"블로거는 이런 말도 써놓았습니다. '지금까지 어떤 악행을 저질러도 관료의 얼굴이나 개인 정보가 공개된 적은 없었다. 정부 기관이 연루된 불상사가 생겨도 비난은 언제나 정치가가 받을 뿐 장관만 바뀌면 같은 악행이 되풀이되었다. 이제 그런 시대는 지났다. 선거만이 아니라 국민 한 사람, 한 사람이 행정기관의 동향을 감시하는 시대가 왔다. 관료든 누구든 같은 땅에서고 같은 길을 걷고 같은 길이 이어지는 마을에 살고 있는 이상 생활을 감추기란 불가능하다. 어딘가에서 누군가는 반드시지켜보고 있다. 온 마을 사람들이 지켜보고 있다. 누구에게나그놈들의 가면을 벗길 기회가 있다. 언마스크 리스트에 있는 놈들의 얼굴을 잘 기억해뒀다가 발견하는 즉시 통보하자. 지명수배가 내려졌다. 그놈들은 각자의 죗값을 치러야 한다.' 여기까지가 원문입니다."

1과의 누군가가 업무방해 혐의로 잡아들이면 되지 않느냐고 말했지만 사실상 불가능했다. 사이트 관리자는 주소 같은 정보를 기재했을 뿐 그 정보가 담당 기관의 업무에 지장을 준 것은 아니었다. 또한 현재까지 피해를 입은 사람은 하나같이 퇴직자들뿐이었다.

"사이트 관리자의 신분은?"

관리관이 또 물었다.

"오늘 오후에야 열람 이력을 찾은 거라서 아직 신분까지는 파악하지 못했습니다. 관리자 정보는 개인 정보 보호법이 걸려 있어서요. 네트워크 서비스 프로바이더 업체에 영장을 가지고 가면 해결되리라 봅니다."

"프로 어쩌고는 판명된 거지?"

"프로바이더 말입니까? 네, 판명됐습니다."

미즈우치는 "이상입니다."라는 말을 끝으로 자리에 앉았다.

관료를 규탄하는 사이트 관리자라니, 대체 어떤 인물일까.

다음 날, 특명반이 시나가와 구에 있는 프로바이더 본사를 방문하여 사이트 관리자의 정보를 받아 왔다.

관리관이 알려주었다.

"쓰지우치 마사히토, 41세, 분쿄 구 혼코마고메 6가 3-× 엔젤하이츠 센고쿠 503호 거주, 독신. 프로바이더와의 계약은 컴퓨터 통신 시작부터 지금까지 17년째 맺고 있다. 직업은 회사원으로 되어 있으나 자세한 사항은 알 수 없다."

당장이라도 임의동행으로 데려와 취조하겠거니 예상했지만 이 단계에서 수사본부 간부는 신중한 자세를 취했다.

"먼저 24시간 체제로 용의자의 행동을 감시하고 정치적 배경 유무를 조사한다. 주변 인물을 탐문해서 용의자가 어떤 특정 사상을 가진 인물인지도 파악한다."

만일 특정 정당이 정부 관료 세력을 누르려는 의도로 신형 게릴라 전법을 쓴 것이라면 수사 2과와의 연계도 필요할 테고, 경시청에서도 간섭하려 들지 모르기 때문이었다.

게다가 일을 너무 크게 벌이면 오히려 수사에 차질을 빚을 수 있었다. 통제하기도 힘들뿐더러 간섭이나 압력이 가해질 가능성도 있다.

"반을 발표하겠다. 용의자 감시반은 사토, 오쿠야마, 나카모리다. 특명반의 니시지마, 다케우치, 다케다는 원래대로 쓰지우치 주변 인물을 수사하도록."

모두 오카다의 주변 인물을 탐문하고 있던 팀원들이었다.

하야마를 비롯한 여섯 명이 혼코마고메 아파트 앞에 모인 때는 오후 2시에서 몇 분 지난 시각이었다. 엔젤하이츠 센고쿠는 신축 건물은 아니었지만 벽돌로 지어진 외관 덕에 차분하고 평온한 느낌이 었다.

쓰지우치의 방은 5층이었다. 각 세대의 현관이 뒤편의 바깥 복도와 이어져 있어 출입자를 놓칠 가능성은 없었다. 유료 주차장을 사이에 두고 건너편에 비슷한 크기의 아파트가 서 있었다. 그 건물 관리인에게 허가받아 비상계단에서 잠복하기로 했다. 하야마와 나카모리 조가 첫 번째 순서를 맡았다.

두 번째 조는 17번 국도 바로 건너편에 있는 상가 건물에서 아파트 입구를 지키기로 했다. 상가 건물주에게 허가를 얻어 공실을 빌렸다.

마지막 조는 스기나미 서에서 타고 온 감시용 경찰차를 주차장에 세워놓고 대기했다. 더운 날씨 탓에 차 안에서 오랫동안 있기가 힘들어 서늘한 곳을 들락거리며 잠복했다. 하야마와 나카모리는 전철을 이용했다.

몇 시간 동안은 별다른 움직임이 없었다. 각 조가 순서에 따라 교대로 감시하고 순번을 돌아 하야마와 나카모리가 다시 비상계단 담당이 될 때까지도 쓰지우치의 집에는 드나드는 사람이 없었다. 안에 사람이 있는지 여부조차 아직 파악하지 못했다. 하다못해 관리인에게 평소 상황이라도 물어보면 잠복이 좀 더 수월하겠지만 수사본부의 방침이 '내탐'인 이상 그것은 불가능하다. 지금은 신문 배달원이나 택배 우편업자로 가장해서 방문하는 방법도 활용하지 못한다.

자정이 다 되었을 때 움직임이 포착되었다. 나카모리의 휴대 전화가 울렸다.

"여보세요. 아…… 와이셔츠에 회색 바지, 서류 가방을 들었다고? 알았어."

통화는 간단히 끝났다. 전화를 건 쪽은 상가 건물에서 입구를 지켜보던 오쿠야마 조였다.

"방금 남자 한 명이 현관으로 들어왔다."

"알았다."

하야마 조도 준비해둔 쌍안경으로 건너편 건물 5층을 주시했다.

1분 정도 지나자 복도 좌측 엘리베이터 문이 열렸다. 줄곧 그 엘리베이터 문이 열릴 때마다 신경을 곤두세웠지만 이내 실망하곤 했다. 그래도 사뭇 긴장되기는 마찬가지였다.

남자는 곧장 복도를 걸어갔다. 509호, 508호 앞을 지났다. 현관문과 비교하니 신장은 180센티 정도, 훤칠하고 균형이 잘 잡힌 체격이다. 얼굴은 멀어서 불분명했고 벽 때문에 하반신도 확인하기 어려웠다.

504호 앞도 지나쳐 503호 앞에 섰다.

"확실하군."

"그러게요."

미리 열쇠를 손에 쥐고 있었는지 익숙한 손놀림으로 문을 연다. 조금 열린 문 안쪽으로 어두운 실내가 보였다. 혼자 사는 듯했다. 물론 국도 쪽 창문을 통해 불이 꺼져 있다는 사실은 계속 확인했다.

이번에는 하야마가 오쿠야마에게, 나카모리는 사토에게 연락을 취했다.

"지금 들어간 사람이 쓰지우치 맞습니다. 신장은 180센티쯤이고 동거인은 없어 보입니다."

그 후에도 몇 번인가 교대로 망을 보았지만 다음 날 아침까지 쓰지우치는 집에서 나오지 않았다.

다음 움직임은 오전 8시, 하야마가 커피숍에서 아침 식사를 할 때 포착되었다.

나카모리의 휴대전화가 진동했다.

"하늘색 셔츠에 풀색 넥타이, 바지는 확인 불가. 이상."

휴대전화를 끊고 나카모리가 가게 밖으로 눈을 돌렸다.

"역 쪽으로 걸어가고 있다는데."

여기서 기다리면 분명히 앞으로 지나갈 것이다.

쟁반과 쓰레기를 치우는 사이, 예상대로 인상착의가 비슷한 남자가 창밖으로 지나갔다. 쓰지우치의 얼굴을 가까이서 보기는 처음이었다. 성격이 부드러워 보이는 인상이었다. 감색 바지를 입고 있었다.

하야마와 나카모리는 가게에서 나와 조금 거리를 두고 미행했다. 현재 속도를 유지해 걸어가면 쓰지우치가 행여 돌아보거나 잠시 멈추더라도 당황할 일은 없을 것이다. 사실 놓쳐도 상관없다. 뒤따라오는 사토 팀이 이어서 미행하면 된다.

쓰지우치는 벌써 더워지기 시작한 날씨에도 개의치 않고 국도변의 인도를 빠른 걸음으로 걸어갔다. 다리가 길어서 그런지 보통 속도로 걷는데도 상당히 빠르게 느껴졌다. 하야마는 괜찮았지만 키가 170센티도 안 되는 나카모리는 꽤 조급한 모양이었다. 이마에서 흘러내린 땀이 눈썹에 송골송골 맺혀 금방이라도 눈에 들어갈 듯했다.

정면에 스가모 역이 보였다. JR 야마노테선이나 지하철 미타선을 타려는지도 모른다.

쓰지우치는 지하철을 타지 않고 스가모 역 바로 앞의 원형 교차로를 따라 오른쪽으로 돌았다. 버스나 택시를 타지도 않았다. 원형 교차로 옆 좁은 길로 들어갔다. 음식점과 슈퍼마켓, 파친코 가게가 길 양옆으로 늘어서 있었다. 마침내 쓰지우치는 녹색 간판이 걸린 세련된 외관의 빌딩 안으로 사라졌다.

"니치에이 학원?"

쓰지우치 마사히토의 직장이 학원이었어?

9

가노 히로미치와 시다 마사유키가 체포된 후로 다양한 메일을 받았다. 게시판의 글도 부쩍 늘었다.

한쪽은 칭찬의 목소리다.

─두 사람이 언마스크 이용자라면 더할 나위 없이 기쁜 일이다. 우리 활동이 드디어 확고한 결실을 맺은 셈이기 때문이다.

─후생성, 농림수산성, 구 우정성까지 아주 골고루 처리했군요. 다음은 국토교통성이나 재무성이 좋겠습니다.

매스컴에 보도될 정도는 아니지만 작은 성과를 보고하는 메일도 꾸준히 도착했다.

우리 집 근처에 전 후생성 관료였던 할배가 사는데요. 엄청나게 목에 힘을 주고 다녀서 보기만 해도 짜증이 났어요. 친구랑 잠시 수다를 떨었을 뿐인데 집 밖으로 뛰쳐나와 시끄럽다, 네놈들 그래서 제대로 된 어른이 되겠냐며 막 큰소리치고요. 욕 좀 했더니 집까지 미행하지를 않나. 그런데 텔레비전에서 연금 문제가 불거지고부터는 가끔 스쳐 지나갈 때 눈도 안 마주치더라고요. 이 사건이 일어난 후로 동네 사람들이 말이 많아요. 다음에는 그 할배가 죽을 차례 아니냐고요. 어제도 길가로 난 창문에 누가 계란을 던졌거든요. 당해도 싸죠. 언마스크 리스트에도 있는 유명 인사인데요. 제 입으로 누구라고 말은 안 할게요(웃음). 할배가 죽으면 제일 먼저 의심을 받을지도 모르니까요.

물론 반대 의견도 있었다.

─다른 사람의 개인 정보를 이렇게 공개해도 되는 겁니까. 적어도 세 사람의 목숨을 앗아 갔어요. 이거 어쩌실 건가요. 어떻게 책임질 거죠?

죽은 관료들이 얼마나 많은 사람들을 죽음으로 몰아갔는지는 굳이 반론하지 않았다. 반대하는 이들의 주장은 눈에 보이는 행위만 보고 말하는 것이다.

─당신들은 미쳤어. 사람이 몇 명이나 죽었는데 그게 성과라고? 더 죽이라고? 진짜 이건 미친 짓이야.

체포된 사람들이 옳은 행동을 했다고 여기는 사람은 아무도 없다. 정당한 방법으로는 상대할 수 없기에 자신들의 가치관이 잘못되었음을 알면서도 행동을 취해야만 했다. 오히려 이 사람들을 그 지경까지 미치도록 몰아간 당사자가 누구인지 묻고 싶다. 왜 이런 방향으로는 생각하지 않을까.

나가쓰카 도시카즈가 살해된 지 25일, 가노 히로미치가 체포된 지는 2주하고도 3일이 지났다. 시다 마사유키가 경찰에 자진해서 출두한 지는 일주일하고도 4일이 지났다. 이제 신문이나 텔레비전에서 그들의 사건을 보도하는 횟수도 점차 줄어들고 있다. 어제도 오늘도 별 진전은 없었는지 사건의 추이를 보도하는 방송은 없었다. 그렇다면 두 사람은 아직까지 구류 중인가.
내가 보기에는 이상할 만큼 아무 일도 없이 조용하다.

쉬는 날은 수요일뿐. 나머지 엿새는 매일 일하러 나간다. 시험 문제를 작성하고 수업을 하고 학생들의 질문에 대답하고 채점을 하며 정기 회의에도 참석한다. 매달 25일은 월급날이다. 가끔 동료와 술을 마시기도 하지만 대개는 혼자 보낸다. 술집이나 라멘집. 둘 다 문 닫은 날은 패밀리 레스토랑도 괜찮다. 맥주와 함께 곁들여 먹을 맛이 진한 요리만 있으면 된다. 문제는 텔레비전이다. 패밀리 레스토랑에는 텔레비전이 없다. 이럴 때면 텔레비전 기능이 있는 휴대전화가 절실하다. 휴대전화 교체를 진지하게 고려해봐야 한다.

역에서 산 석간신문을 보며 앞에 놓인 맥주를 마신다. 어디서 시켜 마시든 맛에 별 차이가 없는 음료가 좋다. 맛의 차이가 확연하게 느껴질 만큼 생맥주를 맛있게 따르는 사람이 있다고 한다. 그러나 나는 그런 맥주에는 별 관심이 없다. 위가 바짝 움츠러들 만큼 차가운 맥주가 훨씬 만족스럽다.

잠시 후 종업원이 샐러드와 햄버거를 내왔다.

"철판이 뜨겁습니다. 조심하세요."

검은 철판에 까만 거품이 일었다. 데미글라스 소스의 주재료는 소고기와 소뼈다. 그러니 이 검은색은 피를 바짝 졸여서 나온 빛깔이다.

과연 꽤 자극적인 맛이다. 그러모은 생명을 농축하고 그 농축한 음식을 즐거이 단숨에 먹어치운다. 죄가 너무 무거워 차마 각각의 희생까지는 되새겨볼 겨를이 없다. 거기까지 생각했다가는 아무것도 입에 넣지 못한다.

꾸역꾸역 먹는다. 죄악을 흡수하여 동화된다. 눈에는 눈, 이에는 이인 셈이다.

각오는 되었다. 내가 떨어져야 하는 지옥쯤은 스스로 준비해 두었다.

계산을 마치고 식당에서 나왔다. 계단을 내려가면 바로 스가모 역 원형 교차로다. 막차 시간이 다 되어서인지. 택시가 줄줄이 늘어서 손님을 기다리고 있었다.

이런 날씨라면 오늘 밤도 어김없이 열대야다. 땀이 나기도 전에 농밀한 습기가 셔츠를 적셨다. 밤공기가 피부를 옥죈다.

그랬다. 지금까지 줄곧 나는 이렇게 속박당해 왔다. 분노와 원망, 절망과 억울함, 공포와 허무가 나를 지배했다.

온몸을 감싸는 긴장감. 여기서 벗어나는 방법은 두 가지다. 햇빛에 바짝 말려 벗겨내거나 물에 흠뻑 적셔 뒤집어쓰든가. 즉, 잊고 살 것인가, 원한을 풀 것인가, 양자택일이다.

때때로 사람은 일부러 고통스러운 길을 선택할 때가 있다. 깨끗이 잊는다면 새로운 하루를 맞이할 수 있다. 그러나 아무리 발버둥쳐도 돌이킬 수 없는 일이 있다. 집착해도 아무 소용이 없다. 후련하게 털어내는 게 정답이다. 그것을 머릿속으로는 분명히 알면서 끝내 고통의 길을 선택한다. 집착에 집착을 거듭하여 원망의 늪이 턱까지 차오른다. 바짝 졸인 피 냄새를 빨아들여 뇌수를 가득 채우고도 한층 더 깊숙이 파고든다. 어느새 머리까지 한없이 빠져들면 숨죽인 채 어둠의 밑바닥에 손을 뻗어

지푸라기라도 잡으려고 허우적댄다. 내일을 살아가기보다 증오와 함께 파멸하는 쾌락을 상상한다.

"쓰지우치 씨."

별안간 누군가 부르는 소리에 자기도 모르게 발길을 멈추었다.

전방, 목소리가 들릴 만한 범위에는 아무도 없었다. 그를 향해 다가오는 자전거, 그와 비슷한 와이셔츠 차림의 뒷모습, 하늘거리는 하얀 원피스 소매. 모두가 저만치 떨어져 있었다.

천천히 뒤를 돌아보았다. 몇 발자국 뒤에 땅딸막한 한 남자가 서 있었다. 허름한 검은색 정장 차림에 넥타이는 매지 않았다.

"쓰지우치 씨 맞지요?"

누구지.

10

가쓰마타는 평소 수사 회의에서 필요 이상의 말은 하지 않는다. 주위의 수사관들은 하나같이 자신의 공적을 가로채려는 도둑이며, 마음대로 움직여 주지 않는 부하는 그런 도둑놈보다 더한 파렴치한이다. 정면으로 덤비는 미련한 놈은 사람이 아니라 미친개다. 그런 놈들에게 피땀 흘려 얻은 정보를 공짜로 입에 넣어줄 이유가 없다.

그렇다면 부하의 행동을 이유 없이 제지하기만 하는 무능한 상사는 어떨까.

그 존재만으로도 죽어 마땅하다.

"언제까지 쓰지우치의 동향만 체크하라는 건지."

수사관의 보고가 한차례 끝나자마자 가쓰마타가 불쑥 끼어들었다.

관리관이 눈앞의 마이크를 들었다.

"아직 쓰지우치의 배후를 파악하지 못했으니 접촉은 시기상조다."

가쓰마타가 맡은 가노 히로미치의 취조는 완벽하게 끝냈다. 범행 현장이나 칩거 장소를 돌면서 현장 재연도 마쳤다. 가노의 범행은 누가 언제 물어도 완벽하게 설명이 가능하다. 담당 검사도 불평하지 않을 만큼 조서도 잘 썼고 물증을 비롯한 조사 자료도 빠짐없이 갖췄다.

오늘로써 구류 연장 나흘째다. 남은 엿새 동안에도 가노를 철저하게 쥐어짜야 한다는 의견이 나올 법하다. 가노는 부탁하거나 묻지 않아도 범행 동기를 술술 부는 범인이다. 이 이상 캐물어 봐야 쓸데없는 추억담만 늘어놓을 게 뻔하다.

가쓰마타는 이미 귀에 못이 박이게 들었다.

가노는 중학교와 고등학교, 대학 입시까지 줄줄이 실패했다. 컴퓨터 계통 전문대를 반년도 안 되어 때려치우고 집 안에만 틀어박혀 있었다. 본인은 '엄격하기 그지없는 엄마 탓에 인생을 망쳤다'고 우는소리를 했지만 그것이 정말로 관료들에게 원한을 품고 살인을 저지를 만한 이유인지는 도무지 이해가 가지 않는다.

가노는 이제 끝났다. 공판을 지지할 만한 자료를 갖춘 셈이다. 이해가 가지 않는 동기라도 상관없다. 오히려 지금은 쓰지우치에게 총력을 기울여야 한다. 하루라도 빨리 그놈을 잡아들여서 사이트를 폐쇄하고 살인 찬미 세력 척결에 종지부를 찍는 것이 우선이다.

가쓰마타는 몸을 뒤로 젖히고 책상 위에 다리를 척 올렸다.

"시기상조는 뭐가 시기상조!"

맨 앞줄에 앉은 그가 그대로 책상을 걷어찼다. 일부러 노리기라도 한 듯 관리관과 스기나미 서장이 앉아 있는 지휘석을 향해 날아갔다.

"위험해!"

고막이 찢어질 듯한 소리가 나면서 책상 윗부분이 두 동강 나고 금속제 책상 다리가 한데 엉켜 나뒹굴었다. 겨우 소음이 잦아들자 이명이 들릴 만큼 강당이 조용해졌다. 아무도 입을 열지 않았다. 가쓰마타 뒤쪽에 앉은 수십 명의 수사관은 싸늘한 침묵을 지켰다.

서장은 재빨리 피했지만 조직범죄 대책과 과장은 앉은 채로 굴렀다. 관리관이 어정쩡한 자세로 서서 손에 쥔 마이크를 내던졌다.

"가쓰마타, 너 이 자식!"

"시끄럽잖아, 더럽게 임질이나 걸리고 다니는 주제에."

작년에 유흥업소에 출입한 관리관이 임질에 감염되어 2주 정도 병원에 다녔던 사실을 캐낸 것이다. 오십이 넘은 고독한 남자의 슬픈 비밀이었다.

"잘 들으시죠, 임질 감염자. 세타가야 사건의 범인이 만일 언마스크에서 정보를 얻어 범행을 저질렀다고 진술한다면 그다음엔 세타가야랑 제대로 한판 붙어야 한단 말이지. 증거를 확보해야 한다고요. 저쪽이 움직이기 전에 우리가 먼저 쓰지우치를 덮쳐야 한다니까!"

관리관은 허벅지를 문지르며 가쓰마타를 노려보았다.

"등신 같은 소리 하고 자빠졌네. 상황은 세타가야도 마찬가지야. 쓰지우치를 건들지 말라는 건 형사부장 명령이라고. 배후를 모르는 한 저쪽도 쓰지우치를 함부로 건드리진 못할걸."

등신은 관리관 당신이다.

"학원 강사 같은 놈한테 배후는 무슨 얼어 죽을 배후!"

가쓰마타는 이번에도 뭔가를 집어 던지고 싶었지만 안타깝게도 책상과 함께 모두 날아가 버려 남아 있는 게 없었다.

"정치가가 아무리 쓰레기라 해도 고작 관료들을 무너뜨리려고 이런 가짜 테러를 가장해서 대중을 선동할 만큼 무모하지는 않아. 어쨌든 사람이 죽었다고. 이게 까발려지는 날에는 증인 소환 정도로는 국민의 분노를 가라앉히지 못할걸. 그러니 안심하라고. 내가 보기엔 쓰지우치는 무죄야."

구체적으로 조사하지는 않았지만 단순히 쓰지우치의 인상만 보면 틀린 말은 아니었다.

"데리고 와서 몇 가지 물어보는 거야 괜찮지, 뭘."

"조금만 더 기다려, 가쓰마타."

관리관은 동의하지 않았다.

무엇 때문에 더 기다려야 한다는 말인가.

"벌써 일주일째요. 일주일이나 쓰지우치의 행동을 조사하고 경력을 파헤쳤지. 도대체 얼마나 더 정보를 모아야 한다는 건데? 그래서 알아낸 게 뭐냐고요, 대체. 아직까지 출신 학교도 모르는걸. 다들 뭐 하는 건데? 가만히 지켜만 보는 건·비둘기나 까마귀도 할 줄 아는 일이지!"

주변 인물에 대한 탐문 조사를 금지한 데다· 쓰지우치는 현주소로 등록조차 되어 있지 않았다. 까놓고 말해서 쓰지우치의 출신 학교는커녕 호적조차 파악하지 못한 상태였다.

"넋 놓고 있다가는 세타가야 서에 뺏긴다고요. 저쪽엔 히메카와가 있으니까. 그 여자는 1과장 목이 날아갈 만한 일도 아무렇지 않게 저지르는 위험한 인간이란 말이지. 실제로 피해가 있을지 없을지 모르는 일을 예방 차원에서 신중하게 살펴보는 그런 인간이 아니라고!"

자리에서 일어나 그곳에서 비켜서 있던 관리관은 아무 말도 하지 않았다. 옆에 있던 미즈시마는 가쓰마타를 쳐다보지도 않았다.

이제는 아무래도 상관없어.

내 마음대로 하면 그만이니까.

가쓰마타는 막 자정이 지난 시각에 스가모 역에 도착했다.

시간이 참 애매하다. 일주일 사이에 쓰지우치는 해 질 녘 귀가한 적도 있고 자정이 넘도록 학원에 남아 있기도 했다. 오늘은 목요일이다. 어떤 상황일지 전혀 짐작도 가지 않았다.

전화를 한 통 걸었다.

"여보세요."

"나야, 가쓰마타."

"수고가 많으십니다."

기타자와 서 소속 하야마였다. 그는 줄곧 쓰지우치의 움직임을 살피고 있던 터라 조금 전 회의에 참석하지 못했다.

"쓰지우치는 지금 뭐 하고 있지?"

"역 근처 패밀리 레스토랑에서 혼자 식사하고 있습니다."

"근처 어디? 철길에서 북쪽, 남쪽?"

"원형 교차로 북쪽에 있는 '로열다이너'입니다."

"그래, 알았어."

전화를 끊고 하야마가 알려준 대로 로열다이너로 갔다. 가게 밖에서 5분 정도 기다렸다가 그때도 나오지 않으면 안으로 들어갈 생각이었다. 그 순간 절묘하게도 쓰지우치가 가게 밖으로 나왔다.

식당 계단으로 내려와서 그대로 원형 교차로를 따라 걷는다. 키가 180센티쯤이라 보폭도 넓었다. 의식적으로 걸음을 빨리 하지 않으면 가쓰마타는 금방 뒤처질 것 같았다.

허리를 곧게 편 모습에 걸음걸이도 제법 반듯했다. 감시조의 보고로, 저녁 식사는 늘 밖에 나가 혼자 해결한다고 했다. 요리 한두 개를 곁들여 맥주와 같이 먹는 것이 일과라고. 그렇다면 오늘 밤도 벌써 한잔 걸쳤을 텐데 쓰지우치는 조금도 취한 기색

없이 똑바로 걸었다.

'참 반듯한 성격이로군.' 하고 가쓰마타는 생각했다. 역을 지나자 상점 수도 차츰 줄어들었다. 이대로 계속 뒤만 쫓다가는 쓰지우치가 아파트로 들어가 버릴지도 모른다. 말을 걸려고 하는데 전화가 울렸다. 착신음은 꺼놓았지만 진동 소리가 꽤 크게 들렸다.

주머니에서 휴대전화를 꺼내 보니 액정에 '하야마'라는 글자가 떴다.

한 손으로는 휴대전화를 오른쪽 귀에 대고 다른 손으로는 소리가 새지 않게 입가를 막았다.

"뭐야?"

"하야마입니다, 가쓰마타 주임님! 지금 뭐 하시는 겁니까!"

"보면 몰라? 이제 곧 덮칠 거야, 네가 잡으려는 용의자 놈."

"지시가 떨어졌습니까?"

"내가 언제 지시에 따른 적 있어?"

잠깐 동안 아무 말이 없다.

"더 할 말 없으면 끊어."

"잠깐만요."

"뭔데?"

"저도 가겠습니다."

그것도 꽤 재미있긴 하겠지만 지금은 때가 아니다. 이 풋내기를 기다릴 시간이 없다.

"미안하지만 자네는 다음에 해."

250

휴대전화를 주머니에 도로 집어넣고 걸음을 재촉해 거리를 좁혔다.

아파트를 코앞에 남겨두고 쓰지우치를 불러 세웠다.

"쓰지우치 씨."

쓰지우치는 자기를 부르는 목소리를 듣고 한두 걸음 더 걷다가 멈췄다. 그러더니 천천히 뒤를 돌아보았다. 배짱이 두둑한 건지 아니면 둔한 건지. 걸음걸이로 봐서는 후자는 아닌 듯하다. 그렇다면 신중한 성격이거나 아니면 긴장했거나 둘 중 하나다.

"쓰지우치 마사히토 씨?"

거듭 이름을 묻자 잠시 의심스러운 눈초리로 가쓰마타를 보았다.

"실례지만 누구십니까?"

"경시청에서 나온 가쓰마타라고 하오만."

가쓰마타는 경찰수첩을 보여주면서 쓰지우치에게 다가갔다. 거기에 쓰인 글자 따위는 읽어보려고도 하지 않을 테지만 말이다.

"몇 가지 물어볼 게 있는데 시간 좀 내주겠소?"

쓰지우치의 답을 듣지도 않고 가쓰마타는 앞장서서 걷기 시작했다. 아파트 현관으로 가지 않고 앞이 트여 있는 어두운 일방통행로로 걸어갔다. 분명히 이 아파트 뒤편에 유료 주차장이 있었다.

쓰지우치는 가쓰마타의 뒤를 바짝 따라왔다. 벌써 각오라도 한 걸까.

유료 주차장 한가운데로 들어서서 걸음을 멈췄다.

쓰지우치도 거리를 두고 멈춰 섰다.

가로등 불빛에 비친 얼굴은 준수해 보였는데 졸리기라도 한 지 눈이 반쯤 감긴 듯했다. 시간이 시간인지라 그럴 만도 했다. 아니면 다른 까닭이라도 있나.

"무슨 일로 이러십니까?"

목소리가 침착했다. 갈라지거나 떨림도 없다.

"자, 뭐부터 물어봐야 하나."

주머니에서 담배를 꺼내며 가쓰마타가 잠시 뜸을 들였다. 담뱃갑에서 담배 한 개비를 꺼내 물고 불을 붙일 때까지 쓰지우치는 꼼짝도 하지 않고 가만히 서 있었다. 동요하는 기색을 숨기려고 억지로 무표정을 가장하는 것 같지는 않았다. 희한할 만큼 이 상황 자체에 무심해 보였다.

가쓰마타가 담배를 한 모금 빨아들였다가 연기를 뿜었다.

"아, 먼저 확인하고 싶은 건…… 그거 말이오, 'Unmask your laughing neighbors'라는 인터넷 사이트. 그거 운영하고 있지, 맞소?"

"네."

입 끝에서 툭 내뱉듯 짧게 대답했다.

바람 한 점 불지 않는 밤이었다. 가쓰마타가 내뿜은 담배 연기는 쓰지우치 쪽으로 퍼져 가지 않고 습기와 뒤섞여 천천히 혼탁한 밤공기를 타고 올라가다가 사라졌다.

"그 사이트는 어떤 취지로 만든 거요?"

예상되는 답은 세 가지였다. 첫째는 정의. 관료들의 오만함을 뿌리 뽑으려고 했던 가노의 주장과 비슷한 대답이다. 다른 하나는 자기만족. 정보를 원하는 사람들에게 필요한 정보를 제공하는 것이다. 일정량의 수요자에 대한 공급자 역할을 즐기겠다는 뜻이다. 인터넷상에서 '신화'라고 입소문을 탄 배경이기도 하다. 마지막 하나는 실험이다. 죄를 고발하고 그 사람의 개인 정보를 온 세상에 공개해서 사회에 어떤 일이 벌어질지 관찰하는 아주 냉혹한 실험 말이다.

그러나 쓰지우치의 입에서는 전혀 예상 밖의 대답이 나왔다.

"쥐지라고 할 만한 게 없습니다. 굳이 말하면 '좋아한다' 정도일까요. 그 밖에 별다른 뜻은 없습니다."

'좋아한다'라. 이 말은 무슨 의미일까.

"사이트 이름이 '웃고 있는 이웃의 가면을 벗겨라'잖소. 심상치 않은 뜻 아니오?"

"그래요? 그렇다면 〈세상살이 원수 천지〉*도 심상치 않은 제목이라고 생각하시겠군요."

예삿놈이 아니라고 느껴졌다. 쓰지우치는 경찰 따위는 조금도 두려워하지 않는 듯했다.

"그건 텔레비전 드라마일 뿐이지. 당신은 살아 있는 사람들의 개인 정보를 무단으로 인터넷상에 공개하는 행위를 했잖소? 당사자들한테는 단순한 피해를 넘어 범죄나 마찬가지라고."

---

* 〈세상살이 원수 천지(渡る世間は鬼ばかり)〉: 일본에서 20년간 사랑받은 가족 드라마.

"관료 나리들께서 무슨 일을 하는지, 그것이 사회에 어떤 영향을 끼치는지, 그런 걸 정리해서 공개한 게 피해를 준다니 저는 도무지 이해가 가지 않는군요. 오히려 그분들에게 더 분발하라고 말씀드리고 싶은데요. 정말 대단한 일을 하시는 분들 아닙니까?"

이로써 쓰지우치가 말하는 의도를 알아차렸다.

"아무리 그래도 지금 사는 곳 주소까지 밝힐 필요는 없잖소."

"대개 연예인 사무실은 팬레터 보낼 곳을 분명히 밝힙니다. 그것과 똑같다고 보시면 됩니다."

"팬레터라면 소속 관청에다 보내면 될 일 아니오?"

"아, 그 말씀도 일리가 있군요."

쓰지우치는 낯빛은커녕 자세도 흐트러지지 않았다. 부자연스러운 행동으로 허물을 숨길 생각은 없어 보였다.

"그 개인 정보가 범죄에 쓰인다는 사실을 알고는 있소?"

"모방 범죄라는 말 아시죠?"

쓰지우치가 질문으로 받아쳤다. 현역 경찰관을 상대로 범죄를 설명할 작정인가 보다.

"갑자기 무슨 말을 하는 거요?"

"당신네 경찰은 범죄 내용을 발표하면서 피해자와 가해자와의 관계를 설명합니다. 텔레비전과 신문으로 사건 내용을 접한 사람들이 그 사건을 본보기 삼아 비슷한 범죄를 저질러도 결국 경찰들에게는 책임이 없지 않습니까?"

틀린 말은 아니다. 그의 주장은 어느 정도 일리가 있다.

"물론 그것만으로 범죄를 교사(敎唆)했다고 하기는 어렵지."

"그렇다면 모방 자살은 아십니까?"

굳이 대답할 필요도 없지만 일단 고개는 끄덕였다.

"벌써 20년쯤 전부터 있었던 말입니다. 어떤 아이돌 가수가 빌딩에서 몸을 던져 자살한 후 팬들이 그 뒤를 쫓아 자살한 사건이 있었습니다. 특히 언론 보도가 청소년들에게 큰 영향을 미쳐서 그 아이돌 가수를 따라 죽는 자살이 끊이지 않죠. 괴테가 쓴 『젊은 베르테르의 슬픔』이라는 작품에서 비롯된 베르테르 효과라는 현상입니다. 그 후로 언론은 보도를 자제했습니까? 자살만이 아니라 연예인 약물중독을 보도할 때도 청소년들이 따라 할까 봐 조금이라도 걱정한 적이 있습니까?"

그런 이야기는 언론에 직접 하라고 받아치고 싶었지만 가쓰마타는 꾹 참았다.

"그럼 당신은 관료들의 개인 정보 유출로 무슨 일이 일어날지 예상은 못 했다 이건가?"

"예상했죠. 충분히 생각한 후에 발표한 겁니다. 무슨 일이 일어나더라도 저에게는 책임이 없다고 판단했으니까요."

이 대답은 예상 범위 안에 있었다.

가쓰마타는 말을 이었다.

"약해 에이즈 문제를 일으킨 나가쓰카 도시카즈, 택시 티켓을 이용해 뒷돈을 챙긴 마쓰이 다케히로, 댐 건설 이권에 개입한 오카다 요시미, 전국에 허울뿐인 휴양 시설을 만든 나카타니 고헤이. 나카타니를 빼고는 모두 살해당했지. 더구나 오카다는 며느리까지 목숨을 잃었소. 그런데도 당신은 아무런 책임을 느끼지 않는단 말인가!"

"굳이 느껴야 한다면 책임이 아니라 양심의 가책이겠죠. 그쯤은 저도 느낍니다. 하지만 책임은 아니죠."

이 여유 만만한 가면을 벗겨낼 좋은 방법이 없을까.

"당신, 가족은 없소?"

삐딱한 성격을 가진 자라면 대개 이런 상황에서 코웃음 정도는 치고도 남는다. 그러나 쓰지우치는 표정 변화도 없었다.

"저라고 어디 하늘에서 뚝 떨어진 줄 아십니까? 그저 같이 살지 않을 뿐입니다."

"지금 어디에 있소?"

"더 이상 알려고 하지 마십시오. 제 사생활이니까요."

"형제나 애인은?"

"그것도 개인 정보지만…… 뭐, 좋습니다. 한 가지는 말씀드리죠. 애인은 없습니다."

직업은 초등학생 보습 학원 강사, 취미는 인터넷으로 관료 신상 캐내기란 말인가.

"대체 목적이 뭐요? 뭣 때문에 그런 사이트를 운영하느냐 말이오!"

"말했잖습니까, 좋아서라고. 일본의 우수한 관료들이 하는 일을 세상에 널리 알리고 싶을 뿐입니다."

"그것 때문에 사람이 죽어 나가는데도?"

"실제로 살인을 한 사람은 제가 아닙니다. 제게 책임을 물어도 형사재판이 아니라 기껏해야 민사 정도겠죠. 돌아가신 분의 유족이 '언마스크' 관리자를 고소하시겠다면 그렇게 하라고 하십시오. 저는 상관없습니다. 도망치지도 않고 숨지도 않을 겁니다. 법정에서 사이트 삭제 명령을 내리고 손해배상 청구를 한다면 모두 받아들이겠습니다. 법원에서 공정하게 판결하겠죠. 법치국가이니 당연한 일 아닙니까."

가쓰마타는 무턱대고 '악'을 짓누를 생각은 없다. 현행 일본 헌법이 완벽하지 않을뿐더러 일본인의 윤리관이 성숙하다고도 여기지 않는다.

'사회악'이 본디 '악'은 아니다. 가쓰마타는 일부러 범죄를 눈감아주거나 때로는 범죄자를 길들이곤 했다.

마찬가지로 사회에서 말하는 '선'이 본래의 '선'은 아니다. 가쓰마타는 이따금 위법성이 큰 수사 방법이라도 주저 없이 사용한다. 아무리 말은 그럴싸하게 해도 실제로 피해를 줄이지 못하면 소용이 없기 때문이다.

그런 의미에서 가쓰마타는 쓰지우치 마사히토라는 남자에게 넌지시 기대를 걸었던 것도 사실이다.

정치가 뒤에 숨어서 국민의 혈세를 갉아먹는 관료에게 정의의 철퇴 맛을 보여주고 싶은 욕구. 그 욕구는 참으로 옳다고 생각한다. 마음속으로는 잘한다고 박수라도 쳐주고 싶었다.

하지만 분명히 어딘가 다른 점이 있다.

일련의 사건이 시작되었음을 알아차린 순간 그가 느꼈던 공포는 어느새 기대와 흥분으로 바뀌었다. 지금은 그런 감정이 쓰지우치에게서 조금도 느껴지지 않는다.

왜일까?

내가 뭔가를 잘못 이해하고 있나? 그게 아니면…….

"이봐요, 쓰지우치 씨."

가쓰마타는 담배꽁초를 휴대용 재떨이에 담은 뒤 재떨이를 호주머니에 쑤셔 넣었다.

"낭신, 나를 너무 실망시키지는 마쇼."

쓰지우치의 어깨를 스치듯 가볍게 두드렸다.

운동선수만큼은 아니지만 탄탄하게 단련된 근육의 감촉이 손끝에 전해졌다.

미세한 떨림이 느껴졌다.

11

구라타가 예상한 대로 그날 가쓰마타가 찾아온 데는 나름 꿍꿍이가 있었다.

그는 최근에 발생한 전직 관료 살인 사건을 이야깃거리로 삼아 구라타의 동태를 살핀 끝에 천천히 본론을 꺼냈다.

"실은 레이코에게서 들었는데 말이야."

언젠가 이런 날이 오겠거니 각오하고 있었다. 가쓰마타의 방문에 응하는 순간 문득 그런 예감이 들었다.

"아즈마 데루오하고 오바 다케시, 그 두 사람은 정말 자네 짓인가?"

 가쓰마타는 이미 다 알고 있으리라 예상했다. 오히려 놀라운 것은 다른 사람도 아닌 레이코가 그 이야기를 누설했다는 사실이었다. 레이코 형사와는 고작 두 번밖에 만나지 않았다. 그녀는 처음 만났을 때 두 건의 살인 사건을 날카롭게 지적했고 그 다음에는 아들이 저지른 살인에 대해 물었다. 그런 여자의 어디를 믿고 속내를 털어놓았는지 스스로도 놀라웠다. 하지만 입건이다 재판이다 공판이다 하는 겉치레나 형식에 얽매이지 않고 사람이 사람을 죽이는 이유에 대해 진지하게 의견을 나눈 유일한 상대라는 믿음이 있었다.

 자신이 아직도 다른 사람의 배신에 쓰라린 고통을 느낀다니 놀라움의 연속이다.

 구라타의 얼굴이 싸늘하게 굳어졌다.

 "그 두 사람이 어떻게 되기라도 했나요?"

 "시치미 떼지 마. 자네가 한 짓이라는 거 다 알아."

 "도무지 무슨 말인지 모르겠군요."

 가쓰마타가 씩 웃자 얼굴의 지방층이 접히면서 뺨에 겹겹이 주름이 졌다.

 "한 사람을 죽이면 원칙상 사형이지. 그러니 한 사람쯤 더 죽인다고 뭐 대수겠어? 그건 그렇고, 아들이 목을 매 죽다니 어떻게 된 거야? 그것도 자네 짓인가?"

 '이 지옥에서 벗어나 마음 편히 살겠다는 생각은 꿈도 꾸지 마세요.'라며 자리를 뜬 레이코의 뒷모습이 기억 저편으로 멀어져 갔다.

"내 아들은 스스로 목숨을 끊었습니다."

"아, 그래? 굉장하군. 놀라워."

"뭐가요?"

돌이켜 생각해보면 역시 그때는 동요하고 있었다. 구라타는 이런 화제를 꺼낸 가쓰마타의 의중을 짐작조차 할 수 없었다.

"그렇게까지 손을 더럽혔을 줄은 몰랐지. 기왕 이렇게 된 거, 자네 그 더럽힌 손을 사회정의를 위해 좀 더 써볼 생각 없나?"

그렇다. 소문은 익히 들었지만 가쓰마타 겐사쿠라는 형사는 이런 남자였다.

"물론 공짜로 해달라는 말은 아니야. 대가는 섭섭지 않게 지불하겠네."

그날 저녁, 구라타는 대답하지 않았다. 가쓰마타도 억지로 강요할 생각은 없어 보였다.

술집을 나오자마자 가쓰마타는 택시를 잡아타고 돌아갔다.

열흘 뒤, 기숙사로 택배가 왔다. 큰 물건은 아니었다. 두께는 10~20센티쯤, 너비는 60~70센티 크기의 상자였다.

보낸 사람은 '가쓰마타 겐사쿠'. 주소는 아키타 현 다이센 시. 전혀 생뚱맞은 주소였다. 엉터리로 대충 휘갈긴 게 분명했다.

구라타는 방으로 돌아와 상자를 열어보았다. 둘둘 만 신문지 속에 휴대전화 하나가 덩그러니 들어 있었다. 휴대전화를 꺼냈다. 별다른 특징이 없는 은색 폴더 기종이었다. 그 밖에 열쇠 하나가 든 봉투가 있었다. 흔해빠진 집 열쇠였다. 신문지를 넓게 펼쳐 샅샅이 뒤져봤지만 휴대전화 충전기만 보였다.

잠시 휴대전화를 만지작거렸다. 전원을 켜 살펴보자 이름은 없고 전화번호 하나만 달랑 저장되어 있었다. 전날 밤 가쓰마타 가 건넨 번호와는 달랐다. 이 번호로 전화를 걸라는 뜻이리라.

통화 버튼을 누르자 곧 신호가 갔지만 아무도 받지 않았다.

다시 연락이 온 건 30분쯤 지나서였다.

"미안하군. 나이를 먹으니까 화장실에 앉아 있는 시간이 길어 져서 말이지."

이 사람이 볼일을 볼 때는 전화를 받지 않는 섬세한 성격이라 니 뜻밖이었다.

"무슨 일이죠?"

"무슨 일인지 일전에 얘기했잖아."

"받아들이겠다고 대답한 적은 없는데요."

"애초에 자네한테는 선택권이 없었어."

퉤 하고 침뱉는 소리가 들렸다.

"그건 그렇고, 문자는 확인해봤나?"

"아뇨, 아직."

"문자부터 봤어야지. 그 정도 일도 알아서 못하나. 문자 수신 함을 봐."

시키는 대로 문자함을 열어보니 문자 한 통이 와 있었다.

쓰지우치 마사히토, 41세, 분쿄 구 혼코마고메 6가 3-× 엔젤하이츠

센고쿠 503호 거주, 독신, Unmask your laughing neighbors 웹
사이트 운영자

그 아래에는 웹사이트 주소가 찍혀 있었다.

"이게 뭐죠?"

짜증 섞인 한숨 소리가 귓전을 울렸다.

"관료 살인 사건의 배후 인물 정보야. 그 사이트에 들어가서
미리 충분히 파악해두라고. 거기 열쇠 있지? 가서 그 집을 뒤져
봐. 이력, 대인 관계, 뭐든 좋아. 그자의 개인 정보가 필요해. 수
요일만 피해서 들어가면 별문제 없을 거야."

대가를 얼마나 줄지도 궁금했지만 그보다 가쓰마타가 자신
에게 성과를 기대한다는 사실이 구라타로서는 흥분되었다.

경시청에서 퇴직한 뒤에도 짬이 날 때마다 과거에 맡았던 사
건의 뒷조사를 했다.

개처럼 틈만 나면 코를 바닥에 대고 킁킁거리면서 사건의 냄
새를 맡고 돌아다녔다. 그 탓에 스스로도 살인에 가담하게 되었
지만 여전히 마음속 깊은 곳에서는 한 치도 정의를 의심하지 않
았다.

가쓰마타의 말대로 처음부터 그에게 선택권 따위는 없었는
지도 모른다.

"상황을 좀 더 구체적으로 설명해줘야죠. 필요한 정보가 뭔지
현장에서는 판단하지 못하는데."

가쓰마타는 "자네 이제 보니 참 재미있는 친구로군." 하고 운

을 땐 다음, 수사 진행 상황을 설명하기 시작했다.

구라타가 묵는 기숙사에는 공용이든 개인용이든 컴퓨터를 가지고 있는 사람이 아무도 없었다.

하는 수 없이 가장 가까운 역 근처에 있는 PC방으로 갔다.

카운터에 가서 처음 왔다고 하자 부스석을 원하느냐고 물었다. 칸막이가 있는 방과 여럿이 쓰는 일반석 가운데 한 곳을 고르라는 소리였다. 작업이 어떻게 될지 감을 잡기 힘든 상황이라 일단 칸막이가 있는 방을 달라고 했다.

B13번 방은 넓이가 2제곱미터도 안 되는 좁은 공간이었다. 책상 위의 컴퓨터 한 대와 일인용 의자가 방 안을 가득 채우고 있었다. 의자 등받이를 조금만 뒤로 젖혀도 문을 안쪽에서 활짝 열지 못할 만큼 비좁았다.

어떻게든 비집고 들어가 앉았다.

경시청에 있을 때는 컴퓨터를 몇 번 만져보기는 했지만 오랜만에 다루려니 막막했다. 마우스로 '이용 안내'라고 적힌 표시를 눌러도 아무런 반응이 없었다. 여러 가지 조작을 해보았지만 정체불명의 창이 뜨거나 게임 화면으로 이동할 뿐이라 조사는 시작도 못 했다.

30분이나 매달렸지만 혼자서는 도저히 해결되지 않을 듯했다. 부끄러움을 무릅쓰고 카운터로 가서 도움을 청했다.

"인터넷으로 검색을 좀 하고 싶은데요."

"잠시만 기다려주세요."

점원이 투명 파일에 담긴 사용 설명서를 건네주었다.

"아, 고맙습니다."

부스로 돌아와서 사용 설명서에 쓰인 대로 따라 하니 별로 어렵지 않았다. '인터넷'이라고 쓰인 표시를 빠르게 두 번 클릭했다. 전문용어로는 '더블클릭'이라고 하는 모양이었다. 이참에 하나 배웠다.

잠시 후 해당 사이트로 들어갔다.

어떤 관료가 언제 무슨 일을 했으며 그 결과가 사회에 어떤 영향을 끼쳤는지를 게재한 사이트였다. 담담하게 정리한 글이었지만 그 취지는 전혀 다른 곳에 있다는 점을 쉽게 알 수 있었다. 발상은 우익들이 말하는 호메고로시*와 크게 다르지 않았다.

잠시 사이트를 살펴보았다. 관련 페이지들이 줄줄이 이어져 시간이 가는 줄도 모르고 빠져들었다. 이용자 대부분이 이 사이트를 '언마스크'라는 별칭으로 부르고, 관리자가 카리스마 넘치는 존재로 칭송받는다는 사실도 알아냈다.

그중 한 게시판에 '속보'라는 제목으로 올라온 글이 있었다.

　전 후생성 사무차관 다니가와 마사쓰구 자택에서 자살 시도. 자세한 내용은 여기를 클릭

다른 색으로 표시된 '여기'라는 문자를 클릭하자 갑자기 사

* 호메고로시(褒め殺し): 겉으로는 칭찬이지만 실제로는 죽이려는 의도를 담은 화법.

264

용 설명서에서 보았던 '검색엔진'이라는 페이지로 바뀌더니 뉴스란에 자세한 내용이 나왔다.

30일 아침, 도쿄 세타가야 구 마쓰바라 자택에서 전 후생성 사무차관 다니가와 마사쓰구 씨가 숨진 채로 발견되었다. 올해 나이 67세로 가족들이 목을 맨 그를 발견했다. 최근에 다니가와 씨는 밖으로 나가기를 불안해하여 식구들도 정신과 상담을 권했다고 한다. 경시청은 자살로 보고 있다.

어제 아침에 일어난 일이었다.

경시청 기타자와 경찰서에 따르면 30일 이른 아침 마사쓰구 씨가 침대에 없자 이를 이상하게 여긴 부인이 집 안을 둘러보다가 툇마루와 다다미방 사이의 문틀에 목을 맨 마사쓰구 씨를 발견했다고 한다. 30일 오전 4시 32분경, 119에 신고가 들어왔다. 마사쓰구 씨가 응급차에 실려왔을 때는 이미 심장마비로 숨진 상태였다. 30일 오전 5시 47분경 병원에서 사망을 확인했다. 다다미방 탁자에서 '죽음으로 용서를 구한다'는 메모가 발견되었다.

다시 '언마스크' 페이지로 돌아가니 전 후생성 역대 사무차관 목록에 다니가와 마사쓰구의 이름이 정확하게 기재되어 있었고 연금 개혁과 퇴직 후의 일자리에 관련된 내용도 자세히 기록되어 있었다.

그 글만 읽어서는 현재의 연금 정책이 모호하게 수립된 것은 모두 다니가와 마사쓰구 탓이라는 느낌이 들었다. 하지만 상식적으로 그럴 리가 없었다. 처음에 읽었을 때는 그런 인상을 받았지만 세심하게 읽어보면 꼭 그렇다고 단언하기는 어려웠다. 그 글은 고발이라기보다 교묘한 이미지 전략이었다. 다시 말해 일종의 세뇌와도 같았다.

도대체 뭘까.

많은 국민들이 관료주의 정치가 바뀌기를 바라고 구라타도 거기에 반대하지 않는다. 법으로 심판하지 못한다면 다른 수단을 쓰는 것도 하나의 방법이라고 여겨왔고 실제로 자신도 그렇게 행동했다.

그러나 이것은 달랐다, 결정적인 무언가가.

월요일 오전에 가쓰마타에게 연락을 취했다.

"준비됐습니다. 점심쯤에 들어갈 생각입니다."

"잠깐 기다려봐. 확인하고 다시 연락하지."

쓰지우치에게는 24시간 감시 태세를 갖춘 감시반이 붙어 있는 터라 그쪽 상황이 어떤지를 확인할 시간이 필요한 듯했다.

15분쯤 지나자 연락이 왔다.

"감시반이 여섯 사람에서 네 사람으로 줄어서 지금 모든 수사관이 쓰지우치를 따라 학원으로 이동했어. 집 주변에는 감시반이 없을 거야."

"그럼 끝나는 대로 다시 연락하죠."

구라타는 즉시 현장으로 갔다. 그리고 쓰지우치가 사는 아파트를 찾기 시작했다.

엔젤하이츠 센고쿠. 지은 지 꽤 오래된 건물이라 현관 출입문이 자동이 아닌 덕에 건물 안에 들어가기는 수월했다.

비닐장갑을 끼고 엘리베이터를 탔다. 푹푹 찌는 더위로 장갑 안은 벌써 땀으로 흥건했지만 벗어던지기에는 늦었다. 이대로 진행해야 한다.

쓰지우치의 집은 5층이다. 엘리베이터를 타고 5층에서 내리자 정면에 복도가 있었다. 다행히 사람들이 오가지는 않았다. 오른쪽으로는 가슴께까지 오는 벽 너머로 고급 주택단지가 넓게 펼쳐졌다.

503호. 가쓰마타가 보내준 열쇠로 손쉽게 문을 열었다. 잠입은 식은 죽 먹기보다 쉬운 일이었다. 그러나 현관문을 닫고 외부와 차단된 순간부터 땀이 비 오듯 흘렀다. 에어컨은 켜지 못해도 하다못해 뭐라도 쥐고 부채질을 하지 않으면 더위 죽을 것만 같았다.

스니커즈 운동화를 벗고 가로로 길게 이어진 복도에 들어섰다. 왼쪽으로 문 한 짝, 오른쪽으로 문 세 짝이 있다. 바로 앞방은 미닫이문이 달린 걸 보아 다다미방인 듯했다.

먼저 사람이 있는지 없는지부터 방 하나씩 차례로 확인했다. 왼쪽은 욕실로 이어지는 탈의실, 오른쪽 앞에 있는 폭이 좁은 문은 화장실 문이다. 오른쪽 가장 안쪽에는 주방이 있고 그곳으로 들어가면 앞쪽에 찬장, 가운데에 작은 테이블 세트가 있었다. 요리를 자주 하지 않는지 주방에 식기는 나와 있지 않았다.

주방은 거실로 이어지는데 넓이가 주방과 비슷했다. 오른쪽에 벽장, 정면에는 미닫이 유리문이 보였다. 방향으로 따져보면 베란다인 듯했다. 지금은 커튼을 쳐두어 바깥이 보이지 않는다. 벽장과 창문을 긴 구석에는 액정 텔레비전이 있고 그 바로 앞쪽에 소파가 놓여 있었다. 창문에 가까운 탓인지 이 거실이 가장 더웠다.

구라타는 손수건으로 흐르는 땀을 훔쳤다. 벽장 안을 확인해보니 눈에 띄는 물건은 없었다. 정장과 셔츠, 코트가 걸려 있고 붙박이장 선반에는 속옷이나 집 안에서 입을 만한 옷밖에 없었다. 쓰지우치는 캐주얼을 잘 입지 않는 걸까.

소파 뒤에 단순한 디자인의 검은 책상이 있고 그 위에는 컴퓨터가 놓여 있었다. 컴퓨터를 들여다볼 마음은 도저히 생기지 않았다. 자신이 지금과 같은 첨단 시대에 얼마나 뒤처져 있는지 지난번 PC방에 갔을 때 뼈저리게 깨달았다. 여기서는 무리하지 말고 아날로그식 작업에만 몰두하는 편이 낫다.

책상 서랍을 열어보았다. 3단 서랍의 맨 위 칸은 열쇠로 잠글 수 있게 되어 있었는데 손잡이를 잡아당기자 쉽게 열렸다. 하지만 정작 발견한 건 필기도구처럼 잡다한 물건들뿐이었다.

가운데 서랍에는 컴퓨터 관련 설명서와 CD가 들어 있었다. CD 두 장 아래 은행 통장과 인감이 숨겨져 있었다. 맨 아래 서랍은 더 이상 쓰지 않는 주변기기 수납장 같았다.

문득 이상하다는 생각이 들었다. 주변을 한 바퀴 살폈다. 책장이 없었다. 책은 어디에 보관할까.

일단 다시 복도로 돌아와 미닫이문을 열고 다다미방으로 들어갔다. 7제곱미터 남짓한 방 안에는 싱글 침대가 있고 그 옆에 사이드 테이블 대신 낮은 책장이 있었다. 책장 위에는 꽃봉오리 모양의 앤티크풍 스탠드가 있고, 그 바로 밑에도 앤티크풍의 삼면 액자가 있었다.

손을 대지 않고 웅크리고 앉아 사진을 유심히 들여다보았다. 왼쪽은 테니스 라켓을 가슴에 안은 여자의 사진이었다. 가운데 사진 속에서는 세 젊은이가 웃고 있었다. 왼편부터 여자, 남자, 남자 순이었다. 여자는 왼쪽 사진 속 인물과 같았다. 쓰지우치의 애인일 가능성도 있었다. 세 사람 모두 티셔츠와 청바지의 캐주얼 차림이었다. 사진을 찍은 당시 나이는 대략 20대 초반으로 보였다. 마지막으로 오른쪽 사진은 파티장 같은 곳에서 찍은 스냅사진이었다. 다섯 사람이 찍혔는데 가운데 두 사람만 포즈를 취하고 있었다. 그 두 사람은 옆 사진에 있는 남자 둘과 같은 사람이었다.

두 사람 중 한 사람이 쓰지우치 같았다. 다른 남자는 누굴까. 파티 분위기로 봐서는 회사 동료임에 틀림없다. 웃음을 띤 두 남자는 정장을, 사진 끝에 있는 여자는 정장 치마를 입었다. 예복은 아니었다. 정장은 대부분이 회색이나 짙은 감색이고, 넥타이의 색깔과 무늬도 가지각색이다. 자세히 보니 조금 떨어진 자리에는 머리숱이 듬성듬성하고 얼굴이 불그스레한 나이 든 사람도 있었다.

그 사진에 찍힌 두 사람도 젊어 보였다. 쓰지우치는 올해 마흔한 살이다. 불혹을 넘긴 중년 남성이 20대 초반, 특별한 시기에 찍은 사진을 침대 머리맡에 두었다.

무언가 있다. 찜찜한 생각이 머리를 떠나지 않았다.

구라타는 일단 사진 세 장을 찍어놓기로 했다. 휴대전화 카메라밖에 없지만 요즘 나오는 제품들은 꽤 뛰어난 성능을 자랑한다고 광고에도 나왔다.

창가로 가져가 되도록 밝은 상태로 사진을 찍었다. 액자 속에 담긴 그대로 찍으려고 빛이 유리에 반사되지 않도록 신경을 썼다. 세 사람의 얼굴이 그럭저럭 식별 가능할 정도로 찍혔다.

액자를 원래 있던 자리로 돌려놓을 때였다.

현관 밖 복도에서 발소리가 들리다가 이 집 앞에서 멈췄다.

'아뿔싸!' 하고 생각했을 때는 이미 늦었다. 열쇠를 집어넣고 돌리는 소리가 들렸다. 현관문이 활짝 열리면서 밝아졌다.

큰일이다. 신발을 현관에 벗어둔 채 들어왔다.

하지만 집 안으로 들어온 사람은 신발을 신경 쓸 상황이 아닌 듯했다. 다다미방에서 대각선 맞은편에 있는 화장실로 곧장 들어가더니 변기 뚜껑을 열고 격렬하게 토하기 시작했다. 와이셔츠를 입은 등이 들썩거리는 모습이 보였다. 짙은 감색 바지를 입은 허리는 40대 남자치고는 가늘었다. 괴로운 듯 검은색 양말을 신은 두 발로 바닥을 비벼댔다.

순간 어떻게 해야 할지 망설여졌다.

남자가 괴로워하는 틈을 타 이대로 도망칠 것인지. 하지만 얼

굴을 들키지 않고 건물 밖으로 나갈 수 있을까. 남자가 쓰지우
치라면 감시반도 벌써 주변에서 대기하고 있을 가능성이 높다.
소란을 피우다가는 감시반에게 들킬 게 뻔하다. 그들이 집 주변
을 포위하고 있다면 도망치기도 어렵다. 지금부터 서둘러 밖으
로 나가도 소용없다.

그럼 어떻게 할까.

이리저리 방법을 모색하는데, 남자가 구토를 멈췄다. 남자는
화장실 휴지를 거칠게 잡아뜯어 입가를 닦고 변기 물을 내렸다.
변기와 문틀을 움켜쥐고 일어서서 뒷걸음질로 화장실에서 나
왔다. 남자는 그제야 현관에 놓인 낯선 운동화를 발견한 모양이
었다.

순간 남자의 어깨가 굳어졌다.

절호의 기회였다.

구라타는 등 뒤에서 남자의 목을 오른팔로 감았다.

"읍."

왼손으로는 남자의 왼쪽 손목을 꽉 잡아서 그대로 뒤로 끌고
갔다. 남자가 평소 호신술 같은 무술로 단련한 몸이라면 몰라도
이런 자세로는 웬만해서 상대를 뿌리치지 못한다. 저항한다고
해도 고작 오른팔 팔꿈치로 가격하는 정도다. 구라타는 자세를
조금 왼쪽으로 틀었다. 하지만 상대도 포기할 기세가 아니었다.
반격할 기회를 차단해야 했다.

구라타는 남자를 벽과 침대 사이로 끌고 가 엎어뜨렸다. 꼼짝
못하게 위에서 누르고 양팔을 뒤에서 잡아 비틀어 올렸다. 옆구

리에 가볍게 주먹을 찔러 넣자 자동으로 남자의 몸이 굽었다. 그 상태로 아랫배에 손을 넣어 셔츠의 단추를 한 번에 모두 뜯 어냈다. 남자가 순간 놀란 듯 침을 삼켰지만, 구라타로서는 덮 칠 생각 같은 건 추호도 없었다. 그대로 옷깃을 잡아 상박부까 지 벗긴 다음, 바지 속에 있던 셔츠 아랫단을 밖으로 빼내서 팔 꿈치를 감싸듯이 상하로 팔을 묶었다. 이러면 한동안 양팔을 쓰 지 못한다.

마지막으로 벨트를 풀어 발목을 묶었다. 남자는 이제 몸을 옴 짝달싹도 못했다.

그러나 입은 무사했다.

"……누구야, 당신?"

기다리란다고 기다려주는 도둑은 없다. 마찬가지로 누구냐 는 물음에 이름을 대는 침입자는 없다. 살인자의 심정은 살인 자가 가장 잘 안다. 가쓰마타가 했던 말이 뇌리에 떠올랐다.

"고개 돌리지 마. 안심하라고, 죽이진 않을 테니까."

오른쪽 어깨를 짓눌러 뒤돌아보지 못하게 막았다. 조금 시간 이 지나면 셔츠가 땀으로 젖어, 묶어놓은 매듭도 느슨해질 것 이다. 구라타가 이대로 두고 떠나도 스스로 풀어낼 수 있게 될 터다.

"당신이 쓰지우치 마사히토인가?"

남자는 고개를 겨우 끄덕인다.

"난 말이야, 당신 행동을 아무리 생각해도 좋게 봐줄 수가 없 어. 법으로 심판하지 못하는 '악'이어서 다른 수단을 쓸 수밖에 없었다는 데에는 동의하지. 거기까진 알겠어. 부정할 마음도 없고. 하지만 당신은 관료에게 일격을 가하려다가 끝내 관료들이 일삼는 짓과 똑같은 일을 저질렀어."

쓰지우치는 곁눈질로 노려보려 했지만 구라타가 어깨를 누르는 바람에 그러지도 못했다.

"당신은 인터넷을 방패 삼아 실체를 드러내지 않고 직접 원한을 품은 사람들에게 정보를 교묘하게 넘기는 방법으로 범죄를 저지르게 했어. 그들이 체포돼도 당신은 무사하지. 살의의 씨앗을 여기저기 뿌리고만 다닐 뿐, 당신 자신은 한 번도 실행한 적 없어. 악법을 만들고 문제가 생기면 그 밑에 있는 장관들에게 책임을 물어서 갈아치우는 짓과 당신이 하는 짓이 뭐가 다르지? 그렇게 혐오하는 관료들의 행태와 다른 점이 뭐냐고?"

쓰지우치는 이를 꽉 물고 다시 구라타를 노려보려 했다.

"그럼 어쩌란 말이야?"

목구멍 깊은 곳에서 쥐어짜는 듯한 목소리로 그가 말했다.

"적은 한 명이 아니야. 조직도 아니지. 시스템이야. 아무리 썩어빠졌어도 관료주의라는 시스템은 견고해. 무너뜨리려면 우리도 시스템이 필요했어. 그게 바로 언마스크야."

이 말만 들으면 옳은 소리처럼 들리기도 했다.

"그렇더라도 당신이 쓴 방법에는 공감하지 못하겠군. 관료제가 마음에 들지 않는다고 해서 혈맹단*의 '일인일살(一人一殺)'

---

* 혈맹단(血盟団): 1930년대에 이노우에 닛쇼(井上日召)를 우두머리로 해서 활동했던 우익 테러 집단.

같은 소리를 해도 좋다는 건가?"

혈맹단은 '일인일살주의'를 내걸고, 정계와 재계 거물을 겨냥해 테러를 가했다.

쓰지우치는 코웃음을 치며 숨을 크게 몰아쉬었다.

"한 명이 반드시 한 사람은 죽인다?"

쓰지우치의 웃음소리가 점점 커졌다. 구라타는 발바닥이 땀에 젖어 미끄러워지면서 그를 제압하기가 점점 힘들었다.

"혈맹단이라. 내가 이노우에 닛쇼라는 말이군. 하지만 난 붙잡히지 않아. 적어도 경찰한테는 말이지."

땀이 이마를 따라 흘러내려 눈에 들어갔다.

순간 눈앞이 흐려지면서 머리가 빙빙 돌았다.

이 작자를 대체 어떻게 해야 좋을까.

12

하야마는 급작스러운 전개에 곤혹스러웠다.

첫 강의를 앞두고 있던 쓰지우치가 3시가 넘자 갑자기 가방을 들고 학원에서 나왔다.

걸음걸이가 여느 때와 확연히 달랐다. 평소 쓰지우치는 큰 보폭으로 성큼성큼 걸었다. 하지만 이때는 달랐다. 보폭이 좁고 간격도 일정하지 않았다. 걸음걸이로 보아 몸 상태가 좋지 않은 게 분명했다.

공교롭게도 감시반 중 두 명은 보고를 하러 스기나미 서 수사본부로 돌아가 있었다. 쓰지우치를 미행할 사람은 나카모리와 하야마 둘뿐이었다. 두 사람은 학원 맞은편 빌딩 공실에서 잠복하고 있다가 황급히 밖으로 뛰어나가 쓰지우치를 뒤쫓았다.

쓰지우치는 가끔씩 멈춰 서서 손수건으로 입을 가리고 숨 고르기를 반복했다. 상태가 상당히 좋지 않은 듯했다. 아파트 입구에 있는 세 단 정도 되는 계단을 오르기도 힘들어 보였다. 당장이라도 굴러떨어질 듯 조마조마했다.

하야마 일행은 다시 건너편 아파트로 달려가 비상계단에서 쓰지우치의 행동을 주시했다. 그가 집으로 들어간 뒤로는 한동안 움직임이 없었다. 그러다 30분쯤 지나서 문이 열렸다.

"저 인간은 또 누구야?"

"글쎄요, 잘 모르겠는데요."

한눈에 보아도 쓰지우치보다 키가 작고 몸집이 왜소한 남자가 문을 열고 나왔다. 나이는 50대 후반쯤으로 보였다. 하얀 셔츠에 검은 외투를 입었다. 조금 전 쓰지우치와 달리 잰걸음으로 엘리베이터까지 걸어갔다.

하야마가 벌떡 일어섰다.

"제가 가겠습니다."

"응, 부탁하네."

비상계단으로 내려간 하야마는 그 남자와 마주치지 않으려고 길가로는 나가지 않을 셈이었다. 하지만 남자는 하야마의 몇

미터 앞 국도를 뛰다시피 빠른 걸음으로 걸었다. 더 이상 상대가 눈치채지 못하게 따라가기는 어려웠다. 이제 남은 수는 젖먹던 힘을 다해 뒤쫓는 것뿐이었다.

허름한 검은색 정장을 입은 남자는 조금 지쳐 보였다. 겉모습만 보면 조직폭력배 같았지만 그런 사람치고는 발걸음이 가벼웠고 위압적이거나 허세가 느껴지지 않았다. 쓰지우치와 다른 의미로 몸놀림이 좋았다.

어쩌면 경찰관일지도 모른다는 생각이 뇌리를 스쳤다.

남자가 역 앞에 다다르자 걷는 속도를 늦췄다. 순간 하야마는 자신의 존재를 들킨 게 아닐까 싶었지만 다행히도 그렇지는 않았다. 무언가를 찾는 눈치였다.

남자는 쓰지우치가 근무하는 학원 주변을 한 바퀴 돌았다. 하지만 찾으려는 무언가가 없는지 이번에는 국도의 횡단보도를 건너더니 지조 거리의 상점가로 들어갔다.

남자는 갑자기 왼쪽 상점 안으로 들어갔다.

그곳은 사진관이었다. 남자는 주머니에서 무언가를 꺼냈다. 사진을 현상하려는 모양이었다. 질문을 하기도 하고 고개를 끄덕이기도 했다.

남자가 이윽고 보관증을 받아 들고 사진관에서 나왔다. 무슨 사진을 현상하려는지 궁금했지만 남자를 쫓는 게 우선이었다.

그러나 남자는 멀리 가지 않고 사진관에서 세 건물 떨어진 지점 맞은편의 찻집으로 들어갔다. 쫓아 들어가지 못했지만 다행스럽게도 대각선 위치에 편의점이 있었다. 거기서 책을 읽는 척하며 기다리기로 했다.

남자는 30분쯤 있다가 찻집에서 나왔다. 그런 다음 조금 전 걸어왔던 길을 되짚어 사진관으로 갔다.

카운터에서 사진관 안을 엿보자 점원이 웃는 얼굴로 남자를 맞이하더니 봉투 하나를 건넸다. 남자는 내용물을 확인하고 흐뭇한 얼굴로 주머니에서 지갑을 꺼냈다. 천 엔짜리 지폐를 몇 장 건네고 잔돈을 받았다. 점원이 다시 웃는 얼굴로 인사하자 남자는 가게를 나섰다.

이제 어디로 갈까.

남자는 국도를 따라 걸었다. 스가모 역에서 전철을 타려는가 싶더니 역 반대 방향으로 돌아서 왼편에 있는 니시스가모 역 쪽으로 걷기 시작했다. 17번 국도의 보도를 따라 빠르게 걸었다.

해가 저물기 시작했지만 아직 어둡지 않았다. 더위는 가실 기미가 없었다. 스쳐 지나는 차들이 배기가스를 내뿜는다. 그것을 머금은 바람조차 지금 같은 상황에서는 고마울 지경이었다. 바람에 땀이 말라 뜨거운 체온을 그나마 식혀주었다.

문제가 생겼다. 스가모 역에서 멀어지자 오가는 사람 수가 줄어들었다. 자전거 몇 대가 스쳐 지나갈 뿐, 어느새 니시스가모 쪽 길로 가는 사람은 남자와 하야마 둘뿐이었다.

일정한 거리를 두고 같은 속도로 걷는 두 사람의 모습을 옆에서 본다면 아마도 꽤 우스꽝스러웠을 것이다. 이제 남자가 언제 눈치를 채느냐만 남았다.

그 순간은 생각보다 빨리 찾아왔다.

남자가 갑자기 홱 뒤돌아보더니 빠른 걸음으로 하야마를 향해 걸어왔다.

미행 이론에 따르면 이대로 그냥 스쳐 지나갈 것을 각오하고 계속 걸어야 했다. 그러나 허를 찔리는 바람에 하야마는 걸음을 멈추고 말았다. 그래도 어떻게든 한 걸음 더 움직였다. 아무렇지 않은 듯이 되도록 남자의 얼굴을 쳐다보지 않으며 발걸음을 옮겼다.

앞으로 세 발자국…… 두 발자국…….

드디어 스쳐 지나가려는 순간이었다.

"이봐."

뜻밖에도 남자가 먼저 말을 걸었다. 마치 두꺼운 가죽처럼 딱딱하고 낮은 목소리였다. 하야마는 깜짝 놀라 걸음을 멈추는 척 연기했지만 때는 이미 늦었다.

"자넨 미행에 영 소질이 없군."

놀라서 말문이 막혔다. 몸은 뻣뻣하게 굳었다.

남자가 안주머니에 손을 넣더니 얇은 종이봉투를 꺼냈다. 조금 전 사진관에서 받은 봉투였다.

"자, 봐."

선택의 여지를 주지 않았다. 시키는 대로 따를지 고민하다가 시치미를 떼기에는 이미 늦었다고 판단했다.

남자의 말대로 순순히 봉투를 받아 들고 사진을 꺼내보았다. 처음 것은 테니스복을 입은 여자의 사진이었다. 그다지 선명한 사진은 아니었지만 얼굴을 구별하기에는 충분했다.

"그 여자 아냐?"

모르는 여자였다. 고개를 흔들었다.

"넘겨봐."

남은 두 장은 비슷한 사진이었다. 세 사람이 찍혀 있었다. 왼쪽에 있는 인물은 처음 사진에서 본 여자 같았다.

"그 사람이 쓰지우치지. 그 옆 사람이 누군지 알겠나?"

남자의 설명대로 한가운데 있는 사람은 꽤 젊은 시절의 쓰지우치였다. 20대 초반으로 보였다. 하지만 오른쪽에 있는 다른 남자는 본 기억이 없었다. 하야마는 또다시 고개를 흔들었다.

"모르면 알아봐! 쓰지우치가 침대 머리맡에 놓아두는 사진들이니까. 분명히 그 사진에 찍힌 두 사람은 특별한 관계야. 그리고……."

남자는 잠시 망설이듯 시선을 돌렸지만 곧 하야마의 눈을 뚫어져라 보며 말했다.

"가쓰마타 경위에게 가서 전해, 약속은 지켰다고."

남자가 하야마의 어깨를 툭툭 두드리고는 걸음을 옮겼다. 이대로 가버리게 놔둬서는 안 된다. 하야마는 떠나려는 남자의 팔꿈치를 허겁지겁 붙잡았다.

"잠깐만. 당신 대체 정체가 뭡니까?"

남자는 어깨 너머로 하야마를 힐끗 돌아봤다.

"신경 꺼, 이 풋내기야. 그런 건 몰라도 돼."

더는 남자를 붙잡을 구실이 없었다.

손을 놓자 남자는 조금 전과 딴판으로 천천히 걸었다.

배기가스 냄새를 머금은 바람이 달아오른 등을 차갑게 식혀
주었다.

다시 잠복근무를 하던 자리로 돌아오긴 했지만 남자의 입에
서 가쓰마타의 이름이 나온 터라 보고하기도 애매했다.

"죄송합니다. 놓쳤습니다."

"뭐야, 쫓아가기 힘든 상황도 아니었잖아."

"엄청나게 경계하면서 자꾸 뒤를 돌아보더니…… 급히 골목
으로 들어가는 바람에 그만 놓치고 말았습니다. 죄송합니다."

나카모리는 늘 가지고 다니는 다이어트 보조식 칼로리메이
트를 씹으며 "이제 어쩌지."라고 중얼거렸다. 회의에서 이 사실
을 보고해야 할지 말아야 할지 고민하는 듯했다.

입을 크게 벌려 부스러기를 모두 털어 넣고 봉지는 접어서 주
머니 안에 찔러 넣는다.

"오늘은 자네가 가."

오늘 저녁에는 휴식과 보고를 겸해서 둘 중 한 사람이 수사본
부로 돌아갈 예정이었다. 하야마에게 가라고 하는 건 이 사건에
대한 보고를 맡기겠다는 뜻이다.

"알겠습니다. 제가 가겠습니다."

교대 요원은 저녁 6시 무렵에 왔다. 하야마는 세 사람에게 인
사를 하고 잠복근무지를 뒤로했다. 교대할 때 사토 경사에게
"너 냄새가 장난이 아닌데."라는 말을 들은 탓에 택시를 잡아타
고 서로 돌아갔다. 쓸데없는 돈 낭비였지만 그렇다고 땀내를 풍

기며 꾀죄죄한 모습으로 전철을 탈 수는 없는 노릇이었다.

　수사본부 회의는 일주일 만이었다. 사람 수가 줄었다는 이야기는 들었지만 설마 절반 밑으로 줄었을 줄은 몰랐다. 가노의 연장 구류 기한이 곧 다가오고, 공판을 이어가기에 충분한 수사 자료도 완벽하게 갖추어졌다. 지금보다 수사관을 더 많이 배치해보았자 할 일 없이 노닥거리기만 할 뿐이다. 아마도 간부가 그렇게 판단했으리라.

　한편 쓰지우치의 주변 조사는 극적으로 진행되었다.

　보고자는 어느 계 소속인지는 모르겠으나 수사 1과 주임이었다.

　"오늘 아침 보고드린 대로 쓰지우치는 14년 전 한 차례 결혼한 적이 있으나 한 달 만에 이혼했습니다. 쓰지우치라는 성은 그때 아내의 성이며, 본디 성은 야베였습니다. 철저히 계획된 개명이라 판단됩니다."

　화이트보드에는 '쓰지우치'라는 성 옆에 괄호로 '야베'도 쓰여 있었다.

　그랬다. 도중에 성을 바꾸었기 때문에 이력을 조사하기가 어려웠던 것이다.

　"옛 이름, 야베 마사히토는 닛신 대학교 약학부를 졸업한 뒤 하마나카 제약에 들어갔습니다. 그곳은 4년 만에 그만두었습니다. 결혼과 이혼을 한 시기는 바로 그 직후이며 지금 직장인 학원에 강사로 근무하기 시작한 것은 그 후의 일입니다."

다시 말해 하마나카 제약 퇴사를 계기로 쓰지우치의 인생은 180도 달라졌다.

관리관이 주임을 가리켰다.

"하마나카 제약을 그만둔 이유가 뭔가?"

"분명치 않습니다. 개인 사정으로 그만두었다고만 나와 있습니다."

관리관은 보고를 계속하라고 재촉했다.

"야베 마사히토의 부모님은 현재 살아 있고, 이바라키 현에서 맏딸 부부와 함께 살고 있습니다. 맏딸은 마사히토보다 네 살 손위 누나입니다. 다른 형제는 없습니다. 아버지는 고향에서 식품 가공업을 하는데, 규모는 모르지만 거래처 관계자의 말에 따르면 상당히 오래된 회사라고 합니다. 최근에는 불황 때문에 상황이 어떤지 모르겠으나 적어도 야베는 학창 시절 어렵지 않은 형편에서 자랐던 것으로 보입니다."

그때 맨 앞줄의 수사관이 손을 들었다.

"그것참, 헷갈리는군. 일일이 야베라고 고쳐 말할 필요 없어. 쓰지우치로 통일하지. 지금까지 그 성으로 계속 살아왔잖아."

목소리를 들어서는 가쓰마타인 듯했다.

보고를 하던 주임은 '하지만'이라고 대꾸하려는 표정이었지만 관리관이 어쩔 수 없다는 듯이 고개를 끄덕였다. 그러자 주임은 마지못해 "알겠습니다."라고 대답했다.

"마지막으로는 품질개발관리부에서 일했습니다. 업무 내용은 아직 파악하지 못했습니다. 오늘 보고는 여기까지입니다."

그 뒤로 가노에 관한 조사를 맡은 가쓰마타의 차례가 이어졌지만 그는 "특별히 보고할 내용이 없습니다."라고 떨떠름하게 한마디만 했다.

전 후생성 관료인 다니가와 마사쓰구가 자살했다는 사실도 이 회의를 통해 처음 알았다. 언마스크와의 연관성은 아직 밝혀지지 않았지만 전연 무관할 리도 없다.

지난해 7월이었다. 마사쓰구의 오만함에 화가 난 상태이긴 했지만 하야마는 그에게 살해당하지 않은 것만으로도 다행인 줄 알라는 말까지 했다. 그런 마사쓰구가 왜 이제 와서 자살했을까.

지금은 명복을 빌어줄 수밖에 없다. 이 사건에 첫 마침표를 찍으려면 분향 정도는 하러 가야겠다고 생각했다.

회의가 끝나자 강당으로 도시락이 배달되었다. 수사관들은 회의의 연장선상으로 여기저기서 삼삼오오 간단한 단합 모임을 가졌다.

하지만 그 어느 무리에도 속하지 않은 채 홀로 있는 남자가 있었다.

가쓰마타다.

하야마는 캔 맥주에 손도 대지 않고 도시락만 받아 들고는 자리에서 일어났다. "어디 가?"라고 묻는 동료 수사관에게 "별일 아닙니다."라고 대충 둘러대고 본부 지휘석에 볼일이 있는 척하면서 맨 앞자리에 앉은 가쓰마타에게 다가갔다.

"주임님, 잠시 괜찮으십니까?"

가쓰마타는 책상에 팔꿈치를 얹은 채 하야마를 삐딱하게 올려다보았다.

"뭐야. 자네였나? 얼굴이 왜 그리 멀끔해?"

수사본부로 돌아오자마자 목욕부터 했다. 옷도 갈아입었다.

"주임님, 드릴 말씀이 있는데 밖으로 좀 나가시죠?"

가쓰마타는 나무젓가락을 도시락 뚜껑 위에 툭 던졌다.

"그러지. 나도 좀 지루했는데 잘됐군."

다른 사람들의 눈에 띄지 않게 하야마가 먼저 강당을 빠져나왔다. 어디로 가야할지 잠시 망설이다가 한 층 위 유도장과 검도장이 있는 곳이라면 지금 시간에는 사람이 없을 거라는 생각이 들었다.

6층으로 올라가 복도 끝에서 기다렸다. 곧이어 가쓰마타가 왼손을 호주머니에 찔러 넣고 오른손에 든 이쑤시개로 앞니를 쑤시며 걸어왔다.

"뭐야, 자네 같은 말단이 부른다고 내가 이렇게 나와야겠어? 모양 빠지게."

이쪽이야말로 불러내고 싶어 부른 게 아니다.

"실은 오늘 오후에 처음 보는 남자가 쓰지우치의 방에서 나왔습니다."

일부러 본론부터 꺼내서 어떤 반응을 보이는지 확인하려 했지만 가쓰마타는 눈썹 하나 까딱하지 않았다.

"그게 누구였는데?"

시치미를 떼려는 속셈인가.

"모르겠습니다."

"안 따라갔어?"

"따라잡긴 했는데 마지막에 놓쳤습니다."

가쓰마타는 비웃듯이 코웃음을 쳤지만 왠지 모를 안도감이 섞여 있었다.

"그런데 그 남자가 전하라는 말이 있습니다."

옅은 눈썹을 꿈틀대며 가쓰마타가 하야마를 올려다보았다.

"전하라는 말?"

"네."

"누구한테?"

"가쓰마타 주임님한테요."

가쓰마타는 그제야 사태를 파악했는지 혀를 차며 짧게 자른 머리를 긁적거렸다.

"그 자식이 전화를 왜 안 받나 했더니 이유가 있었군."

"그리고 이것도 갖고 가라더군요."

안쪽 주머니에서 남자가 건네준 봉투를 꺼냈다.

"사진이야?"

"네, 그 남자가 쓰지우치의 아파트에서 나오자마자 바로 사진관에 가서 현상한 사진입니다. 미행한 시간은 다 합쳐서 50분에서 한 시간 정도였지만 아마도 그 남자는 처음부터 제가 따라다닌 걸 알았던 모양입니다."

하야마는 호흡을 가다듬고 다시 가쓰마타의 눈을 정면으로 쳐다보았다.

"주임님, 그 남자 누굽니까?"

가쓰마타는 짧게 고개를 흔들었다.

"몰라도 돼."

그러고는 하야마의 손에 있던 봉투를 홱 낚아채더니 접힌 부분을 거칠게 펼쳐 사진을 꺼낸다.

처음 사진을 보았을 때는 얼굴에 별다른 변화가 없었다. 하지만 여자 사진 다음으로 세 사람이 함께 찍힌 사진에서 동작을 멈추더니 표정까지 달라졌다. 무언가를 말하려는 듯 입이 헤벌어졌다. 가쓰마타는 사진 속 세 사람의 얼굴을 연신 번갈아 보았다.

"두 사람을 아십니까?"

가쓰마타는 침묵했다. 다시 몇 장을 넘겨 파티장 사진을 보았다. 미간에 세로로 깊은 주름이 잡히고 눈길은 언젠가부터 사진을 떠나 허공을 떠돌고 있었다.

"주임님."

"거참, 조용히 좀 해봐!"

뒤에서 서서히 몰려오는 재앙의 그림자에 온 신경을 집중하는 듯했다. 하야마는 그것의 정체를 반드시 밝혀내리라 마음속으로 다짐했다.

계단 쪽에서 발걸음 소리가 났지만 그들이 있는 층에는 볼일이 없는 듯했다.

갑자기 경무과장을 찾는 방송이 스피커에서 흘러나왔다. 하지만 뻣뻣하게 굳은 가쓰마타는 조금도 반응하지 않았다.

이윽고 천천히 세 사람이 찍힌 파티장 사진으로 시선을 옮겼다.

"자네, 나랑 함께 움직일 생각 있나?"

이 강당에서 처음 얼굴을 마주했을 때 가쓰마타는 하야마에게 "내가 1과로 돌려보내 줄까?"라는 말을 했다. 하지만 지금 제안은 그것과는 별개다. 이해타산을 따지거나 허세를 부리지 않고 오히려 가쓰마타라는 형사의 내면에 있는 무언가가 대신 말하는 듯했다.

대답은 이미 정해져 있었다.

"네. 좋습니다."

가쓰마타는 한쪽 뺨을 실룩거리며 만족스러운 듯 고개를 끄덕였다.

"그럼 먼저, 이 여자가 누구냐 하면 말이지."

가쓰마타는 첫 번째 사진을 다시 꺼내 들었다.

"이 사람은 오토모 마유야."

그 말만으로는 무슨 이야기인지 몰랐지만 가쓰마타는 바로 계속했다.

"15년 전, 나가쓰카 도시카즈 살해를 계획했다가 실수로 아들인 나가쓰카 준을 찔러 죽이고 만 오토모 신지의 딸, 오토모 마유라고."

그 여자와 쓰지우치…… 아니, 야베 마사히토가 무슨 연관이 있다는 말인가.

"그리고 이 남자는 누구냐면……."

가쓰마타가 대답을 기다리는 듯 올려다봤지만 하야마로서는 알 턱이 없었다.

"이 남자가 바로 나가쓰카 준이야. 아버지인 도시카즈로 오인받아 오토모 신지에게 살해당한 그 나가쓰카 준 말이야."

"그게 무슨 말씀이십니까?"

가쓰마타는 한쪽 입꼬리를 끌어 올리며 말을 이었다.

"자네 아까 회의에서 나온 보고 제대로 안 들었나? 쓰지우치는 대학을 졸업하고 하마나카 제약에서 근무했지."

다시 사진을 몇 장 넘기더니 파티장 사진을 집어 들었다.

"아마 이 사진은 그 시절에 찍었을 거야. 나가쓰카 준은 아버지라는 연줄이 있는 미도리카와 제약이 아니라 일부러 하마나카 제약에 들어갔어. 거기서 쓰지우치, 그러니까 그때의 야베 마사히토와 만났을 테지. 이 사진은 그런 사연을 담고 있다고."

"그럼 오토모 마유는요?"

다시 여자 사진을 꺼내 들었다.

"이 사진으로 봐서 대학 테니스 동아리나 지역 테니스 클럽 같은 곳을 탐문하면 두 사람의 관계는 자연스럽게 밝혀지겠지. 참고로 오토모 마유는 오토모 신지가 사건을 일으키기 2년 전쯤에 자살했어. 그때가 스무 살 전후였을 거야. 17년 전이면 쓰지우치는 몇 살이었나?"

"스물네 살입니다."

납득이 가는지 가쓰마타는 고개를 끄덕였다.

"두 사람이 애인 사이였다면 한창 좋았을 시기겠군. 대학을 졸업하자마자 취직해서 2년 차였으니까. 그런데 그때 마유가 자살하고 말았어. 게다가 2년 뒤에는 오토모 신지가 준을 죽였지. 쓰지우치는 하마나카 제약을 언제 퇴사했나?"

"취직하고 나서 4년 만에 퇴사했습니다."

"딱 맞아떨어지는군. 결혼과 이혼은 언제 했지?"

"14년 전이니까 27세 때입니다."

가쓰마타가 크게 한숨을 쉬었다.

"이제 거의 퍼즐이 맞춰지는군. 17년 전, 마유가 먼저 죽었어. 자살 원인은 비가열 혈액제제로 인한 감염증 발병이었지. 그런데 쓰지우치와 마유가 애인 사이였다면? 심지어 그때 쓰지우치는 하마나카 제약 사원이었어. 비가열 혈액제제가 몸에 나쁘다는 사실 정도는 이미 알고 있었을 거야. 그래서 쓰지우치는 그 사실을 오토모 신지에게 털어놨겠지. 단지 함께 슬퍼하려 했던 건지 아니면 재판을 걸 셈이었는지 모르겠지만 말이야. 하지만 오토모 신지는 쓰지우치가 예상조차 못 한 행동을 저질렀어. 바로 직접 나가쓰카 도시카즈를 죽이러 간 거야."

가쓰마타는 이내 "아니지."라며 머리를 흔들었다.

"어쩌면 쓰지우치는 그걸 노리고 오토모 신지에게 이야기를 흘렸을지도 몰라."

쓰지우치가 오토모 신지를 선동해서 나가쓰카 도시카즈를 죽이려 했다는 말인가.

13

왜 나를 공격했을까. 그 남자는 도대체 이 방에서 무슨 짓을 하고 있었을까.

나가쓰카 도시카즈가 살해된 지 벌써 한 달째다. 그날 이후 늘 어떤 긴장감 속에서 살아온 자신을 부정하지는 않는다.

갑자기 끓어오르는 흥분, 원인 모를 낙담, 언론 보도를 보고 들을 때마다 느껴지는 성취감, 끝없는 일상에 대한 불안감. 위를 향해 오르다가 아래로 곤두박질치고, 빙빙 돌다가 급정지하는 롤러코스터에 올라탄 기분이었다. 이런 상황이 오랫동안 이어지면 평범한 생활은 불가능하다. 용케도 지금까지는 매일 태연하게 일을 했다.

그날은 낮에 학원 컴퓨터로 연습 문제를 만들고 있었다. 갑자기 모니터 화면이 수면처럼 앞뒤로 출렁거리는 듯이 보였다. 얼른 손으로 화면을 막았지만 손까지 모니터로 빨려 들어가는 듯했다. 엉겁결에 소리를 질렀더니 동료가 "괜찮아?"라며 어깨를 두드렸다. 그것도 잠시였다. 조금 정신을 차리려는 찰나 이번에는 심하게 구역질이 났다. 화장실로 달려가서 점심으로 먹은 메밀국수를 남김없이 게워냈다.

잠시 책상에 엎드려 쉬다가 학원장이 집에 일찍 돌아가 쉬는 게 좋겠다고 해서 학원에서 나왔다. 3시가 지났을 때 겨우 집에 도착해서 다시 화장실로 달려가 속을 게워냈다. 몸을 추스르며 일어나는 도중 그 남자가 뒤에서 나를 덮쳤다.

인간은 두 가지 고통을 동시에 느끼지 못하는가 보다. 그 남자가 나를 다다미 위에 쓰러뜨린 다음 셔츠를 벗겨 손을 묶어 옴짝달싹 못하게 만드는 동안에는 이상하게도 구토 증세나 현기증이 나지 않았다. 그러나 남자가 나가고 몸을 뒤틀며 팔꿈치를 빼내고 손발이 자유로워지자 다시 구역질이 올라왔다.

어쨌든 현관문을 잠그고 토해낸 오물을 처리한 다음 집 안을 둘러보았다. 책상 서랍에 넣어둔 통장과 인감, 주방 서랍에 넣어둔 현금 7만 엔도 그대로였다. 벽장과 방 안 서랍, 그 밖의 다른 곳에도 손을 댄 흔적은 없었다.

그 남자는 내가 집에 돌아왔을 때 어디에 있었을까.

집으로 돌아왔을 때는 솔직히 말해서 구역질 때문에 둘러볼 겨를이 없었다. 위액까지 모두 토해내고 가까스로 일어났을 때 문간에 처음 보는 스니커즈가 있다는 걸 알아차렸다. '저 신발은 뭐지?' 하고 깜짝 놀란 순간, 누군가가 등 뒤에서 목을 조른 것이다.

그렇다면 남자는 다다미방에 있었다는 이야기다.

한 번 더 다다미방을 살펴보았다. 벽장은 조금 전에도 확인했지만 아무 이상이 없었다. 침대는 오늘 아침에 일어난 그대로였고, 책장도 마찬가지였다. 책장 위에 있는 전기스탠드도 부서지지 않았다. 사진 액자도 파손 흔적은 보이지 않았다. 물론 사진도 빼내지 않았다.

아니, 사진을 봤을 가능성이 있었다. 남자가 어떤 사실을 알아차렸는지 모르겠지만 무엇이든 손을 댔다면 사진도 보았으

291

리라.

상념에 젖어 과거의 추억을 곱씹었다.

마유. 그때 내가 너에게 무정한 말을 했지.

그토록 사랑했는데 나는 너를 끝까지 믿지 못했어.

학생 때부터 네가 별로 건강하지 않다는 건 알고 있었어. 테니스도 즐기는 정도로 그치고, 스키장도 바다도 한 번밖에 가지 못했지.

그 대신 여행은 많이 다녔어. 홋카이도, 센다이, 나라, 교토, 오사카, 오카야마, 가가와, 후쿠오카, 오키나와. 어디를 갔을 때 가장 즐거웠어? 나는 교토가 가장 좋았어. 가을이어서 단풍이 아크릴화처럼 선명하게 물든 풍경이 참 아름다웠지. 여름에 갔던 홋카이도도 좋았어. 칭기즈칸 요리도 맛있었고, 도카치 평야를 따라 달리던 드라이브도 신났지. 그때는 네가 건강했으니까. 지금 생각해도 가슴이 설렌다.

네 건강 상태가 급격히 나빠진 건 전문대를 졸업하고 취직한 지 얼마 지나지 않았을 때였지. 사무 보조원은 할 만한 일이라 했는데 어떻게 된 일인지 무척 걱정했어.

그때 바이러스성 면역부전증에 걸렸으리라고는 꿈에도 생각 못 했어.

당시에는 그런 종류의 바이러스가 일반적으로 성 접촉에 의해 감염된다고 생각했거든. 설마 혈액제제 때문에 감염될 줄은 상상도 못 했어. 만약 알고 있었다고 해도 너는 혈우병 환자가 아니었으니까 순순히 믿지 않았을지도 몰라. 네가 열여섯 살 때

교통사고를 당해서 수혈받은 탓일지도 모른다는 추측은 해보려고도 하지 않았어.

병명을 들었을 때의 충격은 지금도 변함없이 가슴속에 남아 있어. 바로 옆에 네가 있는데도, 어제까지와 다름없는 네가 눈앞에서 눈물을 흘리며 고백하는데도 마치 이미 죽은 사람처럼 느껴졌어. 너의 고통도, 용기도, 절망도, 성실함도. 나는 그 어느 것 하나 헤아려주지 못했어.

성숙하지 못했어. 그때는 너무 어렸던 거야. 그래, 이런 변명 따위로 어떻게 너에게 용서를 구할 수 있을까. 너를 끝까지 믿고 사랑할 각오가 되어 있지 않았어. 속 좁은 남자였다는 말밖에 할 말이 없구나.

내게는 어중간한 의학 지식밖에 없었어. 전문 분야도 달랐고, 애초에 회사도 달랐으니까. 아마추어 같은 지식만으로 나는 너의 정조를 의심했어. 네가 나 아닌 다른 사람과 성 접촉을 해서 바이러스가 감염됐다고 말이야. 이러다가 나한테도 병을 옮기는 건 아닐까 하는 생각만 들었지.

병에 걸렸다는 소문이 회사에도 나면서 너는 더욱 힘들어했어. 검사 때 의료 공제를 이용했기 때문이라는 건 나중에야 알게 되었지.

너는 회사에서도, 나에게도 배신당하고 상처투성이가 되어 다시는 돌아오지 못할 사람이 되었어. 나를 원망하는 말은 한마디도 남기지 않았지.

약해 에이즈 문제에 대해 구체적으로 알게 된 건 네가 죽고 나서 얼마 지나지 않았을 때야. 내게 그 사실을 알려준 사람은 회사 동료였던 나가쓰카 준이어. 처음 만났을 때부터 마치 십년지기처럼 의기투합했던 남자가 어느 날 밤, 의기소침해서는 내게 고백했어.

"아버지가 체포될지도 몰라."

비가열 혈액제제 때문에 바이러스성 감염증이 퍼져 간염과 면역부전증을 일으킨 예가 국내에서 다수 보고되었는데도, 마유의 죽음과 비가열 혈액제제를 그때까지도 직접 연결시키지 못했어.

그 둘의 연관성을 알려준 건 다름 아닌 준이었지.

"마유 아버지에게도 확인해보는 게 좋겠어. 여자 혈우병 환자는 드물지만, 혹시 약해 에이즈였다면 수혈 때문일 가능성이 있으니까. 과거에 수혈을 받아야 할 만큼 크게 다친 적은 없었는지 확인해봐. 난 지금도 못 믿겠어. 마유가 널 배신하고 다른 남자랑 관계를 맺었다니. 그보다 비가열 혈액제제에 의한 감염증이 훨씬 가능성이 높다고 생각해."

준의 말대로 확인해보는 것도 나쁘지 않을 것 같았어. 마유의 아버지 오토모 신지 씨는 얼굴이 새파랗게 질려서 대답했어.

"마유는 열여섯 살 때 교통사고를 당했어. 외상은 크지 않았지만, 내장이 파열돼서 내출혈이 심했지. 그때 꽤 많은 양의 수혈을 받았다네."

그러고 보니 마유의 옆구리에 무슨 수술 자국 같은 게 있었어. 자세히 보지 않으면 모를 만큼 깨끗이 나았고, 본인도 상처에 대해 말하지 않아 나도 모르는 척했지.

그랬어. 마유는 나를 배신한 게 아니었어.

내가 앉아 있던 다다미가 사형대 바닥처럼 쿵 내려앉고, 그대로 암흑 속으로 떨어지는 착각에 빠졌어. 영원히 아래로 떨어지기만 할 뿐 멈추지 않아. 날카로운 어둠이 온몸을 긁어대며 갈기갈기 찢어발기고 피가 식어 차갑게 역류하는 느낌이었어. 뇌수가 곪아서 부글거리며 열을 냈어.

나는 들은 대로 말했어. 나가쓰카라는 동료에게서 들은 이야기를 털어놓았지. 그의 아버지가 최근에 약해 에이즈 문제로 체포될지도 모른다는 이야기까지. 그를 직접 만나서 확인하고 싶다는 마유 아버님의 말에 잠시 주저하다가 결국 준의 집 주소와 전화번호를 알려주고 말았어.

지금은 그 모든 일을 후회해.

마유를 죽음으로 내몬 것은 바로 나야.

오토모 신지 씨를 살인범으로 만든 것도 나야.

준이 죽은 것도 나 때문이야.

그 뒤로 죽음을 선택하기란 쉬운 일이었지만 나는 그렇게 하지 않았어.

그때 나는 알아버렸거든. 사람은, 특히 원한을 품은 인간은 어떤 종류의 정보가 방아쇠 역할을 해서 살인을 결심할 가능성이 생겨. 물론 100퍼센트는 아니야. 오히려 가능성만 놓고 보면 낮은 편이지. 하지만 정보는 마구 뿌릴 수 있어. 악화되는 일 없이 널리널리 퍼져 나가지.

마치 바이러스처럼.

마침내 나는 살의를 퍼뜨릴 방법을 생각해낸 거야.

내가 저지른 범죄의 무게는 나도 잘 안다. 그러나 과감한 조치를 취하지 않으면 마유의 몸을 해치고 준을 고통스럽게 만들었으며 오토모 신지 씨를 살인자로 폄훼한, 일본이라는 나라가 엉망이 될 때까지 침범해 있던 병원체에게 상처 하나도 입히지 못했을 것이다. 그것만은 확실하다. 물론 세 사람의 죽음에 직접 방아쇠를 당긴 사람은 바로 나다. 그 모든 사실을 인정한다.

지금 'Unmask your laughing neighbors'는 정상에 올라 있다. 다니가와 마사쓰구의 자살이 대표적인 사례다. 누구의 손도 더럽히지 않고 옛 관료가 스스로 죽음을 택했다. 우리가 바라던 결과다. 앞으로도 모든 관료가 그렇게 자발적으로 사죄하기를 바란다.

다음으로 마지막 목표는 이 사이트를 그만 닫는 것이다. '언마스크'는 오늘부로 끝이다. 적어도 내가 직접 정보를 올리는 일은 더 이상 없을 것이다.

가와카미 노리유키, 시다 마사유키, 가노 히로미치. 세 사람의 용기 있는 결정과 행동에 진심으로 경의를 표한다. 우리는 동지였다. 미안한 마음은 조금도 들지 않는다. 하지만 고맙다고 말하고 싶다. 그뿐이다.

한동안 시간이 흘렀다.

집 전화도, 휴대전화도 울리지 않았다.

누구지, 이 시간에 초인종을 누르는 사람이?
또 그 형사인가.

14

가쓰마타는 쓰지우치의 움직임을 낱낱이 보고하라고 지시한 다음 하야마를 감시반으로 돌려보냈다.

스기나미 서 안에서 미즈시마를 따돌리고 단독 행동에 나섰다. 관리관이 나중에 이러쿵저러쿵 불평하면 "당신이 유흥업소를 들락거리며 만든 빚이 얼마나 되는지 다 떠벌리는 수가 있는데."라고 협박하면 잠잠해지겠지.

가장 먼저 쓰지우치, 즉 야베 마사히토가 졸업한 닛신 대학을 찾아갔다. 학생과에서 18년 전 졸업생 명부를 찾아보았다. 약학부 마지막 부분에 정확하게 야베 마사히토라는 이름이 있었다. 재학 중 테니스 동아리 '가라라' 소속, 취업한 회사는 하마나카 제약이라고 쓰어 있었다.

다음으로 쓰지우치와 오토모 마유의 나이 차를 감안해서 15년 전 명부를 보았다. 하지만 의외로 찾기가 쉽지 않았다. 정치, 경제, 법학, 문학, 교육만이 아니라 모든 학부를 들춰보아도 오토모 마유라는 이름은 없었다.

마유가 4년제 대학을 졸업하지 않았을지도 모른다는 생각이 문득 들었다. 오토모 마유, 닛신여자전문대학 영미문학과 졸업. 졸업 연도는 17년 전이었다.

소속 동아리는 예상대로 '가라라'였다.

놀라기에는 아직 일렀다.

오토모 마유가 취직한 곳이 다름 아닌 외무성이었던 것이다.

이미 '가라라'라는 테니스 동아리는 없어졌고, 지금은 회원 명부도 대학에 남아 있지 않았다. 그렇다고 해서 다시 졸업생 명부를 찾아 일일이 확인하기에는 힘이 부쳤다.

급한 대로 마유가 다녔던 전문대 영미문학과 동기생을 만나보기로 했다. 200명에 달했지만 오토모 마유와 친했는지 물어보는 것은 그리 어려운 일이 아니었다. 광고성 전화로 오해받아 갑자기 끊은 경우도 많았기 때문에 실제로 통화가 성사된 사람은 40명 정도였다.

유키무라 미치요는 그중 한 사람이었다.

"동기생 중에 오토모 마유 씨라는 분을 기억하십니까?"

"아! 네." 하고 대답하는 밝은 목소리에 기대를 품었다.

"기억나요. 하지만 마유는 전문대를 졸업하자마자……."

"네, 죽었다는 사실은 압니다. 당시에 그분과 사귀었던 사람에 대해 여쭙고 싶어서요. 마유 씨는 '가라라'라는 테니스 동아리에 가입했고 야베 마사히토라는 분과 교제했다는데, 알고 계셨습니까?"

"네, 맞아요. 약학부에 다니던 사람이었어요."

이것으로 충분했다.

"역시 그랬군요. 고맙습니다."

혹시 몰라서 열 명 정도 더 연락해보니, 그중에서도 다지마 유코라는 여자가 유키무라와 같은 증언을 했다.

이로써 분명해졌다. 쓰지우치와 오토모 마유는 연인 사이였다.

다가오는 9월 3일은 가노 히로미치의 구류 연장 마지막 날이어서 지금까지 쌓인 수사 자료와 조서를 첨부해 검찰로 보냈다. 불만이 있으면 들어주고, 추후에 수사 요청이 있으면 당연히 대응하겠지만 그럴 일은 없다. 그만큼 가노는 명백한 범인이다. 게다가 가노는 오카다 요시미, 오카다 다카코 살해 용의자로 조만간 다시 붙잡혀 수사본부로 돌아올 예정이었다. 모자란 부분은 그때 가서 누군가가 메우면 된다. 가쓰마타는 이제 신물이 났다. 가노는 두 번 다시 맡고 싶지 않았다.

그보다 지금은 쓰지우치를 쫓아야 한다.

한때 3분의 1까지 줄었던 수사관 대부분을 쓰지우치 신변 수사에 투입했다. 그중 한 사람이 드디어 눈치를 챈 듯했다. 회의에서 자신만만하게 보고했다.

"쓰지우치는 하마나카 제약에서 근무했을 당시 나가쓰카 도시카즈의 아들인 준을 만났을 가능성이 있습니다."

그 이야기를 이미 알고 있었던 가쓰마타는 설렁설렁 듣고 있었다. 또 자신의 보고 차례가 되자 마유의 친구 관계에서 눈에 띌 만한 정보는 얻지 못했다고 설명했다. 사실은 친구들에게 이야기를 들으러 가지 않았다. 늘 그렇듯 미즈시마를 따돌리고 단독으로 마유의 뒤를 캤다.

오늘은 고바야시라는 마흔세 살 현역 외무성 직원에게 이야기를 들었다.

고바야시는 "지금도 눈에 선합니다."라며 이야기를 시작했다.

"체구가 아담하고 귀여운 분이었죠. 부서에서도 인기가 많았어요. 당시 외무성은 지금보다도 훨씬 심각했어요. 윤리라는 건 찾아보기도 힘든 관공서였죠. 사무 보조원은 대부분 100퍼센트 외모를 보고 뽑았고, 실제로도 순전히 애인 후보로밖에 여기지 않았죠."

연기인지 진심인지 모르겠지만 그는 크게 한숨을 쉬었다.

"그런 가운데서도 마유 씨는 깨끗했습니다. 아무에게도 마음을 주지 않았어요. 그래서 괴롭힘을 당했죠. 정말 유치하기 짝이 없는 기관입니다. 특히 그 사람, 몇 해 전에 살해된 마쓰이 씨 말이에요."

마쓰이 다케히로는 7년 전에 살해됐다.

"그 사람은 악질 중 악질이었어요. 그 사람도 마유 씨를 마음에 두고 있어서 더 모질게 굴었던 모양입니다. 그녀가 혈액 정밀 검사를 받았다는 정보를 복리후생실에서 듣고 와서는 무슨 수를 썼는지 모르지만 그녀가 면역부전증을 앓고 있다는 사실을 밝혀냈지요. 정작 해야 할 일은 뒷전이었고 그런 데만 이상하게 집착했던 겁니다. 아무튼 그걸로 직장에 소문을 퍼뜨렸습니다. 심각했어요. 마유랑 잤으면 나도 옮을 뻔했어 하고 식당에서 큰 소리로 떠들기도 했어요. 젊은 여자가 그런 일을 겪었으니 얼마나 죽고 싶었겠습니까. 예전에 조요 신문사 기자가 마쓰이 씨를 죽인 건 다른 이유였지만 그래도 원인은 같아요. 원한을 사서 죽었잖습니까? 아주 지긋지긋했어요, 그 마쓰이 씨라는 사람은요."

여기저기 원한투성이다.

쓰지우치를 잡을 만한 증거가 대충 갖추어졌다.

오토모 마유가 면역부전증이라는 끔찍한 병에 걸리도록 한 전 후생성, 그 선두에 선 사람이 나가쓰카 도시카즈였다. 그녀의 병명을 폭로해서 사생활을 갈기갈기 찢어놓은 게 외무성의 마쓰이 다케히로였다.

적어도 쓰지우치는 이 두 사람에게 직접적으로 원한을 품었다. 애인을 죽음으로 몰고 간 관청 두 곳, 주범 두 사람. 그 두 사람을 죽이기 위해 자신의 손은 더럽히지 않고 비슷한 원한을 품은 사람에게 정보를 흘려서 착실하게 행동대로 키워왔다.

'언마스크'는 이른바 '죽음의 게시판'이었다. '살인 구인 광고'라고 해도 좋다. '누가 이 사람 좀 죽여주지 않겠습니까?', '이런 나쁜 인간이 있는데 원한을 품은 사람 없습니까?'라며 살인자를 모집하는 곳이다.

쓰지우치에게는 명백한 살의가 있었다. 나가쓰카 도시카즈와 마쓰이 다케히로 외의 관료에게는 어땠는지 모르겠으나 같은 방법으로 정보를 공개했고, 그 결과 오카다 요시미가 살해당했으며 나카타니 고헤이도 습격을 받았다. 주위의 눈길을 의식해서 은둔형 외톨이가 된 다니가와 마사쓰구는 끝내 자살을 선택했다. 쓰지우치는 틀림없이 옛 관료들의 개인 정보를 계속해서 흘리다 보면 누군가 죽여주리란 기대를 품고 언마스크를 운영했다.

살인자다. 쓰지우치는 두말할 것 없이 살인자였다. 무슨 죄를 물어 입건할지는 생각해보아야겠지만 적어도 이전과 같은 변명은 통하지 않는다. 쓰지우치 당신은 사생활 침해와 명예 훼손이 한계인 민사 사범이 결코 아니다. 최우수 1급 모살범이다.

가쓰마타는 쓰지우치를 만나기 위해 택시를 잡아탔다. 그런데 목적지를 조금 앞에 둔 시점에 전화가 왔다.

주머니에서 휴대전화를 꺼내보니 액정에 '하야마'라는 두 글자가 떴다.

"여보세요."

"주임님, 하야마입니다."

무척 다급한 목소리였다.

"알아. 무슨 일이야?"

"주임님 휴대전화 혹시 인터넷 됩니까?"

다짜고짜 전화해서 무슨 소리인가.

"몰라, 그런 거. 해본 적 없어."

"그럼 해보세요. 언마스크 URL은 알고 계시죠?"

URL의 뜻이 '홈페이지 주소'라는 사실을 겨우 알아차렸다.

"아, 자료에 적힌 걸 수첩에 써뒀어."

"그럼 빨리 주소를 찍어서 들어가 보세요."

"왜 그래, 귀찮게?"

"쓰지우치가 언마스크에 자신의 개인 정보를 게재했습니다. 마지막으로 수정한 날짜는 이틀 전이고요."

이건 또 무슨 얘기지?

"개인 정보라니? 대체 뭘 올렸는데?"

"자신의 신상 전부를 공개했습니다. 본래 성이 야베인 것부터 현재 사는 주소와 이름, 나이, 경력, 애인 오토모 마유의 죽음, 전 후생성과 외무성에 품은 원한, 나가쓰카 부자 사건에 대한 자초지종을 포함한 전부를 올렸습니다. 그럼 이제……."

하야마는 순간 말을 끊더니 "앗!" 하고 스피커가 터질 만큼 빽 소리를 질렀다.

"뭐야, 너 무슨 일이야!"

"죄송하지만 다시 전화드리겠습니다."

갑자기 전화가 끊겼다. 하야마를 기다릴 시간 따위는 없었다.

"여기서 내립시다. 모퉁이에서 세워주쇼."

지갑에서 5천 엔짜리 지폐를 꺼내며 왼쪽에 세우라고 택시 기사에게 지시했다.

"잔돈은 됐어요."

과감히 거스름돈 510엔을 포기하고 택시에서 내렸다.

하야마와 동료들이 잠복해 있는 곳은 유료 주차장을 낀 맞은편 아파트 비상계단이다. 잘하면 가쓰마타가 먼저 도착할지도 모른다.

입구로 달려가 정면의 엘리베이터 버튼을 눌렀다. 엘리베이터가 3층에서 내려오는 동안 하야마에게 추월당할까 봐 조마조마했지만 그런 일은 없었다.

덜커덩거리며 힘겹게 엘리베이터 문이 열렸다. '5'와 '닫힘' 버튼을 잇달아 누르고 층수 표시를 노려보며 발을 동동 굴렀다.

하야마는 왜 다시 걸겠다며 갑자기 전화를 끊었을까.

그런 의문은 5층에 도착해서 엘리베이터 문이 열린 순간 사라졌다.

"이런!"

쓰지우치의 집 503호 문이 열려 있고, 거기에 한 사람이 오른쪽 복부를 바닥에 깐 채 쓰러져 있었다.

한 사람이 더 있었다.

"이봐, 당신! 꼼짝 마!"

한 남자가 쓰러진 사람 위에 올라타서 두 손에 든 무언가를 머리 높이로 치켜들고 있었다.

남자는 피투성이였다.

높이 쳐든 그 물건을 쓰러진 남자의 머리에 세게 내리쳤다. 퍽 하고 둔탁한 소리가 가쓰마타에게까지 들렸다.

남자는 물건의 손잡이를 쓰러진 남자의 머리에서 위아래로 비집으며 잡아 뺐다.

손도끼였다.

멈추라는 말이 나오지 않았다. 이미 늦었다는 생각이 들었다.

쓰러진 남자는 두세 번 더 손도끼로 머리를 찍히고도 아무런 반응이 없었다. 단지 콘크리트 바닥 위에서 몸을 바르작거릴 뿐이었다.

드디어 계단 밑에서 발소리가 들렸다. 하야마와 한 조로 움직이는 1과의 나카모리 경위였다.

"오카다 고이치."

누군가가 그런 이름을 중얼거렸다. 그 사람이 누구인지 순간 떠오르지 않았다.

하지만 곧 깨달았다.

오카다 요시미의 아들 오카다 고이치다. 가노 히로미치가 살해한 오카다 다카코의 남편.

"그만둬, 오카다!"

소리치며 가장 먼저 달려든 사람은 하야마였다. 나카모리가 그 뒤를 따르고 가쓰마타는 그저 등 뒤에서 보고만 있었다.

오카다가 손도끼를 치켜들자마자 하야마가 그의 가슴을 발로 찼다. 자세가 흐트러진 오카다는 뒤로 벌러덩 나자빠졌고 그때 떨어뜨린 손도끼를 나카모리가 재빨리 걷어찼다.

가쓰마타는 하얀 장갑을 끼고 손도끼를 주웠다.

잔뜩 녹이 슬어 이가 빠진 도끼날에 머리카락과 살점이 덕지덕지 붙어 있었다.

하야마가 말한 대로 쓰지우치를 때려죽인 자는 오카다 고이치였다. 인터넷에서 연쇄살인 사건을 조사하다가 '언마스크'라는 존재를 알게 되었고, 날마다 언마스크를 확인하던 중 주범이라고 자칭하는 쓰지우치의 정보를 보자마자 모든 원흉은 이 남자라고 증오를 품었던 것이다. 오카다는 해당 지역 도미사카 서로 이송되었다. 가쓰마타도 수사 협조를 요청받았지만 최초 발견자일 뿐이라고 정중하게 거절했다.

쓰지우치에게는 자신을 죽이려는 사람이 오카다 고이치든 누구든 상관없었을 것이다. 자신에게 원한을 품은 사람이 있다면 죽이러 오라는, 도망치거나 숨지 않겠다는 뜻이었으리라.

오카다 고이치의 사정에 대해서는 하야마가 자세히 알고 있었다.

"오카다 고이치는 가노가 사형선고를 받지 않고 언젠가 다시 사회에 나오게 되면 자기 손으로 죽이겠다고 단언했습니다. 그 원한이 쓰지우치를 향했던 모양입니다. 그 정도로 피범벅이 되었는데도 한눈에 알아봤습니다, 오카다 고이치라는 걸요. 가노를 죽이겠다는 그의 표정은 무서울 만큼 살기로 가득했습니다. 평생 잊지 못할 얼굴이었습니다."

가쓰마타는 사건 동기고 뭐고 다 귀찮았다. 그저 피곤할 뿐이었다. 수사고 뭐고 다 때려치우고 싶은 건 경찰이 된 이래 처음이었다.

그로부터 일주일 뒤 가쓰마타는 스기나미 서 수사본부에서 나왔다. 원래는 늘 늦게까지 본부에 남아 수사에 참여했는데 이번에는 인사도 하는 둥 마는 둥 하고 서둘러 내뺐다. 다시 붙잡혀 온 가노는 지금 수사 6계 나카모리가 조사하고 있었다. 가노라면 담당이 누가 되었든 순순히 털어놓을 것이다.

한편 가쓰마타가 본디 몸을 담고 있는 살인범 수사 8계는 도쿄 완간 서에 수사본부를 설치해서 지금은 니시타마 군 히노데마치의 잡목림에서 발견된 백골 사체 조사 본부에 참여하고 있었다.

가쓰마타도 다음 날부터 거기에 합류하라는 명령을 받았다.

"미안하지만 이틀이라도 좋으니 좀 쉬게 해주시죠? 알다시피 수사본부는 쉬는 날이 별로 없잖아요. 사건을 해결했는데 서에서는 포상 휴가도 주지 않고 별안간 니시타마로 오라니, 이거 해도 해도 너무하잖아."

통화 상대는 8계장 우치다였다.

"알았네. 그럼 내일 하루 쉬고 모레부터 이쪽으로 출근하게."

"알기는 뭘 압니까. 이틀 쉬게 해주시죠."

"하루가 최대야. 여기도 손이 모자라다고. 이제 됐나? 불평 그만하고 빨리 술 마시고 잠이나 자. 그리고 모레는 정확하게 아침까지 출근하게. 알았나? 멀어서 늦었다는 등 유치한 변명은 하지 말고."

우치다는 자기 할 말만 하고 전화를 끊었다. 아쉽게도 가쓰마타는 아직 우치다의 약점은 잡지 못했다. 반드시 약점을 쥐어야 하는 인물인데 꼬투리 잡기가 여간 어렵지 않다. 가쓰마타보다 두 살 아래인 쉰두 살이다. 약점 한두 개쯤 없을 리가 없다.

아니면 가쓰마타도 이제 나이가 들어서 슬슬 감이 둔해지는 걸까.

그 후 레이코에게서 전화가 왔다.

"뭐야, 시끄럽게! 지금이 몇 시인지 알아?"

"이제 겨우 오후 4시인데요. 뭐 하세요? 설마 대낮부터 졸고 계셨어요? 이 시간에 주무시는 가쓰마타 주임님이 이상한 거잖아요."

정말이지 목소리부터 말의 높낮이, 단어 쓰는 법, 하나부터 열까지 영 못마땅한 여자다.

"무슨 상관이야? 그보다, 용건이 뭐야?"

"음, 너무 화가 나서 무슨 말부터 꺼내야 할지 모르겠네요. 그러니까…… 아, 맞다! 가쓰마타 주임님, 일전에 제 수첩 마음대로 보셨죠?"

까맣게 잊고 있었다. 저번에 그랬었지, 참. 하지만 여기서 잘못을 인정할 수야 없지. 시치미를 떼기로 한다.

"내가 그렇게 치사한 방법을 썼던가."

"쓰셨겠죠. 그러지 않았다면 구라타 씨가 굳이 저한테 연락해서 가쓰마타 씨에게 무슨 말을 했는지 확인할 리가 없잖아요!"

그 자식, 여자한테는 자기가 먼저 연락한다 이거지.

"구라타가 뭐라고 했는데?"

"전화로 주저리주저리 말할 내용이 아니라는 건 잘 아실 텐데요. 상황이 불리하게 돌아갈 때만 시치미 뚝 떼는 짓 좀 그만하세요. 나이를 좀 더 드시면 진짜로 기억이 가물가물해질 텐데 그때 가서 주위 사람들이 안 믿어주면 어쩌려고 그러세요!"

이 계집애가!

"시끄러! 내가 그깟 수첩 좀 훔쳐 읽은 게 한 달 전이야. 그걸 이제야 알아차린 덜떨어진 계집애한테 걱정 끼칠 만큼 늦진 않았다고!"

"역시 그때 읽으셨군요!"

"그래, 세타가야 수사본부에 찾아갔을 때 읽었다! 그래서 어쩔 건데? 내 앞에서 경계도 안 하고 가방은 활짝 열어놓고 똥 싸러 간 사람이 잘못이지!"

아무튼 나와는 이제 상관없는 일이야.

"그러니까 뭐? 구라타가 어쨌는데?"

"아실 거 없어요. 남의 수첩에서 실마리를 잡아 다른 사람을 협박하다니, 대체 무슨 생각을 하신 거예요. 내가 뭘 어쨌냐고 잡아떼기 전에 자기가 했던 행동을 스스로 좀 돌아보시죠. 완전범죄 그 자체라고요. 정말 한 번만 더 그러시면 고소할 겁니다."

할 테면 해보라지.

"할 말 다 끝났나?"

"아직 많아요. 하야마에게 이상한 수작 부리지 마세요. 하야마는 제가 곧 1과로 데려올 거니까요."

잘난 척하기는.

"먼저 잡는 사람이 임자지. 그놈은 내가 데려올 거야. 네 밑에 두기는 아까운 인재거든."

"그렇게 하야마가 걱정되세요?"

"그걸 말이라고. 그 두려움에 가득 찬 눈이 좋아. 무언가가 두려워서 늘 안테나를 세우고 있는 점이 맘에 들어. 무엇 하나 놓치지 않으려는 긴장감이 느껴지거든. 근거 없는 자신감만 넘쳐흐르는 자네랑은 차원이 달라."

몇 초간 레이코는 잠잠했다.

"아무튼 하야마를 그렇게 칭찬해주시다니 기쁘네요. 고맙습니다."

그렇다. "나는 성숙한 여자거든요."라는 말로 비아냥거림을 아무렇지 않게 받아들이는 이런 태도가 더욱 화를 돋운다.

"고맙다고 말로만 때울 생각은 하지 마. 어쨌든 그놈은 내가 데려올 거니까 그렇게 알고."

"안 됩니다. 하야마는 이쪽에서 키울 거니까요. 먼저 잡는 사람이 임자라고 하셨죠? 당장 오늘이라도 계장님께 말씀드리고 인사과에 보고해야겠네요."

"야, 뭐라고?"

"그럼 수고하세요."

"자, 잠깐 기다려!"

"하고 싶은 말을 다 했더니 10년 묵은 체증이 쑥 내려가는 것 같네요. 오늘은 이쪽에서 봐드리죠."

"뭐라고? 이게 정말!"

"그럼 안녕히 주무세요."

"야!"

전화가 끊겼다.

젠장. 열 받아서 잠이 확 달아나 버렸다. 지금 당장 레이코에게 달려가서 울며불며 싹싹 빌 때까지 찍소리도 못 하게 만들고 싶다. 레이코가 억울해서 피가 날 때까지 입술을 꽉 깨무는 모습을 봐야 속이 풀릴 성싶다.

분하다. 레이코와 얽히면 속 깊은 곳에서부터 에너지가 끓어오르는 걸 느낀다. 피로도 이미 싹 가셨다. 내일 휴가를 반납하고 가능하면 곧장 움직이고 싶다.

레이코, 이걸 확 그냥!

너에겐 반드시 본때를 보여주고 말겠어.

옮긴이 **이로미**

1974년 성남에서 출생하였고, 인하대학교 사학과를 졸업했다. 대학 때부터 한일 간의 문화와 역사에 깊은 관심을 가져, 세종대 정책과학대학원 국제지역학과에서 일본학 전공으로 석사 학위를 받았다. 일본 문학지 『후네』, 『쌤씽』, 『구자쿠센』 등에 한국 시인의 시를 다수 번역하여 소개했으며, 이효석이 1940년대에 발표한 『녹색의 탑』을 포함한 소설 다섯 편과 산문 열일곱 편 등 일본어 작품을 한국어로 번역한 바 있다. 그 밖에도 과학 인문서 『아인슈타인과 원숭이』를 비롯하여 『고양이와 함께 행복해지는 놀이 레시피』, 『산월기 · 이릉』, 『삼색털 고양이 홈즈의 등산열차』 등 일본 소설을 번역하였고, 혼다 데쓰야의 레이코 형사 시리즈 일곱 편의 역자이기도 하다.

감염유희

초판 1쇄 인쇄일 2018년 8월 13일
초판 1쇄 발행일 2018년 8월 25일

지은이	혼다 데쓰야
옮긴이	이로미
펴낸이	정은영
주간	배주영
편집	차혜린
경영지원	양상미 김윤하 김은혜
제작	이재욱 현대엽 박규태
디자인	워크룸 김혜원
마케팅	한승훈 이새롬 나윤주 강민재 윤혜은 황은진

펴낸곳	㈜자음과모음
출판등록	2001년 11월 28일 제2001-000259호
주소	04047 서울시 마포구 양화로6길 49
전화	편집부 (02)324-2347 경영지원부 (02)325-6047
팩스	편집부 (02)324-2348 경영지원부 (02)2648-1311
이메일	neofiction@jamobook.com

ISBN	978-89-544-3862-9 (04830)
	978-89-544-3857-5 (set)

잘못된 책은 교환해드립니다.

이 도서의 국립중앙도서관 출판예정도서목록(CIP)은 서지정보유통지원시스템 홈페이지 (http://seoji.nl.go.kr)와 국가자료공동목록시스템(http://www.nl.go.kr/kolisnet)에서 이용하실 수 있습니다.(CIP제어번호: CIP2018024748)